Bernt Lie

In Knut Arnebergs Haus

Verone

Bernt Lie

In Knut Arnebergs Haus

1st Edition | ISBN: 978-9-92500-167-5

Place of Publication: Nikosia, Cyprus

Erscheinungsjahr: 2016

TP Verone Publishing House Ltd.

In Knut Arnebergs Haus

1901

I.

Liebe, große Schwester
Karen Ragnhild!

Ja, wenn Du selber mich dessen so energisch versicherst, muss ich Dir wohl glauben: dass Du groß und erwachsen und nicht mehr die kleine Narni bist, die ich einstmals kannte. Wenn Du mir alles aufzählst, was Du gelesen und gelernt hast und noch liesest und lernst, – was mir unwissenden alten Frau höchlich imponiert – und ich mir dann klar mache, dass Du ja konfirmiert bist, so kann ich Dir fest versprechen, dass ich Dich nie wieder »die Kleine« nennen und von nun an oft direkt an Dich schreiben will und nicht ausschließlich an Vater mit einem »flüchtigen Gruß so am Schluss« für Dich.

Damit wäre es also aus, nicht wahr? Mit »meiner kleinen Narni« ist es ein für alle Mal aus! Du wirst es aber verzeihlich von mir finden, wenn Du daran denkst, dass ich Dich diese ganzen fünf Jahre ja nicht gesehen habe! Mir steht das Bild der Landdrostei daheim unverändert vor Augen, so wie ich sie vor sechs Jahren verlassen habe, – an meinem Hochzeitstage, als die »kleine Narni« ein weißes Kleid anhatte und im Haar einen Kranz aus Gänseblümchen trug.

So wie damals, als Knut und ich auf Deck des Dampfers standen und es alles zum letzten Male sahen.

Natürlich ist die Landdrostei und alles, was dazu gehört, jetzt verändert. Verändert, verändert!

Verändert sind auch unsere Pläne. Es ist wahrlich kein »flüchtiger Brief, den Du dies erste Mal von mir erhältst, liebe Schwester. Das was ich heute nach Hause schreiben muss, ist wohl das Schwerste, was ich jemals zu schreiben hatte. Knut hat ein großes Bild oben am Abhang hinter unserem Hause angefangen und kann nicht davon abgehen, ehe es fertig ist. Er hat ja seit fünf Jahren keine norwegische Natur gesehen, da wirst Du verstehen, dass ihn das überwältigt. Er hatte sich ja eigentlich vorgenommen diesen Sommer daheim bei Euch zu malen, – da sind ja Motive genug! Und nach dem Fjord daheim hat er sich alle diese fünf Jahre gesehnt. Aber dann ganz plötzlich war er mitten in dies hier hineingeraten. Nämlich eines Morgens, als er draußen in den Bergen war.

Wären wir nur schon vor ein paar Wochen gen Westen gezogen! Oder wäre doch der Frühling hier oben in diesem Jahr nicht so abscheulich früh und so wunderbarschön gekommen! Nun hat Knut ihn sich so lange angesehen – er hat sich ja auch danach gesehnt, wieder mit seiner Arbeit anzufangen – und nun hat es ihn hier gänzlich gefangen genommen.

So müsst Ihr, Vater und Du, denn mit unseren Grüßen fürlieb nehmen: In diesem Jahr kommen wir nicht nach Hause.

Knut meint, ich könne sehr wohl allein reisen. Aber das kann ich wirklich nicht. Es würde auch nicht das sein, worauf ich mich gefreut habe, – wenn ich allein käme!

Übers Jahr wird es ja wieder Sommer werden.

Kleine Schwester! Aber das ist ja wahr: Große Schwester! Es ist für mich so sonderbar, mir vorzustellen, dass Du ein erwachsener Mensch bist, an den ich schreibe. Dass ich so urplötzlich eine Schwester geschenkt bekommen habe! Ich habe ja gar nicht daran gedacht, weißt Du. Wenn ich nun aber daran denke, so ist es mir, als ob es wohl vielerlei gäbe, was man seiner Schwester sagen könnte. Es ist förmlich ein Erlebnis! Und nach deinem lieben Brief wird es mir beinahe noch schwerer, den Gedanken, diesen Sommer nach Hause zu kommen, aufgeben zu müssen. Denn so recht ordentlich kann ich Dir ja doch nicht schreiben, ehe ich Dich kenne. Und ich kenne nur die kleine Narni!

Übrigens habe ich es hier so gut, dass es undankbar ist, wenn ich mich von hier fortsehne. Es wird immer traulicher hier im Hause. Knut hat, wie Du weißt, einen ganzen Flügel an das Haus angebaut, und das ist sein Atelier geworden, das vom Fußboden bis an den Dachfirst reicht mit Oberlicht und allen möglichen Schikanen. Du kannst mir glauben, es kam uns sehr zu passe, als wir so plötzlich – Schlag auf Schlag – die vier großen Campagna-Bilder verkauften! Als die Galerie das eine erwarb, war es, als ob die anderen drei Flügel bekommen hätten, – und eins, zwei, drei: flog die ganze große, ernste römische Campagna auf und davon und hinterließ uns das ganze teure schöne Atelier fix und fertig und bezahlt, –

und genau so, wie Knut es alle diese Jahre erträumt und aufgezeichnet hatte.

Grüße Vater tausendmal! Sage ihm, dass ich gestern schweren Herzens die italienischen Fotografien aus den Mappen genommen habe, wo sie so lange gelegen haben. Ich wollte sie ja mitnehmen, um sie Vater zu zeigen. Aber nun musste ich sie in die Rahmen stecken, die mir der Glaser nach meiner eigenen Angabe gemacht hat. In zwei Reihen sollen sie an den Wänden in meinem eigenen Zimmer entlang laufen, ganz niedrig, gerade über den Lehnen der beiden Empire-Sofas.

Ach, das alles, wie wir unser Haus eingerichtet haben, wollte ich Euch ja erzählen! Es nützt nicht, darüber zu schreiben!

Danke Vater für seinen letzten Brief. Ich habe ein beschämendes Gefühl, ihm nicht einen einzigen vernünftigen Brief geschrieben zu haben, seit wir wieder hier in Norwegen sind. Aber diese Monate sind so eigentümlich gewesen. Ich habe gleichsam keine Übersicht gehabt, weder über mich selber noch über den Verlauf meiner Tage. Vielleicht ist der Übergang schuld daran, – er war so groß, – von unserm einfachen, ich möchte sagen, klaren Leben da unten in Italien. Ich bin hier von einer solchen Menge Lärm umgeben! Von einem solchen Wirrwarr von Gefühlen, alles dringt so nahe auf einen ein, stellt so große Anforderungen. Da unten, – ja, jetzt in der Erinnerung steht es vor mir, als hätten Knut und ich in einem verschlossenen Garten gelebt. Knut sagte schließlich, er werde krank vor Wirklichkeitssehnsucht da unten. Ich werde wohl niemals verstehen lernen, dass das nicht die Wirklichkeit war. So wie wir miteinander lebten!

Dies kann ich aber weder erklären noch beschreiben, – obwohl Vater sagt, dass ich eine gute Briefschreiberin bin! Es ist geradezu so neu für mich, dass mir die Worte fehlen!

Vielleicht hätte ich Dir über vieles davon schreiben können, meine liebe Schwester! Wenn ich nur Dein neues, erwachsenes Gesicht vor mir hätte!

Liebe kleine Narni! Ich sehne mich so nach dir!

In herzlicher Liebe

Deine und Vaters Bergliot.

P.s. Knut lässt furchtbar viele Male grüßen. Er ist so in Anspruch genommen durch sein Bild, die Einrichtung des Ateliers und so vielerlei anderes. Er ist in den Vorstand des Kunstvereins gewählt, ist Mitglied einer Jury und alles mögliche andere. Ich glaube, er geht ganz im Stillen in einer Art von Verwunderungstaumel einher, – so überraschend ist ihm der Erfolg, den er plötzlich hier in der Heimat hat!

Addio!

B.

Karen Ragnhild saß am Morgen des frühen Maientages auf der Veranda und las den Brief der Schwester.

Das war eine große Enttäuschung!

Einfach um nicht darüber hinweg zu kommen! Das grausamste Verbrechen, dass sie nicht kamen, Knut und Bergliot.

Einfach nicht kamen. Ganz kaltblütig den Sommer für sie zu Null und nichte machten. Und damit das ganze Jahr seit dem vorigen Juli, als Knut schrieb, dass sie im nächsten Sommer nach Hause, nach der Landdrostei kommen würden.

Jeder Tag dieses Jahres, ja, jede Stunde des Tages war für sie von dem einen Gedanken erfüllt gewesen: Knut und Bergliot wieder zu sehen.

Nicht nur, dass sie sich gedankenlos ins Blaue hinein gefreut hätte. Nein, mit den ernsthaftesten Vorbereitungen, ihnen würdig entgegenzutreten. Nach bestandenem Mittelschulexamen im vorigen Jahre hatte sie sich hingesetzt und gelesen. Sie wollte sich in der Kunstgeschichte vervollkommnen, wollte alle die Dichterwerke lesen, die sich des Lesens verlohnten sowie allerlei philosophische Schriften und einen Einblick in alle Wissenschaften tun. Überhaupt wollte sie sich als gebildeter Mensch präsentieren, dessen Umgang einem bereisten Künstlerpaar wie Knut und Bergliot Freude gewähren konnte.

Ihr übertriebenes Ziel hatte sie natürlich nicht erreicht! Es war ja geradezu kindisch von ihr gewesen, sich im vorigen Jahr so etwas zu denken. Aber gearbeitet hatte sie, das war gewiss. Mit Vaters Hilfe hatte sie sich wirklich ganz gut orientiert. Vater hatte selbst gesagt, dass er Freude an ihr habe. Sie sei ein tüchtiges Mädchen, für das Leben gereift.

Und das fühlte sie selber auch. Wie hatte sie sich seit dem vergangenen Jahr verändert! Ja, sie hatte sich wirklich entwickelt. Allein die ernste Arbeit mit einem bestimmten Ziel vor Augen hatte einen ernsten Menschen aus ihr gemacht. Das erkannte sie jetzt so recht. Gearbeitet hatte sie, gelesen und gestrebt und gedacht, gekämpft, um zu verstehen und gekämpft, um auszuharren, wie z.B. nach Weihnachten als es ihr so schwer wurde, wieder anzufangen, nach all dem Vergnügen – –!

Ach nein! Ein Vergnügen war es eigentlich nicht gewesen, das war ja wahr! Während dieser Weihnachtszeit hatte sie ja ihre eigenen schlechtesten Seiten kennengelernt. Es durchschauerte sie noch jetzt eisig, wenn sie daran zurückdachte. An Kandidat Hagen im Pfarrhause, – dann an Leutnant Wöldicke aus Bergen, – und schließlich an den Bruch mit Svendsen hier zu Hause im Esszimmer.

Sie dachte an den Tag – es war der heilige drei Königstag gewesen – als der Vater kam und sagte, dass Svendsen seine Stellung gekündigt habe!

Nun, aus diesen Sorgen hatte sie sich auch herausgearbeitet. War mit verdoppelter Energie und Tatkraft zu ihrer Tätigkeit zurückgekehrt. – –

Und nun plötzlich lag alles zusammengestürzt da, – eine gähnende Leere hatte das Ganze verschlungen!

Sie kamen nicht!

Karen Ragnhild sah finster vor sich hin mit den großen, braunen Augen, die das einzige eigentlich Schöne in ihrem Gesicht waren. Das Braune darin war so schwarz und das Weiße so blau, und sie waren so groß, dass man jedes Auge für sich nehmen und es wie eine blanke und merkwürdige Welt für sich betrachten konnte. Sonst war nichts Besonderes an dem Gesicht. Die Nase strebte leicht aufwärts und war im Grunde lustiger als schön.

Und das Gesicht glich der Nase, – war im Grunde lustiger als schön!

Wie sie nun die Hand unter dem Kinn und den Ellenbogen auf die Brüstung der Veranda gestützt, da saß, tief in Gedanken versunken, bestand sie ausschließlich aus zwei ernsten Augen. Das Haar lag braun, dicht und fest über der niedrigen Stirn, in der Mitte gescheitelt und hinten zu einer kurzen, dicken Flechte mit krausem Büschel geflochten.

Natürlich! So hatte es kommen müssen.

Sie hatte Kenntnisse erworben, – nicht um der Kenntnisse willen, nicht um ihrer eigentlichen Entwicklung willen. Nur aus einer ganz rasenden Eitelkeit.

Das hatte sie nun dafür.

Sie hatte es verdient. Gründlich verdient.

Sie hatte ihr Haus auf Sand gebaut. Jetzt lag es als Trümmerhaufen da.

Dies war eine neue Mahnung für sie. Genau so wie Svendsen diesen Winter. Nur viel ernsthafter; denn dies war so ganz total vernichtend!

Nicht, dass sie die Geschichte mit Svendsen leicht genommen hätte. »Das ganze Leben eines braven, strebsamen Mannes«, hatte Svendsen gesagt; das hatte sie durch ihr abscheuliches Benehmen vernichtet!

Im Übrigen war ja Svendsen jetzt Untervogt da oben in Horddalen geworden. Aber trotzdem. Selbst wenn sich Svendsen auch noch so gründlich tröstete, – für sie, also subjektiv, blieb die Sache gleich ernsthaft.

Dies aber! Es verdunkelte ja plötzlich ihr ganzes Leben.

Ja, es war eine Mahnung. So mitten in das Zentrum ihrer Schuld hinein! So recht eine Nemesis.

Aber sie wusste, was sie wollte. Und was sie wusste. Klar und deutlich stand es vor ihr: Es galt Buße zu tun und gleichzeitig einen ganz neuen Weg einschlagen, einen ehrlichen, geraden Weg, der sie vorwärts brachte.

Im Hause des Vogts, eine viertel Meile weiter hinaus am Fjord, vergingen Hanna und Milla vor Sehnsucht nach der Bibliothek in der Landdrostei und nach jemand, mit dem sie zusammen lesen konnten. Und dann Maria Bugge, die Pfarrerstochter. So hart und strenge, wie die zu Hause gehalten wurde: Was für eine Wohltat würde es für Maria sein, etwa einmal in der Woche an einem Leseverein hier teilnehmen zu dürfen! Hier konnten sie ja lesen, was sie wollten, und auf den Pfarrer und seine ganze »christliche Jugendanleitung« pfeifen! Und Anna Sofie aus Oppegaarden konnten sie auch auffordern. Sie gehörte ja zu der Mittelschulclique, und es war ein Jammer, dass Anna Sofie zu Hause auf dem Gehöft versumpfen sollte! Vielleicht auch Küsters Marthe. – –

Gegen Hanna und Milla war sie ja geradezu abscheulich gewesen. Hier im Winter zum Beispiel. Wie hatte sie sich auf dem Tanzvergnügen beim Vogt Kandidat Hagen gegenüber mit dem zweiten Teil des Faust gebrüstet!

Sie merkte es ja dem Kandidaten an, dass er ihn niemals gelesen hatte, und umso dreister und unbeirrter spielte sie sich aus und suchte ihm zu imponieren. Obgleich sie selber blitzwenig von dem schrecklichen Buch erinnerte oder überhaupt nur verstanden hatte! Den elenden Kandidatenknochen hatte sie den Freundinnen vor der Nase weggeschnappt, – und noch dazu in so niederträchtiger Weise! Hatten sie sie doch gerade kurz zuvor gebeten, ihnen den Faust zu leihen!

Aber jetzt wollte sie es wieder gut machen. Wollte einen Leseverein begründen und mit Freuden aus Rücksicht auf die andern viele Bücher noch einmal weiter lesen – – was ihr ja übrigens auch ganz nützlich sein mochte!

Und dann war da die arme Frau Banz, die Frau des Sekretärs, die in ihrem kleinen Häuschen am Wege mit fünf Kindern dasaß und nicht in der Lage war, sich eine Erzieherin zu halten, sodass sie bei all ihrer Arbeit die Kinder noch selber unterrichten musste.

Es war abscheulich, dass sie es ihr abgeschlagen hatte – dass sie keine Zeit hatte – als Frau Bang im Winter eine Anspielung machte, ob nicht Karen Ragnhild ihr vielleicht ein wenig behilflich sein könne.

Die Bangschen Kinder waren ja auch die grässlichsten, die sie kannte, und noch obendrein so dumm, alle fünf. Ganz der Vater. Aber jetzt hieß es, sich überwinden. Und noch heut' am Tage wollte sie zu Frau Bang gehen.

Und auf diese Weise würde es viel amüsanter sein, allein und mit dem Vater die Studien fortzusetzen. Denn jetzt würde es in Wahrheit eine persönliche Entwickelung werden!

Karen Ragnhild kniff die Augen leicht zusammen und nickte vor sich hin. Und das vergnügte Gesicht passte auch vortrefflich zu dem entschlossenen Ausdruck.

Nach einer Weile nahm sie den Brief der Schwester, um ihn noch einmal und mit mehr Ruhe zu lesen.

Nachdem sie ihn gelesen, – langsam und genau – saß sie in Gedanken versunken da. Ihre großen Augen füllten sich mit Tränen, und plötzlich rollte ein Tropfen über ihre Wange.

Sie verstand es selber nicht so recht: Aber es lag ein unbeschreiblich melancholischer Ton in Bergliots Brief. Nichts Besonderes, Bestimmtes. Aber das Ganze.

»Liebe kleine Narni! Ich sehne mich so nach dir!«

Dass Bergliot sich nach jemand sehnen konnte! Sich so sehnen! Ja, natürlich, den Vater wieder zu sehen und das Haus und den Fjord. – –

Aber sich sehnen, – – so richtig ernsthaft sehnen! – – denn es war wirklich, als ob der ganze Brief im innersten Innern jammerte, – vor Sehnsucht.

Eine Schwester zu haben, ja! Danach hatte sich ja Karen Ragnhild auch gesehnt, – ach, wie hatte sie sich danach gesehnt! Aber so richtig in allem Ernst, – wie jemand, der in Not war! Der etwas entbehrte!

Sie hatte ja doch Knut. Ja, sie hatte Knut!

Natürlich, etwas Eigenes mochte es ja sein mit einer Schwester, etwas, was nicht einmal der Gatte, selbst Knut nicht, ihr geben konnte.

»Es gibt gewiss vielerlei, was man seiner Schwester sagen könnte!«

Ein unbestimmter Gedanke durchzuckte Karen Ragnhilds Seele, – sie dachte an ihre Mutter, die sie nie gesehen hatte. Dann dachte sie an Bergliot. An die große, stattliche Bergliot, deren sie sich noch ganz deutlich erinnerte. So deutlich, dass die Fotografien von ihr, die im Laufe der Jahre gekommen waren, nur störend wirkten.

Bergliot, – die der Vater liebte! Das war im Grunde die einzige Charakteristik, die sie von der Schwester kannte, das Einzige, was sie von ihr wusste: dass sie diejenige war, die der Vater liebte.

Ja, natürlich liebte der Vater sie, Karen Ragnhild, ebenfalls. Und es wäre Unrecht, das Gegenteil behaupten zu wollen! Aber der Vater *bewunderte* Bergliot auch. Und das war das Eigentliche.

Vom Vater bewundert zu werden!

»Meine Schwester!«, sagte Karen Ragnhild laut vor sich hin. Und im selben Augenblick durchzuckte sie ein tiefes Gefühl – eine unbestimmte aber unsagbar tiefe Sehnsucht. Die Tränen quollen ihr aus den Augen. – –

Gleich darauf musste sie an den Vater denken. Wie wenig sie im Grunde Mutter und Schwester entbehrte, weil sie den Vater hatte. Den herrlichsten, feinsten, klügsten, entzückendsten Mann auf der ganzen Welt! Sie dachte an ihr neues Leben, das heute beginnen sollte, freute sich darauf, den Vater in ihre Pläne einzuweihen; sie wusste, dass sie seinen Beifall haben würden. Und dann nahm sie sich so fest vor, alles zu tun, damit er nicht allzu enttäuscht war, dass die beiden – Knut und Bergliot – nicht kamen. – – –

Und als der Drost Finne auf die Veranda herauskam, um zu erfahren, was seine älteste Tochter geschrieben hatte, fand er seine jüngste in Tränen aufgelöst über die Brüstung gebeugt.

»Aber Karen Ragnhild – –?

Sie sprang von ihrem Stuhl auf und fiel ihm leidenschaftlich um den Hals.

»Ach, Vater, Vater!«

Der Drost machte allerlei gelinde Versuche, sie zu beruhigen und zum Sprechen zu veranlassen. Aber Karen Ragnhilds Tränen flossen nur umso reichlicher, plötzlich seufzte sie tief auf, ließ den Vater los und sah ihn ganz erschrocken an. Er hatte sie mit eiserner Hand beim Arm gepackt, hielt sie ein Stück von sich entfernt und war ganz aschgrau im Gesicht.

»Karen Ragnhild!«, rief er mit einer ganz fremden Stimme. Sie hatte den Vater noch niemals so gesehen; noch nie hatte er sie so hart angefasst, – sodass es schmerzte.

»Ich will augenblicklich wissen, was dies zu bedeuten hat!«

Da lächelte sie über ihr ganzes lustiges Gesicht und sagte:

»Aber Vater, es ist ja nichts weiter, als dass ich dich so schrecklich lieb habe!«

»Was ist dies für ein Unsinn und eine Torheit, was sind das für Kindereien und Verrücktheiten, Kind! Machst du mich glauben, dass der Teufel los ist – nur weil – weil du mich lieb hast? Puh! Ich glaubte schon, Bergliots Leben sei in Gefahr, – – und dann ist es nichts weiter als diese verrückte kleine Person – – hab' mich lieb, aber mit Maßen, wenn ich bitten darf, mein Herz!«

Der Drost redete sich die Heftigkeit von der Seele und war nun erleichtert und vergnügt.

»Und was schreibt denn Bergliot?«

»Ach Vater, es ist so betrübend. Aber darüber habe ich schon geweint. Sie kommen nicht!«

Der Drost las den Brief und saß eine Weile ganz ernsthaft da. Dann las er ein paar Stellen noch einmal und legte darauf den Brief hin.

»Ja, das ist eine Enttäuschung!«

Sie schwiegen eine Weile. Dann sagte Karen Ragnhild:

»Ja, ich muss wirklich sagen, ich kann es nicht verstehen. Von Knut, meine ich.«

»Unsinn, Kind!«, sagte der Vater und sah aus, als denke er an etwas tiefer Verborgenes. So wie der Vater oft aussah, wenn etwas Ernsthaftes vorlag.

»Ja, ja, mein Herz! Dabei ist nichts zu machen!« Und damit ging der Vater. Aber mitten in der Arbeitszeit, – so gegen elf – kam er wieder durch die Stuben:

»Karen Ragnhild, – du! Ach, lass mich Bergliots Brief noch einmal lesen!«

Er bekam ihn und ging damit auf das Bureau zurück.

Es war besonders viel im Bureau zu tun, da der Drost in einigen Tagen zum Laugting nach Bergen wollte. Und Karen Ragnhild sah den Vater nur bei den Mahlzeiten. Und da waren ja die Herren vom Bureau zugegen.

Endlich war es Abend. Und der Vater saß mit seiner Pfeife im Lehnstuhl im Wohnzimmer. Karen Ragnhild brachte ihm das Grogglas, das er mit dem gewohnten Beifallsmurmeln kostete:

»Vorzüglich, mein Herz. Dein Mann wird es mir einmal danken, dass ich dich einen zivilisierten Grog brauen lehrte!« Nach einem kurzen Schweigen begann er plötzlich:

»Aber sag' mir doch, Karen Ragnhild, warum hast du heute Morgen eigentlich so geweint?«

Karen Ragnhild errötete. Sie entsann sich ihrer Stimmung nur noch ganz unklar, und sie konnte dem Vater doch unmöglich erzählen, dass sie sich gesehnt habe, eine Schwester zu haben!

»Nein, Vater, weißt du, das kann ich wirklich nicht so genau sagen. Da war so vielerlei. So alles Mögliche!«

»Es war also nicht allein der Kummer darüber, dass uns Bergliot diese Enttäuschung bereitet?«

Der Vater sah sie beinahe gespannt ernsthaft an.

»Nein, das war es nicht, Vater. Das war überstanden, als du kamst. Nein, – es war etwas so Sonderbares.« – –

Der Drost nahm Bergliots Brief aus der Tasche und fragte tastend, während er den Brief leicht mit dem Finger knipste:

»Da, – da war nichts weiter hier im Briefe, was – –«

Jetzt lehnte sich Karen Ragnhild eifrig über den Tisch und sah ihn mit funkelnden Augen an:

»Ja, Vater! Ja, weißt du, das gerade war's! Denk' dir, ich hatte die Empfindung, als wenn etwas so Trauriges, Betrübtes in dem ganzen Ton von Bergliots Brief liege. Etwas, das mir so wehe tat, – etwas Unbestimmtes.« –

Der Drost wandte sich ab und saß eine Weile sinnend da. Dann nickte er langsam:

»Du bist nicht dumm, du, Karen Ragnhild Nein, das bist du nicht. Im Gegenteil. Eine pfiffige kleine Person bist du, denn du hast nämlich recht. Es liegt etwas Trauriges in dem Ton von Bergliots heutigem Brief. Etwas Neues, Ungewohntes!«

In des Vaters Wesen war heute Abend etwas Nachdenkliches, ganz so, wie wenn er z.B. an dem Urteil über eine wichtige Sache oder dergleichen arbeitete. Karen Ragnhild saß eine ganze Weile schweigend da und wartete, dass er etwas sagen sollte. Aber er schwieg.

Sie selber konnte nichts hierüber sagen. Sie wusste ja nichts Bestimmtes. Und der Vater sah so ernsthaft aus.

Sie gab seufzend die Hoffnung auf, heute Abend noch mit dem Vater über ihre eigenen Pläne zu reden. Und so sagte sie denn Gute Nacht. Müde war sie auch. Es war ein angreifender Tag gewesen.

Drost Finne saß noch lange, nachdem Karen Ragnhild gegangen war, regungslos in seinem Stuhl. Seine Pfeife war ausgegangen. Endlich erhob er sich und schlenderte durch das Zimmer.

Dann blieb er stehen und sagte laut:

»Nein. Ach, nein! Wie ein alter Narr da anzukommen!«

Nach einer Weile fügte er spöttisch hinzu:

»Schwiegervater!«

Dann setzte er seine Wanderung fort, plötzlich zuckte er zusammen und blieb abermals stehen:

»Natürlich! Na–türlich! Das Kind kann hin. Und die, die ist, weiß Gott, klug genug, die Kleine!«

Er setzte sich wieder hin, nahm einen Schluck aus dem Glas und zündete sich die Pfeife an. So saß er noch eine gute Stunde sinnend da, jetzt aber mit einem zufriedeneren Ausdruck in dem vornehm geschnittenen, schönen Gesicht.

Von Zeit zu Zeit lächelte er. Ein schönes Lächeln. Das war bei dem Gedanken an Karen Ragnhilds Jubel, wenn sie den Plan erfuhr: dass sie nach Kristiania reisen sollte, – zu Bergliot und Knut!

Drost Finne entschloss sich auch, wenn er jetzt nach Bergen zum Laugthing kam, ein paar Koffer für das Kind zu kaufen.

Elegante Koffer!

II.

Das Laugthing in Bergen zog sich eine Woche über die gewohnte Zeit hinaus. Um nicht noch ein paar Tage auf den Dampfer warten zu müssen, entschloss Drost Finne sich, den freilich recht beschwerlichen Landweg nach seinem Fjord zu wählen. Er hatte großes Verlangen, nach Hause zu kommen.

Und so kam es denn, dass der Drost ganz unerwartet eines Nachmittags vor der Kontortür hielt und zehn Minuten später unbemerkt im Gartenzimmer stand und durch die geschlossene Tür Karen Ragnhilds neuen Leseklub belauschte.

Eine scharfe, laute Mädchenstimme klang heftig und gellend, und der Drost erkannte zu seiner großen Verwunderung des Pfarrers stille Tochter an der Stimme.

Gedämpfter, aber nicht weniger leidenschaftlich antwortete eine andere Stimme – ein mehrstimmiges Murmeln – und die scharfe, dünne Stimme gellte von Neuem, die andere übertönend wie eine dünne Klinge, die in langen, pfeifenden Schlägen die Luft durchsaust.

Wieder die gedämpfte Stimme – wieder die Säbelklinge – durcheinander, übereinander hitzig und hastig – das Murmeln der anderen – ein einzelnes Wort: der Kinderglaube! Der Kinderglaube! Fuhr vernehmlich hin und her gleich den schnellen Aufschlägen entsprühenden Funken. – Der Kinderglaube. – – – –

Der Drost stand eine Weile da, dann beschloss er zu gehen und wiederzukommen, wenn der Kampf sich gelegt hatte – –

»Zum Kuckuck mit dem Kinderglauben!« ertönte die Klinge.

Plötzlich wurde die Tür aufgerissen, und ein aufgeregtes, verweintes Mädchen stürzte heraus; ihr nach klangen gleich einer erlösten Lawine die klaren Worte der Säbelklinge durch die Türöffnung:

»Und deswegen will ich auch, dass *meine* Kinder ohne die geringste Spur einer Ahnung oder eines Gedankens von diesem Kinderglauben aufwachsen sollen!«

Plötzlich trat Totenstille ein.

Der Drost stand mitten in der Tür und sah zu dem halbaufgelösten Kollegium hinein. Dann wandte er sich nach Milla Baarstad um, die an ihm vorüber hinausgestürzt war und bei seinem Anblick den letzten Todesstoß erhalten hatte. – –

»Aber Vater!«

»Entschuldigen Sie, meine Damen, dass ich den Frieden des Things störe!« Die jungen Mädchen hatten sich erhoben, – noch röter als während der hitzigen Diskussion. Es waren ganz fremde Gesichter – diese großen Augen, diese erhitzte Hautfarbe, glühend erregt jede auf ihre Weise, und eine jede jetzt eifrig bemüht, dem Drost gegenüber das gewöhnliche Gesicht aufzusetzen.

Alle mit Ausnahme von Anne Sofie Oppegaarden, die groß und bauernruhig dastand und aussah, als sei sie das Kindermädchen der ganzen übrigen Schar.

Des Pfarrers Maria aber war nahe daran, in Ohnmacht zu fallen vor Entsetzen, dass jemand gehört hatte. – –

Hanna Baarstad lugte verzweifelt über den offenbaren Skandal der Schwester aus der Tür, und Marthe Ingebretsen, die etwas ältere Tochter des Küsters, stand da und zupfte an ihrer zu kurzen Kleidertaille.

»Hier ist wohl ein *Collegium politicum*!«, sagte der Drost und reichte Karen Ragnhild die Hand. – »Ich will aber nicht stören! Wollte dir nur meine Ankunft melden, mein Herz. Über Land, wie du siehst. Ich werde schon mit Guro fertig. In einer halben Stunde, wenn ich die Kleider gewechselt habe, kann ich wohl eine Tasse Tee mit euch trinken. Bleib du nur sitzen, mein Kind!«

Grüßend winkte er mit der Hand und verschwand.

Als er eine halbe Stunde später zurückkam, saßen sie alle – auch Milla Baarstad – fein säuberlich mit ihren Landarbeiten um den gedeckten Teetisch. Er begrüßte jede Einzelne, nahm die Grüße »von Vater und Mutter« in Empfang und trank seine Tasse Tee mit ihnen. Sowohl

Millas unbeschreibliches Schamgefühl als Marias wildes Entsetzen – denn darüber waren sie alle einig, dass der Drost ihre ganze Tirade durch die Tür gehört haben musste – schwanden wie böse Nebel vor der Sonne bei seiner liebenswürdigen Unterhaltung. Er erzählte vom Laugthing – und gab schließlich eine ganze Gerichtssitzung aus Frankreich zum Besten. Von einer stolzen, resoluten Mutter, die den Anbeter ihrer Tochter erschossen, weil sie wusste, dass er ein Schlingel war, der es nur auf ihr Geld und Gut abgesehen hatte, – die ihn mit der Flinte ihres verstorbenen Mannes erschoss, mit der dieser – in der allerberedtetsten Wiedergabe des Drosts – Frankreichs Feinde im Koalitionskriege getötet hatte. – –

Die französische Jury hatte die Mutter freigesprochen. Und nun unterbreitete der Drost das gerichtliche Urteil einer Diskussion der Mädchen. Als diese im lebhaftesten, eifrigen Gange war, erschreckte Anne Sofie die Freundinnen, indem sie mit heftiger, kategorischer Geradheit erklärte, ihrer Ansicht nach habe niemand das Recht, einen Menschen mit der Flinte zu erschießen – außer im Kriege!

Und gerade diese, Anne Sofiens peinliche, dumme Bemerkung schien den Drost in hohem Grade zu interessieren, er charakterisierte sie als ungewöhnlich klare Form einer sehr beliebten kriminalistischen Theorie. – –

Und der Nachmittag verging, bis sie gegen Abend eine nach der anderen ihren Knicks machten und verschwanden.

Der Drost geleitete sie bis auf die Veranda hinaus und nahm dort einen erneuten Dank und Abschiedsgruß in

Empfang. Er lächelte ihnen nach: wie sie strahlten! Milla Baarstad würde ihr Leben für ihn lassen, – und des Pfarrers Maria ginge mit Freuden für ihn durchs Feuer!

Arm in Arm gingen sie die lange Allee hinab – Karen Ragnhild in der Mitte – bis an die Gartenpforte.

Da unten ein längeres Abschiednehmen – und Karen Ragnhild kam zurück. Die Sonnenstrahlen fielen schräge durch die Birken und Linden der Allee; der Fjord dahinter und die Berge am Horizont lagen in Gold und Blau getaucht da. Karen Ragnhild schritt schnell und fröhlich über Schatten und Sonne des Weges dahin, – über Schatten und Sonne; das kornblumenblaue Kleid umflatterte sie und hob sich von dem grünen Blätterwerk ab. Als sie den Vater noch immer auf der Veranda stehen sah, lachte sie zu ihm hinauf und nahm die Treppe mit ein paar Sätzen.

Bald hing sie an seinem Arm.

»Ach, Vater, wie entzückend du bist! Tausend, tausend Dank! Du glaubst nicht, wie begeistert sie waren! Übrigens willkommen daheim!

»Danke, mein Kind! Mein liebes, liebes Herz!«

Er strich ihr über das Haar und blieb einen Augenblick regungslos stehen.

»Mein liebes, liebes Herz!«

Dann gab er sie frei.

»Aber jetzt komm' herein! Ich habe dir ja etwas zu zeigen! Aus der großen Stadt.«

Er führte sie hinauf, in ihr eigenes Zimmer. Mitten an der Erde standen zwei feine Koffer. Ein großer mit blankem Schloss und Messingbeschlag, ein kleinerer, sehr eleganter Handkoffer aus Juchtenleder.

»Was sagst du zu den beiden? Sieh sie nur einmal genau an: die Zettel mit der Adresse!«

Auf den Zetteln stand mit des Drosts eigener Hand:

»Frl. K. R. Finne. Adr.: Maler Knut Arneberg. Kristiania.«

»Aber Vater!« Karen Ragnhild lag auf den Knien neben den Koffern.

Der Drost nickte ihr lächelnd zu.

»Sind – die – für mich?«

Der Drost nickte abermals.

»Aber –«

»Wenn Mahomed nicht zum Berge kommt, muss der Berg wohl zum Propheten kommen! Wenn Bergliot und Knut nicht zu dir kommen, musst du wohl zu ihnen kommen. Nicht wahr, mein Herz?«

»Aber – aber du selber, Vater?«

»Ich, – ich bleibe daheim und wahre die Interessen des Reiches.«

Karen Ragnhild setzte sich auf den großen Koffer und breitete die Handflächen auf dem Deckel aus; sinnend und bekümmert senkte sie den Kopf.

»Nun, Frl. K. R. Finne! Sind dir die Reiseutensilien vielleicht nicht fein genug?«

»Ach, Vater!« lächelte sie traurig, – »es ist nur so unrecht, dass du etwas so schönes für mich gekauft hast!«

»Vielleicht setzest du dich ungern den Strapazen einer solchen Reise aus?«

»Ach, Vater! Wie kannst du nur so etwas sagen!«

Der Drost stand ganz verwundert und schließlich auch ein wenig ungeduldig da:

»Aber in Gottes Namen, Kind! Ich glaubte, dir eine Freude zu machen!«

Sie wollte antworten, machte einige verzweifelte Versuche und brach dann in Tränen aus.

Nachdenklich nahm der Drost einen Stuhl und setzte sich zu ihr hin, legte seine Hand auf die ihre und fragte leise, beruhigend:

»Was hast du nur einmal, mein Herz? Sag' es mir doch, dann wollen wir uns die Sache zusammen ansehen, du und ich!«

»Ja, Vater, siehst du, die Sache ist die, dass ich – ich kann wirklich nicht reisen, du!«

»Du kannst nicht reisen?«

»Erstens würde es ja unrecht gegen dich sein, Vater. Denk' nur, wenn du den ganzen Sommer allein sein solltest!«

»Über diese Seite der Sache müsste ich wohl im Grunde weinen, – nicht wahr, Karen Ragnhild?«

Sie lächelte.

»Und wenn dein alter, vernünftiger Vater den Entschluss gefasst hat, allein hier auszuhalten – ohne sein kleines, liebes Herz – so kannst du dir die Sorge um ihn getrost aus dem Sinn schlagen.«

»Ja, aber – Vater – –«

Einmal musst du ja doch reisen, Kind! Du kannst doch nicht dein ganzes junges Leben hier bleiben! Wie?«

»Das kann ich sehr wohl, Vater!«

»Ja, ja, das weiß ich. Du weißt ja, was du Sr. Majestät dem König antwortetest, als du fünf Jahre alt warst und er dich unten an der Brücke fragte, mit wem du dich verheiraten wolltest!«

»Dasselbe würde ich noch heute antworten, Vater!« Karen Ragnhild lächelte durch ihre Tränen.

»Ja, ich danke dir, mein Herz, das ist sehr freundlich von dir. Aber erstens widerstreitet es den Gesetzen dieses Landes, sich mit seinem Vater zu verheiraten, und zweitens habe ich ja gar nicht um dich angehalten. Im Gegenteil! Jetzt schicke ich dich sogar fort. Deine weibliche Ehre erlaubt es dir ganz einfach nicht, dass du dich so offenbar an mich festklammerst! Wie?«

Karen Ragnhild musste lachen. Bald aber saß sie wieder ernsthaft da.

»Ja, Vater! Aber dann ist da noch so vieles andere. Wenn ich es dir nur alles gesagt hätte, ehe du auf die Reise gingst. Dann hättest du es gewusst, und dann hättest du diese schönen Koffer nicht gekauft. Es ist so dumm, – so dumm!«

Sie saß eine Weile in tiefem, ernstem Sinnen da.

»Ist es eine lange Geschichte, Karen Ragnhild?«, fragte er vorsichtig.

»Ach ja, eine ziemlich lange, Vater!«

»Gut, mein Herz, dann wollen wir uns einen Hut aufsetzen und in den Garten hinab gehen. Da macht sich das leichter.«

Auf der Treppe begegneten sie Guro, die meldete, dass angerichtet sei. Die Herren vom Bureau wären bereits da.

»Lass sie nur essen, Guro! Grüße sie und sage ihnen, ich sei beschäftigt. Und dann, Guro, könntest du wohl in einer Stunde – wir können wohl eine Stunde sagen, Karen Ragnhild?«

Karen Ragnhild nickte errötend.

»In einer Stunde also – ein recht schönes Beefsteak oder etwas anderes gutes Warmes bereit haben? Ich hab' mich den ganzen Tag auf dem Kariol durchrütteln lassen, weißt du –«

Sie durchwanderten den großen Garten der Landdrostei die Kreuz und die Quere, durch die Allee und die Seitengänge hin und her.

Der Drost hörte mit seinem allertiefsten Ernst Karen Ragnhilds Beichte an, bis zu der Geschichte mit Svendsen, mit dem sie sich im vorigen Jahre beinahe verlobt hatte! Und schließlich alle die neuen Pläne, deren Durchführung ihr eine absolute innere Notwendigkeit war, und die sie ja auch zugleich hinderten, jetzt zu reisen und alles im Stich zu lassen, – um sich bei Knut und Bergliot zu amüsieren! Jeder Gedanke an Ernst und Buße verschwand ja mit einer solchen Reise!

Der Drost ging schweigend neben ihr her. Nur wenn der Bericht von Zeit zu Zeit ins Stocken geriet, – entweder ertränkt in Karen Ragnhild Gemütsbewegung, ihrer

Reue und ihrem Kummer, oder wenn sie den Faden bei besonders verwickelten Auseinandersetzungen äußerer oder innerer Komplikationen verlor, – half er ihr weiter mit einem orientierenden Wort, einer Frage, die auf den Ausgangspunkt zurückführte, und die sie gleichzeitig ermunterte, indem sie ihr Kunde von seiner angestrengten Aufmerksamkeit gab.

So stand man am Ende des engen Fliederganges vor der Lusthausrotunde und war fertig. Karen Ragnhild forschte in ihrer Erinnerung, fand aber keinen unbeleuchteten Winkel ihres Gewissens. Alles war gesagt.

Die Abendsonne lag niedrig und dunkelblank über den Fliederbäumen und auf ihrem ernsten, bleichen Gesicht. Sie waren an der Rotunde stehen geblieben, es war hier so geräumig und doch so ganz abgeschlossen; und der Fliederduft war jetzt in der Abendstunde, so stark, feucht und frisch.

»Ist da nun gar nichts mehr, Karen Ragnhild?«

»Nein, Vater. Wenn du mich nur richtig verstanden hast, dann – ja, dann ist da nichts mehr.«

Sie sah ihn, wie sie das während ihrer langen Rede so oft getan hatte, ein wenig ängstlich forschend an. Ob er sie nun wohl auch wirklich so ganz verstand? Die ganze Tragweite? Denn er sagte ja nichts und sah ja so aus, als wenn ihm nichts überraschend käme – – nicht einmal die Geschichte mit Svendsen.

Der Drost sah ihr ruhig in die Augen und nickte:

»Ja, meine liebe Karen Ragnhild, ich habe dich ganz verstanden.«

Sie sandte ihm einen warmen, dankbaren Blick zu:

»Und nicht wahr, Vater, da meinst du so wie ich, dass ich nicht reisen kann –?«

Sie wandte sich an ihn mit einer Mischung von flehender Verzweiflung und stolzer Freude, weil er sie verstanden hatte. Der Drost blieb einen Augenblick stehen und sah zu der Sonne hinüber und dachte nach. Wie er sich so fast ganz von ihr abwandte, blitzte in seinen Augen eine versteckte Heiterkeit auf; um seine Mundwinkel zitterte es sogar ein wenig. So hielt er sich eine Weile von ihr abgewandt. Dann wandte er sich ihr mit ernstem Gesicht wieder zu. Er ergriff ihre Hand, legte ihren Arm in den seinen und ging mit ihr weiter.

»Glaube mir, mein Herz, alles was du mir gesagt hast, habe ich mit der größten Achtung vor dir angehört. Ich finde, das Ganze ist klar und tüchtig gedacht, und deine Entschlüsse sind aller Ehren wert. Steht es so mit dir, wie du sagst, empfindest du dies tiefe Gefühl der Schuld, die gesühnt werden muss, dann hast du die Sache mutig und ganz richtig angefasst. Ich habe dich deswegen lieb, Kind. Ich habe dich sehr lieb!«

Sie umarmte ihn heftig. Er strich ihr über das Haar, und dann gingen sie weiter.

»Ich bin mir auch klar darüber, dass du nicht reisen dürftest, – – wenn es sich nur um dein Vergnügen handelte.«

Er dachte eine Weile nach, ehe er fortfuhr:

»Aber siehst du, Karen Ragnhild, das war nun im Grunde nicht meine ausschließliche Absicht. Ich wollte dir dies eigentlich nicht so gerade heraus sagen. Das, was nur eine vage Vermutung, ein ganz unbestimmter Gedanke ist, erhält leicht einen zu schwerwiegenden, zu bestimmten Charakter, wenn man es in Worte kleidet, die in der Regel viel zu plump, viel zu präzise dazu sind. Du wirst verständig genug sein, um das, was ich jetzt sage, anzuhören, ohne mehr daraus zu machen, als es ist. Nicht wahr?«

Karen Ragnhild sah ihn verwundert an und nickte.

»Ich befinde mich nicht ganz wohl hierbei, mein Herz. Dass ich nämlich deine Schwester Bergliot nun doch nicht sehen soll. Mit meinen eigenen Augen. Dass ich sie nicht so sehen soll, wie das Leben und ihre jetzigen Verhältnisse sie in diesen fünf Jahren geformt haben. Das ist eine Entbehrung für mich – und eine gewisse Unruhe. Das wird meine liebe Karen Ragnhild wohl auch verstehen können, wenn du dir die Sache überlegst. Ich habe ja niemand weiter, – nichts weiter – als meine beiden kleinen Mädchen. Dass sie sich im Laufe der Zeit verheiraten, darin muss ich mich ja finden. Aber so ganz beiseitegeschoben zu werden – das wird mir schwer! –

»Die einfachste Lösung«, fuhr er nach kurzem Schweigen fort, »wäre ja nun, wenn ich selber zu Bergliot und Knut reiste. Das würde ich auch unter gewöhnlichen Umständen getan haben. Aber siehst du, – die Umstände sind nun einmal keine ganz gewöhnlichen. Das heißt, an und für sich sind sie es wohl. Es liegt kein wirklicher Grund vor, etwas anderes zu glauben. Für mich sind sie es aber nicht. Nämlich dadurch, liebes Kind, dass ich in der letzten Zeit eine gewisse Unruhe empfunden habe, dass nicht alles so ist, wie es sein sollte. Namentlich infolge von Bergliots letztem Brief an dich. Aber auch schon früher. Und weil ich mich nicht ganz von diesem Gefühl befreien kann, so will oder kann ich nicht selber reisen. Dies sind nämlich – falls es überhaupt etwas ist – Dinge, in die ein Schwiegervater hineingeraten würde wie ein Hund in ein Spiel Kegel. Ohne zu nützen, würde er eine klägliche und lächerliche Figur spielen.

»Deswegen wollte ich denn dich, meine liebe Karen Ragnhild, bitten, für mich zu reisen. Und das, was mir du hier heute Abend so offen und prächtig über dich selber anvertraut hast, freut mich gerade deswegen doppelt, und ist mir ein Beweis für deine Reife, deinen Ernst und dein waches Gewissen, sodass ich meine kleine Mission umso sicherer in deine Hände legen kann. Du sollst ja nicht zu deinem Schwager und deiner Schwester reisen, um irgendeine elende Spionage oder dergleichen zu betreiben. Du sollst nur mit meinen Augen sehen, für mich sehen. Ich brauche dir wohl keine weiteren Instruktionen zu geben. Aus dem, was ich bereits angedeutet habe, wirst du sicher ganz genau wissen, was ich von dir wünsche.«

»Ja, Vater, das glaube ich bestimmt.«

»Und nicht zum Mindesten, vielleicht sogar in erster Linie, wünsche ich, dass dein Besuch Bergliot zur Freude gereichen soll, und, falls sie dessen bedarf, zur Erheiterung.

»So ist es denn keine eigentliche Vergnügungsreise, die ich dir hiermit biete. Es ist eine Aufgabe, die ich dir stelle, mein Herz, und wenn ich dich bitte, sie für mich zu übernehmen, da ich ja sonst niemand habe, der mir helfen könnte, so denke ich, dass deinem Bedürfnis nach uneigennütziger Beschäftigung hierdurch Genüge getan werden könnte, was sagst du selber dazu, Karen Ragnhild?«

»Ja, Vater, natürlich –«

»Außerdem laufen dir deine Pläne hier zu Hause ja nicht weg. Wenn du einmal zurückkommst, kannst du sie ja immer wieder aufnehmen. Nicht wahr?«

»Ja, Vater!«

Er reichte ihr die Hand.

»Dann ist es also abgemacht, dass du dies für mich tust, Karen Ragnhild?«

Sie sah ihm warm und ernsthaft in die Augen:

»Ja, wenn du meinst, dass es richtig ist, Vater, dann –«

»Danke, mein Herz! Mein liebes, liebes Herz!«

Er küsste sie auf die Stirn.

»Und nun – wie denkst du über unser Beefsteak? Ob das jetzt wohl fertig ist?«

»Ich will einmal nachsehen, Vater – mich darum bekümmern. Dies ist doch auch zu arg –.«

Sie lief vor ihm her, die Allee hinauf.

Der Drost sah ihr lächelnd nach, während er ihr langsam folgte. Dieser jugendliche, eifrige Rücken vor ihm – so anmutig, so herzensgut. –

Einen Augenblick fuhr es ihm wie ein Stich durch das Herz. Betrog er nicht im Grunde dies wunderbare kindliche Vertrauen?

Unsinn! Dies war ja das einzig Richtige!

Als das Beefsteak auf dem blendend weißen Tischtuch stand, prasselte es auf der Schüssel, mit frischen Butterkugeln und Petersilie garniert.

»Aha! Chateaubriand! Sieh, sieh! Das ist nicht Guros Machwerk! Ach, du, lass sie eine von den Kindtaufssflaschen holen!

»Prost, Fräulein K.R. Finne!«

»Prost, Vater! Und tausend Millionen Bank für die reizenden Koffer!«

»Ja, sind die nicht flott! Die feinsten, die in Bergen zu haben waren. Ach, Kind! Es ist herrlich, wieder daheim zu sein!«

»Ach, Vater, dass du nun allein sein sollst!«

»Ich habe ja Guro! Und außerdem Bang!«

Karen Ragnhild musste lachen. Dieser grässliche Bang!

»Du lachst, Kind! Aber Bang ist nicht der schlimmste, wenn er sich auch nicht mit deinem ehemaligen Freund Svendsen messen kann!«

Karen Ragnhild wurde dunkelrot und sah ihn vorwurfsvoll an:

»Vater!«

»Ja, Vater! Vater! Dein Vater sticht sie schließlich doch noch alle miteinander aus. Prost, kleine Ragnhild! Und gräme dich Svendsens wegen nur nicht zu Tode. Er will sich zum Herbst mit Anders Bergs' reicher Witwe verheiraten!«

»Die mit den acht Kindern?«

»Das nennt man den Vogel abschießen mit acht lebenden Jungen obendrein! Ja, Svendsen, der sitzt auf einem
grünen Zweig.«

»Ja, – aber – Vater – dies macht ja mich und mein Benehmen nicht besser!«

Der Drost fuhr sich listig mit der Serviette über den
Mund:

»Ja, siehst du, Kind, eine solche Sache hat ihre unange-
nehme Seite. Im Grunde war es ja doch ein großes
Glück, dass du nicht – Madame Svendsen geworden
bist!

»Pfui, Vater!«

»Nicht *deinetwegen*! Wenn du ihn genommen hättest, so
wäre er ja natürlich nach deinem Geschmack gewesen.«

»Aber –?«

»Ja, aber um des armen Svendsen willen! Denk doch,
wenn du, nachdem du Madame Svendsen geworden
wärest, Kandidat Hagen und diesem rauen Krieger
Wöldicke begegnet wärest! Das wäre eine ganz andere
verteufelte Geschichte geworden! Ich kann mir so lebhaft ein Duell zwischen dem braven Svendsen und den
beiden Gentlemen vorstellen, – so ein dreieckiges, du
weißt, wie bei Marridat!«

Karen Ragnhild musste lachen, obgleich sie es schänd-
lich fand und es ihrem Vertrauen zu des Vaters Ernst
gewissermaßen Abbruch tat.

»Denn, weißt du, Kind, in solchen ernsten Sachen muss
man mit den Realitäten rechnen.«

»Aber – Vater – es war doch abscheulich von mir, dass ich Svendsen so weit kommen ließ!«

»Wie weit?«

»Sodass er sich gewissermaßen berechtigt glaubte –«

»Du, Karen Ragnhild –«, fragte der Drost neckend – neugierig – »sage mir doch, – hat dich Svendsen eigentlich geküsst?«

»Pfui, Vater!«

»Nein, – nein! Ich frage ja nur, – das gehört ja mit zur Charakteristik!«

»Nur einmal. Auf das Handgelenk.«

Der Drost lehnte sich in den Stuhl zurück und lachte laut. Als er aber Karen Ragnhilds ernstlich Kränkung sah, hielt er plötzlich inne.

»Ach, Kind, du kannst deinen alten wunderlichen Vater ein klein wenig darüber lachen lassen. Es geschieht dadurch deinen Gefühlen kein Unrecht. Es wird so viel aus solchen kleinen – belanglosen Ereignissen, ganzen und halben Verhältnissen, Verlobungen und halben Verlobungen, Verpflichtungen und Anrechten gemacht. – – – So jung, wie du bist, kannst du noch ein gut Teil mehr als unsern guten Svendsen auf dein Gewissen laden, ohne deswegen verloren zu sein. In Italien hatten sie zu meiner Zeit ein Sprichwort, dass der Wein sich selber reinige. Etwas ganz ähnliches ist es auch mit dem jungen Blut. Das reinigt sich selbst. Oft ist es nur die Angst und das, was daraus gemacht wird, was beschmutzt. Von Verliebtsein wird man wahrhaftig nicht beschmutzt. Die

Sache an sich tut es nicht! Die Frage liegt ganz anders. Anders und tiefer. Selbstverständlich.«

Karen Ragnhild saß mit großen Augen, erwartungsvoll da. Dann fügte er mit seinem bestimmten Kopfnicken hinzu:

»Die Frage ist die: Hat man sich so verliebt, dass man dem andern sein Leben hingibt, da gilt es das Leben. Da muss man Gott um Beistand anstehen, dass man in seiner Liebe zu diesem Einen aushält. Da handelt es sich um Tod und Leben. Du verstehst mich – nicht um das Urteil der Welt und das Gerede der Leute soll man sich kümmern, sondern nur dafür sorgen, dass man vor seinem eigenen höchsten Gericht besteht.«

»Aber, Vater, – da stellt sich ja die Frage so, wenn – wenn die Verliebtheit derart ist, dass man das Leben hingibt – –«

»Mein liebes Kind! Wenn man über das Stadium Svendsen hinweg gekommen ist, das – verzeih mir – zu den Kinderkrankheiten zu rechnen ist, dann ist jede Verliebtheit derartig – soweit ich mich erinnere!«

»Aber Vater, was soll man dann tun?«

Der Drost lächelte und summte eine alte Melodie:

Que faut – il faire,
Que faut – il faire,
Que faut – il entreprendre?
Prenez la poste,
Prenez la poste,
Et retournez à Flandre –!

»Was man tun soll, Karen Ragnhild? Wenn du einmal so alt bist, wie ich jetzt bin, und deine Tochter oder dem Sohn dich fragen, was man dann tun soll, – da wirst du da sitzen so wie ich jetzt und meinen, du habest gar mancherlei zu sagen – und trotzdem weißt du nicht, was du antworten sollst. Denn dann bist du alt geworden. Und dann bist du jung gewesen. Halte deine Seele stolz und frei, Kind. Dann wird sie stets wissen und mit gutem Recht wissen, was sie antworten soll. Mehr kann ein älterer Herr dir nicht sagen.«

Nach einer Weile sagte er wieder mit großem Ernst:

»Vergiss aber nie das eine: Vor deinem eigenen höchsten Gericht handelt es sich um Leben und Tod!« – – –

Bis tief in die Nacht hinein ging Drost Finne mit seiner Pfeife in seinem Zimmer auf und nieder.

Er dachte daran, dass er alt geworden war. Das Leben erschien ihm so voller Gefahren, voll von Teufelswerk und allerlei Bösem.

War nun das Teufelswerk bis zu Bergliot vorgedrungen? Zu seiner Bergliot! Denn irgendetwas war da nicht in Ordnung!

Und dann Karen Ragnhild! Wohinein sandte er die? War es nicht, als gäbe er ein edles Wild den Hunden preis?

Ein edles Wild! Wie sie ihrer Mutter glich!

Opferte er die Kleine nun auf, – für Bergliot? Hätte er selber reisen sollen? Oder das Ganze seinen Lauf gehen lassen? – –

Opfern! Es war ja das Leben, zu dem sie einging! Einmal musste es ja doch geschehen! Und das Leben – –

Alte Erinnerungen wurden in ihm wach. Aus dem Leben – dem er jetzt ja so lange ferngestanden hatte! Junge Augen, braune, graue, die jetzt schon lange alte Augen waren, von denen viele sich auch für ewig geschlossen hatten. Stimmen – Gelächter – Flüstern – Weinen.

Das Leben! Ihm fiel ein Satz ein, den er kürzlich in einem Artikel in einer Zeitschrift gelesen hatte, – aus der Feder eines klugen, edlen Mannes:

»Das Verhältnis zwischen Mensch und Mensch ist dasselbe durch die ganze Geschichte hindurch.« Und dann war wohl das Leben nicht gefährlicher, teuflischer geworden als früher – als er es selber lebte. Nur er selber war also alt geworden.

Ja. Und dann hatte er junge Mädchen so kennengelernt, wie er es früher nicht geahnt hatte, – damals, als junge Mädchen sein Leben waren. Er war alle diese Jahre Bergliots und Karen Ragnhilds Vater gewesen.

Könnte er sie doch mit einem unsichtbaren Sicherheitspanzer – einem Siegeshemd bekleiden!

Oder sie begleiten, wohin sie ging, seinen Arm schützend um sie geschlungen.

Junge Mädchen!

Aber der Sieg des Lebens strahlte aus Karen Ragnhilds Augen.

Ja. Und auch die Gefahren des Lebens.

III.

Den Bogstad-Weg entlang ging der Gerichtsrat Thomas Hageman mit schnellen Schritten durch den Sonntagsverkehr hindurch. Die Beinkleider hatte er hoch in die Höhe gestreift, wegen des Landstraßenstaubes, der schon weiß auf seinen Lackstiefeln lag.

Wie gewöhnlich äußerst elegant in bis an die Knie reichendem Bratenrock, weißer Weste, hellgrauen Beinkleidern und in der Sonne blitzendem, blankem Zylinderhut. Trotz der Wärme hatte er die perlgrauen Handschuhe fest zugeknöpft und den Paletot überm Arm.

Er schwang im Gehen den Stock energisch, sah gerade vor sich hin, durch die halbgeschlossenen Augen missmutig die Menschenmenge zu Fuß und zu Wagen und den wirbelnden Staub wahrnehmend. Plötzlich grüßte ihn jemand. Er blickte auf, schloss die Augen noch ein klein wenig mehr, als sei ihm die Störung unangenehm, und grüßte wieder, höflich, aber ohne eine Miene zu verziehen. Sein Gesicht war scharf und bartlos, er trug einen Kneifer ohne Schnur, der wie festgewachsen auf der Nasenwurzel saß.

Die Leute in den Wagen drehten sich nach Thomas Hagemann um.

Die meisten wussten ja wenigstens, wer er war, und dass er jetzt durch Staub und Menschengedränge nach seiner Sonntagsgesellschaft in einer der Villen da draußen eilte, wo so viele aus seinem Bekanntenkreise wohnten, wo verzierte Dachfirste und Flaggenstangen durch das Tannen- oder Laubgehölz schimmerten, die

Wohnstätten von Malern, Schriftstellern, Rechtsanwälten, – frei und fröhlich lebenden Leuten –

Gleich allen den übrigen Menschen folgte er der Landstraße, bis sie nach rechts in den alten, halb vergessenen Weg im Tannenwäldchen am Fuße des Bergabhanges einbog. Wagengerassel, Reden und Lachen blieben bald hinter ihm zurück und er befand sich allein auf dem grasbewachsenen ländlichen Pfad.

Er mäßigte seine Schritte und atmete tief auf. Dann blieb er stehen, nahm den Hut ab, trocknete sich die Stirn und putzte seinen Kneifer, während er die kurzsichtigen Augen zusammenkniff; schließlich klemmte er ihn wieder in die tiefen Falten der Nase und sah mit weit aufgerissenen Augen um sich, – in die Baumwipfel hinauf und zwischen den Stämmen hindurch über Wiesen und Acker, Wälder und Häuser, bis an den Fjord, der weit hinten in der Nachmittagssonne glitzerte, voll von weißen Segeln und Sonntagsdampfern.

Dann schlenderte er langsam weiter. Er sah nach seiner Uhr, halb fünf. Nun, da hatte er ja reichlich Zeit. Vor einer Stunde konnte er sich wohl kaum bei Arnebergs einfinden. Die anderen kamen wohl nicht vor halb sieben – sieben Uhr!

Im Übrigen eine ganz ausgezeichnete Idee, dieser Spaziergang vorher. Da konnte er sich alles überlegen.

Es unterlag keinem Zweifel: Er musste sich beruhigen. Sich Klarheit, Überblick verschaffen. Den ganzen Tag war er in Aufregung gewesen, – und jetzt war er gegen alle Sitte und Gewohnheit von Tante Jeannettes Mittagstisch weggelaufen, geradezu rücksichtslos gegen die alte

Dame, – aus lauter Nervosität fortzukommen, – zu ihr hin. Zu Bergliot – –

Hm, ja! Sie hatte sich also ihre Schwester kommen lassen!

Und darüber war sie so entzückt, dass – dass es ihm peinlich war, ihn ärgerte, ihn geradezu verletzte! Da war wieder dies Aufflackern gewesen, diese unbestimmte Ahnung eines Verdachts, dass doch irgendetwas an ihr unfein war! Als er ihr gestern Abend in der Stadt begegnet war, und sie eine so strahlende Eile – eine so herausfordernde, übermütige Eile gehabt hatte!

»Meine Schwester ist gekommen!« Sie rief es ihm vom Wagen aus zu und fuhr weiter.

Es war ihm nicht sofort klar geworden. Eigentlich erst heute Morgen, als er erwachte.

Seither hatte es ihm fortwährend in den Ohren geklungen. Die Stimme, der Gesichtsausdruck!

Prahlerisch, als schwinge sie eine neue, blanke Waffe gegen ihn: »Meine Schwester ist gekommen!«

Es lag etwas Schamloses darin. In diesem plötzlichen, unbeherrschten Zugeständnis, dass ein Kampf zwischen ihnen entbrannt sei.

Und dann war da auch noch etwas, was an das erste Mal erinnerte, als sie sich nach ihrer und Knuts Heimkehr begegnet waren. An jenem Tage, als er den Kampf begonnen hatte. Dieser irritierende, ein wenig grobkörnige Übermut, der ihn damals selbstzufrieden, freundlich bekümmert, – beinahe herablassend angelächelt hatte.

»Aber weshalb bist du denn nicht glücklicher, Thomas?«

»Ach, bist denn du etwa so glücklich Bergliot?«

»Ja, Thomas, ich bin glücklich! Ich sage das weder leichtsinnig noch oberflächlich. Ich weiß noch alles und denke noch an alles, worüber wir in alten Zeiten gesprochen haben; alle unsere Zweifel, all unser Sehnen; und ich bin in meinem Innern ganz unverändert. Wenn mein Glück auch nicht genau so beschaffen ist, wie ich es mir damals vorgestellt habe, – so bin ich doch jetzt nach allen diesen Jahren vollkommen glücklich. Mit meinem ganzen unveränderten Wesen bin ich es. Und ich bin mir dessen jeden Tag bewusst und freue mich jede Stunde darüber!« – – –

Diese Worte hatten einen Hass in ihm entzündet, einen glühenden Hass gegen dies ihr »Glück«. Obwohl er es mit seinem ganzen Bewusstsein und seiner besseren Einsicht verachtete. Er verachtete diesen weiblichen Zug auch in ihrer seltenen und vornehmen Natur, – dies Ablassen von den ursprünglichen Forderungen, dies Fürliebnehmen!

Dass sie sich in Knut Arneberg verliebt hatte und dass sie sich mit ihm verheiratete, – *bien*, so etwas muss man ja wohl den Naturkräften zur Last legen. Aber fünf Jahre später zu kommen und ihm – ihm, Thomas Hageman, dem vertrauten Mitwisser ihrer Seele, – zu erzählen, dass sie glücklich sei! Dass diese Ehe ihr Sehnen erfüllt habe – – ihr Sehnen – –

Die Erinnerung überkam Thomas Hageman mit einer solchen Gewalt, dass er, ohne es zu wissen, plötzlich den

Weg entlang raste. Genau so, wie er es in jener Nacht getan hatte, als er nach Hause ging, während ihre Worte
ihm noch frisch in den Ohren klangen; als er sich selber
geschworen hatte, dass er Bergliot die Augen über dies
»Glück« öffnen wolle, ehe das Jahr um sei, dass dieser
Übermut geknickt werden solle! Und dies Sehnen, dieser
tiefe, schöne Zug in ihrem Wesen sollte in ihrer Seele
wieder auf den Thron gesetzt werden. Diese wunderbare, gedämpfte und vornehme Melancholie, die er geliebt
hatte.

Bergliot Finne sollte vor dem »Glück« der Bürgerlichkeit bewahrt bleiben. So sicher, wie er, Thomas Hageman, sie seiner Zeit vor dem Unglück der Bürgerlichkeit
bewahrt hatte, indem er nichts von ihr forderte – für sich
selber!

Er blieb stehen und sah um sich.

Ja, der Kampf begann. Er konnte schon triumphierend
lächeln: Es lag wohl schon jetzt keine so unumstößliche
Sicherheit mehr in ihrem Glück.

Aber sie sollte ganz klein werden. Ganz tief gedemütigt
werden. Und es fehlte noch ein gutes Teil, ehe sie zur
Erkenntnis gelangt war.

Ein fünfjähriges enges Zusammenleben überspinnt den
Blick wohl mit allerlei Schleiern. Und noch immer, Tag
aus, Tag ein ging Knut an ihrer Seite als lebendige Ver-
körperung – dieses Zusammenlebens mit seinen Rück-
sichten, seiner Dankbarkeit, seinen Annehmlichkeiten,
seinen Anforderungen an das »Gewissen«. Mit anderen
Worten: die personifizierte Bürgerlichkeit. Der erbar-

mungslose Todfeind einer vornehmen Seele und ihres Wachstums in Freiheit und Stolz – – –

Er war noch weit ab vom Ziel, bis er sie auf seiner Seite hatte, dem Feinde abgerungen. Bis sie die Seine war und nicht mehr – der Bürgerlichkeit angehörte.

Er dachte an Knut Arneberg. Dem würde sie ja doch nach wie vor gehören – so weit er sie überhaupt jemals besessen hatte. Dieser handgreifliche, ahnungslose Knut!

Und ihre Treue? Die eheliche Treue!

Thomas Hageman lächelte spöttisch:

Die eheliche Treue! Ein altes, ehrliches Wort, gut für den gewöhnlichen Mann, – so wie z.B. die Religion.

Sein Lächeln wurde ganz heiter. Die eheliche Treue! Ja darin war er kompetent.

Er setzte seine Wanderung fort.

Aber es unterlag keinem Zweifel, dass sich gestern Abend etwas Bedeutungsvolles zugetragen hatte. Der Kampf hatte den Charakter verändert. Jetzt war es ein offener, bewusster und erklärter Krieg. Und das beunruhigte ihn. Es war ein verteufelter Unterschied dazwischen und dem geheimen, ruhigen, langsamen Unterminieren, worin er Herr und Meister war. Dies war etwas ganz Neues.

Verteufelt unbequem im Grunde. Denn es war viel zu früh. So weit war Bergliot noch nicht gekommen. Und ihm selber gefiel diese Art des Kampfes gar nicht. Er war zu grobkörnig. Er schmeckte nach einem ganz einfachen gewöhnlichen Verführungsversuch!

Und dann diese Schwester! Karen Ragnhild! Ebenfalls verteufelt unbequem. Vom praktischen Standpunkt aus. Sie würde natürlich nicht von ihrer Seite weichen.

»Meine Schwester ist gekommen!«

Ja. Genau so wie eine neue Waffe –

Er blieb stehen und sah mit halbgeschlossenen Augen den Weg entlang. Da hinten stand jemand und winkte!

Ach! Das war ja Lotte Falck! Mit irgendeinem Herrn natürlich. – –

Er näherte sich langsam und ohne im geringsten das eifrige Winken und Rufen der Dame zu beantworten.

Erst als er ganz nahe an das Paar herangekommen war, grüßte er.

Sie stand am Grabenrande, ihr Ritter befand sich unten in dem trockenen Graben. Es war ein junger Mann mit einem rundlichen, lächerlich kindlichen Kopf, einer goldenen Brille, dünnem, hellblondem Schnurrbart, schiefen Schultern und einem ungelenken, langen Körper. Seine Kleidung war übertrieben elegant; in dem moosgrünen Schlips funkelte eine vielfarbige Brillantnadel. In der einen Hand trug er einen riesigen Feldblumenstrauß, in der anderen hielt er den Hut, während er sich verneigend grüßte, indem er die eine hohe Schulter bis ans Ohr hinaufschob.

Frau Falck ließ den roten, seidenen Shawl, mit dem sie gewinkt hatte, herabsinken und sagte ärgerlich:

»Es verlohnt sich wirklich, dir Ovationen zu bereiten! Willst du etwa zum Begräbnis?«

Thomas Hageman war ein paar Schritte vor ihr stehen geblieben. Schweigend sah er bald den Herrn, bald die Dame an, schüttelte endlich den Kopf und sagte mit einem tieftraurigen Blick auf die schöne Frau:

»Lotte!«

»Ach was! Geh' du nur weiter!«

»Lotte, Lotte! Sind die Zeiten so schlecht für dich?« Er zeigte mit dem Stock auf den Herrn im Graben, – der noch mit dem Hut in der Hand dastand und die Schulter in die Höhe zog.

»Das war ein schmerzlicher Anblick!«

»Ich versichere Sie, Herr Gerichtsrat«, begann der Herr im Graben langsam, als spreche er von einem Katheder herab, – »die augenblickliche Konstellation steht in keinerlei Beziehung zu Frau Falck. Sie ist ganz zufällig. Ich spiele keine positive Rolle. Ich existiere hier nur als Blumenvase.«

Er hielt den Strauß in die Höhe.

»Lassen Sie sich nicht von Ihrem Schmerz überwältigen, Herr Rat. Ich bin absolut zufällig und interimistisch.«

»Danke, Herr Stipendiat! Darf ich Ihnen dann die Hand drücken?«

»Ach, geben Sie doch acht auf meine Blumen, Mensch!«, rief Frau Falck, als der Stipendiat mit unglaublicher Ungeschicklichkeit, bemüht die eine Hand

44

zu befreien, den Hut in gar zu kräftige Berührung mit dem Strauß brachte.

»Sie können den Hut jetzt gern wieder aufsetzen!«, ermahnte sie, während sie sich an Hageman wandte:

»Herr Langberg und ich sind übereingekommen, da wir uns nun doch einmal hier auf dem Wege begegneten, dass er Blumen für mich pflücken und mich einige botanische Schlagwörter lehren solle. Dagegen wollte ich ihn in der feineren Courtoisie unterweisen.«

Stipendiat Langberg war dem Graben entstiegen, und alle drei setzten sich in Bewegung.

»Es ist nämlich eine junge Dame bei Arnebergs angekommen, Herr Rat – –«

»Bergliots Schwester, ja –«

»Freilich, Sie wissen es natürlich schon lange. Ich erfuhr es eben ganz plötzlich von Frau Falck. Und Sie begreifen, – diese junge Dame, – sie ist ja neu in unserm Kreise – da ist doch vielleicht Hoffnung, wissen Sie – –«

»Mit anderen Worten, – Langberg ist schon im Voraus verliebt.«

»Und Sie könnten nur am Ende ein klein wenig beistehen, Herr Rat, – unserer alten Bekanntschaft wegen wie auch aus Barmherzigkeit!«

»Mit Freuden, Herr Dozent. Aber wie meinten Sie denn?«

»Zum Beispiel, indem Sie mit Ihrer Autorität der jungen Dame ein vorteilhaftes und beruhigendes Wort über meine Person zuflüsterten! Etwa dass man den Hund

nicht nach den Haaren beurteilen darf, oder dergleichen!«

»Die Haare sind übrigens heute äußerst fein, Langberg!«

»Ja, nicht wahr! Das muss man doch zugeben! Dieser
Schlips zum Beispiel und die Handschuhe! Ausgesuchte
Farbe, – wie?«

»Die Handschuhe müssen Sie aufgeben, Herr Langberg!«, erklärte Frau Falck. – »Das habe ich Ihnen ja
schon gesagt. Neue Handschuhfinger sieht man des
Sonntags nur auf der Karl Johanstraße aus der Tasche
gucken.«

»Und doch hatte ich meine ganze Hoffnung auf diese
Handschuhe gesetzt! *A propos*, Herr Rat, haben Sie sich
vorgestern an der Stipendienvorlage beteiligt?«

»Ja, natürlich, was ist es damit?«

»Es ist ein Blödsinn!«

»Das wäre des Teufels!«

»Ja, des Teufels ist es auch! Da geben Sie dem alten
Landstraßen-Klepper Henriksen fünfzehnhundert Kronen – und dem jungen Börge geben Sie nichts.«

»Ach, – nichts weiter?«

»Nichts weiter? Nichts weiter! Wozu haben Sie einen
Sitz im Stipendien-Komitee? Nichts weiter? Es ist ein
Schimpf und Schande! Ein *pecorale*!«

»*Pecorale*? Was ist denn das?«, fragte Frau Falck.

»Ein Blödsinn, gnädige Frau. Ein blühender Blödsinn.
Da kommt dieser junge Mensch mit seinen Gedichten
und einem Band Novellen – einer Siegesfanfare, gnädige

Frau, eine Zukunftsverheißung, endlich einmal eine Hoffnung, - überzeugend für jeden, der auch nur eine Ahnung von Dichtkunst hat - - -«

»Was sagten Sie, Herr Stipendiat?«

»Ich sagte Ahnung, Herr Rat! Eine Ahnung, sagte ich!«

Wenn der Stipendiat Langberg sich ereiferte riss er die Brille ab und funkelte mit seinen großen, dunkelgrauen Augen.

Frau Falck nahm seine Partei. Sie hatte Börges Gedichte gelesen, liebte sie geradezu! Hageman aber nahm die Sache mit überlegener Ruhe.

»Hat der gelehrte Herr Historiker nicht entdeckt, dass diese Dichtungen Börges altmodisches Gepräge haben? Allerlei ehrwürdige Vorbilder?«

»Das ist ja gerade das Überlegene bei dem Menschen. Denn in Bezug auf den Stoff ist er originell genug. Modern – so modern, dass man plötzlich dasitzt und merkt, dass man alt wird! Dass man um Himmels willen aufpassen muss! Aber die Herren im Komitee sind nicht originell genug, um das einzusehen. Die Herren passen nämlich nicht auf! Sie waren vor zehn Jahren modern, die Herren. Und diese Modernität, die wird nie altmodisch! Ein Schimpf und eine Schande, also: Mangel an Kultur. Ach Gott, was ist das für ein Land, in dem wir leben!«

»Ach, Lotte, du, denk dir etwas aus, womit du ihm den Mund stopfen kannst! Du weißt, wenn Langberg erst mit dem Land anfängt, 'n dem wir leben –«

»Langberg ist brillant! Aber wie viel ist denn eigentlich die Uhr? Ich sehe das Dach des Hauses.«

»Es ist sechs!«

»Dann können wir ganz gut kommen!«

»Aber sagen Sie mir doch, Herr Rat, – wie ist sie eigentlich, diese neue Dame?«

»Fräulein Finne? Davon habe ich wirklich keine Ahnung, mein Lieber.«

»Ich dachte, – die kennten Sie aus der Zeit, als Sie Assessor bei ihrem Vater waren –«

Damals war die Dame sechs Jahre alt. Ein höchst ordinäres, unangenehmes Kind. Entsinne mich ihrer ganz und gar nicht mehr. Nichts als ein paar Augen – aus denen wahrscheinlich nichts geworden sein wird.«

Frau Falck brach in ein schallendes Gelächter aus.

»Das Kind hat dir einmal einen Streich gespielt, Thomas!«

»Nicht im geringsten!«

»Du hassest sie ja geradezu. Nimm du dich nur in acht!«

Thomas Hageman musste lachen.

»Und ich – ich liebe sie!«, seufzte Langberg.

»Das, was du sagst, ist übrigens gar nicht so ganz ohne. Dies Mädchen ärgert mich. Alle neuen Menschen ärgern mich!« Hageman schwang den Stock durch die Luft und schloss die Augen halb.

»Ach, Gott, diese Überlegenheit!«, murmelte Langberg.

»Wir befanden uns so wohl, so wie es jetzt war! Wie, Lotte?«

»Du bist sonderbar, Thomas: Ein einfaches kleines Mädchen, – und Bergliots leibliche Schwester!«

»Der Apfel fällt dicht neben die Birne, Herr Rat!«

»Ich ziehe den Apfel vor – ohne etwas in der Nähe, Herr Stipendiat. Übrigens müssen Sie sich ihren Hemdsknopf zumachen!«

»Ah! Gott sei Lob und Dank!«

Sie hatten die Pforte erreicht, die zu Knut Arnebergs Haus führte.

Die Einfahrt führte durch den Garten, der sich groß und ziemlich verfallen mit Obstbäumen und Beeten den Hügel hinabzog. Oben auf dem Abhang lag das Haus mit dem Tannenwald dahinter. Ein kleiner Hain aus jungen Bäumen drängte sich keilförmig in den Hofplatz hinein.

Es war ein altes, zweistöckiges herrschaftliches Haus, nicht übermäßig groß, weiß getüncht, mit grünen Fensterrahmen, die wie tiefe Augen aus der auf altmodische Weise quer um das Gebäude laufenden Panelung hervorsahen. Knut Arneberg hatte Haus und Garten aus einer Nachlassenschaft gekauft, die dazu gehörigen Äcker waren von den beiden benachbarten Grundbesitzern zu jeder Seite angekauft.

Das Haus mit dem eingeknickten, hohen Dach wurde im Stil verunziert durch einen Ausbau mit breiten Fenstern und einem Glasdach an der einen Querwand.

Das war das neu erbaute Atelier, das heute eingeweiht werden sollte.

Auf dem freien Platz vor der Front des Hauses unter der mächtigen Flaggenstange, der Auffahrt gerade gegenüber, stand Knut Arneberg, mit dem Aufziehen einer riesigen Flagge beschäftigt, wobei ihm eine junge Dame in hellblauem Kleide behilflich war.

Endlich hebt sich die Flagge langsam. Die Leine wird befestigt und beide standen hintenüber gelehnt und sahen zu der Flagge hinauf, die bei der völligen Windstille schlaff und in schweren Falten niederhing.

»Hurra!«, rief Lotte Falck; sie war den beiden Herren vorangeeilt.

»Hurra! Hurra!« stimmte Langberg mit seiner unmöglichen Stimme, die nicht rufen konnte, ein.

»Nein, seht doch nur!« Knut Arneberg schwang den Hut und ging ihnen entgegen.

Er war groß und schwergebaut, eine Hünengestalt mit dem großen, blonden, zurückgestrichenen Vollbart, der Kinn, Mund und Nase frei ließ. Die Augen und die offene, breite Stirn leuchteten von Freimut und klarer, fröhlicher Kraft.

Knut Arneberg war dreiunddreißig Jahre alt. Aber die Spuren eines harten Kampfes, durch den er sich seinen Platz in der Welt erobert hatte, ließen ihn älter erscheinen. Jedoch keineswegs alt. Nur so, dass man, wenn man zum ersten Mal sein Alter hörte, stutzte und nachdachte, ehe man es wahrscheinlich fand.

Frau Falcks kleine behandschuhte Hand verschwand ganz in seiner großen, weißen, wohlgebildeten Faust.

»Guten Tag, Lottchen! Guten Tag, Langberg! Willkommen bei uns. Guten Tag! Guten Tag, Thomas«

Es lag eine eigene Ruhe über seinem ganzen Wesen und in seiner Stimme. Er lächelte warm und reichte jedem die Hand. Aber wie jemand, der etwas älter war. Was in Wirklichkeit nicht der Fall war.

Karen Ragnhild kam in ihrem hellblauen Kleide herbei und wurde vorgestellt.

»Ach, ich entsinne mich Ihrer noch so gut!«, sagte sie strahlend zu Thomas Hageman, ohne seine ziemlich scharfe Musterung mit halbgeschlossenen Augen zu beachten. – »Sie haben sich gar nicht verändert!«

– »Zehn – zwölf Jahre älter, Fräulein Finne!«

»Ich finde, Sie sahen damals genau so alt aus!«

»Ich danke!«, sagte Hageman nicht sehr freundlich und ging Knut und Frau Falck nach.

Karen Ragnhild stand ganz überrascht da, dann begegnete sie Langbergs Blick, – hinter den Brillengläsern vor Vergnügen zwinkernd. Und da brach sie in ein herzhaftes Gelächter aus, teils über ihre eigene unpassende Bemerkung, teils über die sonderbare Gestalt vor ihr; er stand nach der Vorstellung noch immer mit dem Hut in der Hand und mit in die Höhe gezogenen Schultern da.

Karen Ragnhild lachte immer lauter. Der Stipendiat fuhr fort mit den Augen zu zwinkern, ohne seine Stellung zu verändern.

»Ja!«, sagte er endlich, – »hat man jemals ein lächerlicheres Geschöpf auf Gottes Erdboden gesehen! Und so habe ich mein ganzes Leben lang ausgesehen. Ohne Spur von Veränderung!

Karen Ragnhild lachte ausgelassen.

»Auf dem Lande sieht man sicher dergleichen nicht!«

Karen Ragnhild hielt inne, lächelte unsicher.

»Ich bin nämlich ein Kulturprodukt, will ich Ihnen sagen, mein Fräulein.«

Jetzt wurde Karen Ragnhild dunkelrot, sie begriff seine Worte plötzlich und entgegnete heftig, indem sie ihn mit ihren allerschwärzesten Augen ansah:

»Sie irren sehr, Herr Stipendiat. Ich habe nicht über sie gelacht.«

Langbergs Erstaunen war so komisch unverhohlen, dass sie von Neuem lächeln musste. Aber sie fuhr in demselben Ton fort:

»Ich lachte natürlich über meine eigene Dummheit – Herrn Hageman gegenüber. Die war sicher kein Kulturprodukt!«

»Sie haben gewiss recht, Fräulein Finne«, sagte Langberg und setzte langsam seinen Hut auf, indem sein Ausdruck der Verwunderung in eine liebenswürdige Heiterkeit überging. »Ich erging mich wohl eigentlich in einem etwas unverschämten Spott.«

»Ja, das taten Sie!«, sagte sie ärgerlich.

»Wollen Sie den haben?« Er reichte ihr den Strauß.

Welch ein sonderbarer Mann! Sie wusste wirklich nicht, was sie glauben sollte! Der Tonfall eben, das Aufblitzen der Augen, – es war, als wollten sie sagen: »Und damit sind wir gute Freunde!« Ein wenig ins Väterliche hinein. Und dabei doch so unendlich komisch!

Sie nahm den Strauß mit leichtem Erröten.

»Ja! Vielen Dank!«

»Ist er nicht ganz hübsch?«

»Ja, – und Sie sehr gütig, dass Sie ihn mir schenken wollen!«, sagte sie mit etwas unsicherer Wärme.

»Aber Sie sollten Frau Falck den Strauß lieber nicht sehen lassen. Sie hat die ganze Zeit hindurch gehofft, dass ich ihn für sie bestimmt hätte!«

»Langberg! Langberg!« rief Frau Falck von der Flaggenstange her.

»Ja, gnädige Frau!«

»Geben Sie mir meine Blumen! Ich will sie Bergliot bringen.«

»Liebe Frau Falck – was – welche – was meinen Sie – – ?« Der Stipendiat sprang ungeschickt auf seinen langen Beinen und scheinbar sehr bestürzt zu ihr hin.

»Wo haben Sie die Blumen gelassen, die Sie für mich getragen haben?«

»Liebe gnädige Frau, – Sie – ich –«

Das Gelächter der anderen hinderte ihn, auszusprechen. Karen Ragnhild, die mit den Blumen in der Hand hinter ihm drein gekommen war, reichte sie Frau Falck unsicher und tief errötend. Diese lachte nur noch mehr und machte eine abwehrende Bewegung.

»Ja, Sie sind eine prächtige Blumenvase!«, rief Hageman.

Langberg aber stellte sich vor Frau Falck auf und sagte traurig vorwurfsvoll:

»Sie hatten mir Ihren Beistand versprochen!«

»Das habe ich ja auch getan!«, sagte Hageman, – »und deswegen bezeuge ich unter eidlicher Versicherung, dass Stipendiat Langberg die Blumen für Fräulein Finne gepflückt hat.«

Langberg wandte sich mit einem verzweifelten Blick nach Karen Ragnhild um, die lachte, obwohl sie noch nicht recht orientiert war – –

Sie waren viel zu früh gekommen; die Vorbereitungen waren noch lange nicht beendet, und so wurden denn alle drei angestellt, mit zuzugreifen.

Vor der Front des Hauses hinter der Flaggenstange sollte der Tisch gedeckt werden. Aus dem Holzschuppen mussten Böcke herbeigeschleppt und Tischplatten darüber gelegt werden. Dann wurden Stühle geholt, und als die Tischtücher aufgelegt waren, schmückte man die Tafel mit Karen Ragnhilds Laubkränzen und Blumensträußen.

Frau Bergliot ließ aus der Küche sagen, dass sie sich noch um keinen Preis sehen lassen könne!

Die Arbeit war in vollem Gange. Knut und Hageman trugen Stühle herbei, und Langberg übernahm die Dekoration der Tafel, – zum großen Amüsement für Karen Ragnhild und Frau Falck und zur Verzweiflung von ein paar Lohndienern, deren Arrangements gänzlich auf den Kopf gestellt wurden.

»Da kommt jemand!«, rief Karen Ragnhild; sie stand auf einem Stuhl, im Begriff, das eine Ende eines langen Kranzes an die Flaggenstange zu befestigen. Sie war ganz vertraut geworden mit der sonderbaren Redeweise des Stipendiaten und ganz bezaubert von der heiteren Frau Falck und amüsierte sich vortrefflich.

»Sehen Sie, bitte, einmal auf die Landstraße hinab: Wer ist denn das?«

»Ach, – das sind Norgreens, Advokat Norgreen mit voller Musik!«

»Was soll das heißen?«

»Sehen Sie nicht die eine Dame, die mit den roten Mohnblumen! Das ist Frau Norgreens Schwester, Fräulein Eriksen. Sie nennt sich Pianistin; hochfeine Kunst also, direkt von Holländer abgeliefert, polemisiert gegen Reiff, verachtet Leschetitsky, hasst Wagner und Schumann, liebt nur Bach und Svend Spangereid!«

»Spangereid?«

»Ja, der kommt heute Abend auch!«

»Was für ein Einfaltspinsel Sie doch im Grunde sind, Langberg!«, sagte Frau Falck.

Norgreens kamen und wurden unter die Arbeiter verteilt. Er selber, ein dünner, langer Bursche, erklärte augenblicklich alles, was getan war, für Wahnsinn.

»Und dann die Sonne! In einer Stunde brennt sie mitten auf den Tisch herab, – schmilzt Butter und –«

»Wir bekommen gar keine Butter«, sagte Frau Falck.

»Der Tisch hätte doch selbstredend auf der Ostseite stehen müssen!«

»Geh du jetzt hin und hole Stühle, Lorenz,« kommandierte Frau Norgreen, dick und gemütlich, während sie Karen Ragnhilds Hand schüttelte.

Fräulein Amalie Eriksen blieb untätig mit ihren roten Mohnblumen stehen, Frau Norgreen aber ging trotz des Verbots in die Küche zu Bergliot.

»Aber Fanny, das darfst du nicht! So hör' doch!«, rief Frau Falck.

»Ja. Ich darf. Als ob ich ihr nicht das Rezept zu – nun, das ist ja einerlei – geliehen hätte! Aber ich habe ihr versprochen, ihr dabei zu helfen.«

Nach einer Weile fuhren zwei Landauer die Straße hinan, beide überfüllt mit Herren und Damen, die letzteren in hellen Toiletten. Alle grüßten und winkten mit weißen Taschentüchern, schwarzen Hüten und bunten Sonnenschirmen.

Von den Kutscherböcken und durch die Wagentüren wimmelten sie herab. Knut stand mitten im Schwarm und grüßte. Und Karen Ragnhild wurde »in Freiheit vorgeführt«, wie Langberg sagte; – um vorgestellt zu werden.

»Das ist eine ganze Arbeit!«, sagte Knut. Also: Hiermit stelle ich euch Fräulein Karen Ragnhild Finne vor, Bergliots leibliche Schwester und meine Schwägerin. Und dies hier ist Herman Abel, seines Zeichens Kunstkritiker – –«

»Ach ja, Gott bewahre!«

»Schweig, Langberg! – Seine schöne Frau namens Engel und auch ein Engel von Charakter. Frau Engel Abel, verstehst du. Dies hier ist Architekt Dyring. Frau Dyring – –

»Auch ein Engel!«

»Ach, Sie – Langberg!«

»Weiter: Dr. Bornemann, Lehrer im Lateinischen und Griechischen, zurzeit also ohne Beschäftigung.

»Ach! –«, wandte Langberg ein.

»Fräulein Harriet Magelsen – –«

»Bornemanns Beschäftigung.«

»Lotte! Binde Langberg den Mund zu, sonst werd' ich nie im Leben fertig! – Advokat Hedels, dessen menschenfreundliche Profession darin besteht, Leuten ohne Geld Häuser zu eigen zu verschaffen. Frau Hedels – –«

»Die ihren Radmantel nicht abnehmen darf!«

»Die es aber trotzdem tut, du abscheulicher Bursche!«

»Aber Bibbi! So ein junges, unerfahrenes Mädchen – –«

»Jetzt schweigst du, Severin Langberg!«

»Ja, er ist geradezu unanständig!«

»Ich? Aber Bibbi! Liebste, – ich – –!«

»Bildhauer und Töpfer Berg und – und Herr Dr. Prytz.«

Dieser letztere hatte sich in der Nähe des Wagens zurückgehalten und kam jetzt zum Vorschein, Herman Abel mit einem lächelnden Blick ansehend.

»Dr. Prytz, ja«, sagte Abel. »Ja, Knut, ich habe mir erlaubt, den Herrn Doktor einzuladen – – –«

»Es ist uns ein großes Vergnügen!«

»Die Sache ist nämlich die«, fuhr Abel fort, »dass dieser unverständige junge Mann sein Hab und Gut in einem Bilde von dir anlegen will. Er will absolut das venetianische Motiv haben.

Und da sagte ich ihm, es würde wohl das Beste sein, wenn er seine Sonntagskleider anlegte, sich von Freunden und Verwandten verabschiedete, Tugend und Ansehen im Stich ließe – und mit zu Euch hinauskäme.«

»Der Sicherheit halber nahm ich das Geld gleich mit«, sagte Doktor Prytz mit einem etwas breiten Lächeln.

»Danke, Herr Doktor«, sagte Knut. »Heute Abend werden hier draußen keine Geschäfte abgeschlossen. Heute Abend feiern wir ein Fest, und dazu sind Sie herzlich willkommen!«

Doktor Prytz Lächeln war anfangs ein wenig verlegen, wurde allmählich sicherer und zuletzt hochmütig. Er stand da, als wolle er links Kehrt machen und seiner Wege gehen. Aber alle die andern gingen auf das Haus zu, da blieb ihm denn nichts weiter übrig, als sich ihnen anzuschließen.

»Ein taktvoller Mensch, dieser Abel«, sagte Langberg zu Karen Ragnhild.

»Was für ein Doktor ist das eigentlich?«

»Doktor Prytz! Eine der geschätztesten »jüngeren Kräfte« der Stadt, die Hoffnung der Tugend und der Moral, ein Muttersöhnchen u.s.w., heute Abend ein verirrtes Schaf unter den Wölfen. Sehen Sie nur Norgreen und Bornemann an, wie sie ihn wutschnaubend betrachten! Nun, seine Nerven werden heute Abend nicht geschont werden!«

Die großen Flügeltüren über der steinernen Freitreppe in der Mitte des Hauses wurden von Frau Norgreen und Bergliot aufgeschlagen.

Das war gleichsam das Signal, dass das Fest eröffnet sei. Und alle strömten auf die Treppe hinaus, um die Frau des Hauses zu begrüßen, die in der Türöffnung stehen blieb und mit einem etwas nervösen Lächeln die Bewunderungsrufe in Empfang nahm.

Sie trug ein meergrünes seidenes Kleid im Empirestil. Hoch unter dem Busen wurde es von einem goldenen Band zusammengehalten. Ihr Haar war in der Mitte gescheitelt und fiel wellig über die Ohren. Das schmale Gesicht mit den großen, blauen Augen war von vornehmster Schönheit, ein wenig krankhaft bleich und nervös. Aber strahlend durchgeistigt.

Die Damen schrien vor Begeisterung; Frau Hebels umarmte sie, Lotte Falck kniete vor ihr nieder, – – und die Herren riefen *evviva*!

Karen Ragnhild stand am Fuß der Treppe, Tränen des Stolzes und der Rührung füllten ihre Augen.

Bergliot selber entzog sich diesen Huldigungen so schnell wie möglich und strandete ganz hinten in der Gruppe in einer Unterhaltung mit Doktor Prytz, der ihr vorgestellt wurde. Doktor Prytz strengte sich mehr und mehr an. In ihrer liebenswürdigen, vollendet damenhaften Art des Seins lag etwas Gewisses – Geistabwesendes. Keine Spur von aufmerksamer Wirtin; im Gegenteil, sie stand da so unbekümmert wie nur irgendeiner ihrer Gäste. Er hatte das deprimierende Gefühl, dass er ihr Interesse nicht zu fesseln vermöge. – –

Plötzlich ertönte ein Schuss aus dem Gehölz hinter dem Hause, gefolgt von einem langgezogenen, mehrstimmigen Hurra–a–a!

»Aber um Gottes willen –«

»Ach, – das ist die Bande!«

»Hurra–a–a!«

Um die Ecke bog ein aus drei Herren und zwei Damen bestehender Zug, sie gingen hintereinander her mit einer Entfernung von drei Schritten. An der Spitze schritt ein junger, brünetter Mann mit großem, hellgrauen Filzhut und einer Samtjacke. Er spielte den finnischen Reitermarsch auf einer Handharmonika. Ihm folgte eine Dame, die eine riesengroße Pappfahne trug, auf der mit großen Buchstaben geschrieben stand:

Es lebe Knut Arneberg und Bergliot!
Fester Besitz für die Arbeiter!
Nieder mit Herman Abel!
Hoch Peter Hedels!

Dann folgte ein großer Schmerbauch; auch er trug eine Fahne mit der Inschrift;

Acht Stunden Arbeitsnacht!
Hurra hoch die Flaschen!
Mädchen!
Knaben!

Die Nächste war eine weiß gekleidete Dame. Über jeder Schulter trug sie eine meterlange, seidene Fahne, eine norwegische und eine italienische.

Den Beschluss machte ein Herr, der eine noch größere Pappfahne als die der anderen trug, mit der blutroten Inschrift:

»Ich liebe Lotte Falck!«

Über dem einen Arm aber trugen sie alle gemeinsam einen mächtigen Mooskranz mit Waldblumen durchflochten. Fahnen und Flaggen wurden auf den Rasenplatz gepflanzt, man nahm den Kranz und schlang ihn unter lautem Jubel und Händeklatschen und Hurrarufen um Knut und Bergliot, die zur Begrüßung vorgetreten waren.

Die »Malerbande« hatte gemeinsam die Villa an dem Abhang gegenüber gemietet. Der Spielmann an der Spitze war der Dichter Nils Börge, der Schmerbauch mit den acht Stunden war der Maler Svend Spangereid, der Lotte Falck liebte, dann kam Hans Forberg, ebenfalls Maler, wie auch die beiden Damen, Frau Vendelboe und Fräulein Karen Kamstrup Malerinnen waren.

Unter allgemeiner Beteiligung wurde der große Kranz als Girlande rings um den Tisch herumgelegt.

Endlich übertäubte Knut Arneberg allen Lärm, indem er in die Hände klatschte:

»Meine Herren, engagieren Sie die Damen und folgen Sie mir. Sonst schwindet die Beleuchtung im Atelier!«

Nach einer großen Verwirrung und allerlei Kämpfen ordneten sich die Paare. Nur Thomas Hageman und der spatzenähnliche kleine Bildhauer Bug führten keine Dame und bildeten den Beschluss des Zuges. Geduldig und schweigend hörte Hageman die Erklärungen des

Bildhauers über die Entwicklung der Töpferei als Kunstindustrie mit an.

Gewaltige und schlecht verhehlte Empörung aber erregte Lotte Falck, indem sie alle ihre Kavaliere im Stich ließ und selber Doktor Prytz wählte!

Der Weg zum Atelier führte – mit Knut und Frau Hedels an der Spitze – zu aller Verwunderung zuerst in das zweite Stockwerk des Hauses, durch alle Zimmer und schließlich durch eine niedrige Tapetentür im Schlafzimmer auf die Galerie hinaus, die an drei Wänden des Ateliers entlang lief, das sich von hier oben in wahrhaft imponierenden: Raumeindruck auftat.

In breiter, ruhiger Fülle floss das Sonnenlicht durch die Glasscheiben der einen Wand und beschien überwiegend lichte Farben, einen weiten, freien Raum, klare, kräftige Anordnungen von Möbeln, Schirmen, Teppichen, Skizzen und Bildern, eine reiche Sammlung von Kunstwerken und Abgüssen antiker Skulptur.

»Du bist ja ganz Hellene in der Auffassung«, rief Abel von der Galerie herab, – »einfach und kühl, – licht und klar!«

»Wie wenig Schattenunterbrechungen!«, sagte Hans Torberg sinnend.

»Verteufelt lebensfroh!«, rief Svend Spangereid. »Hier kann man doch wenigstens sehen und atmen!«

Die ganze Gesellschaft kam die Treppe von der Galerie herab. Mitten an der einen schmalen Wand, auf dem Fußboden, stand ein lebensgroßes Bild von Bergliot in demselben meergrünen, seidenen Kleid, das sie heute Abend trug, – wie die Inschrift besagte, das Geschenk eines französischen Malers. Die Gäste verteilten sich unter bewundernden Ausrufen im Atelier. Vor Bergliots Bild waren Abel und Bergliot Arm in Arm und hinter ihnen Knut und Thomas Hageman stehen geblieben.

»Delikat!«, sagte Abel endlich und schnalzte mit der Zunge.

»Abscheulich!«, rief Hageman plötzlich wütend aus.

»Es war ausgezeichnet,« entgegnete Knut ruhig und langsam, während er das Bild betrachtete. »Seit es aber hierher gekommen ist, hat es etwas verloren. Etwas feines in der Beleuchtung. Ich möchte sagen, der Schmetterlingsstaub ist von den Farben gewischt. Ich glaube, es liegt in der Luft. Es ist in einer Beleuchtung gemalt, wie wir sie hier nicht haben. Ein wunderschönes Bild! Wunderschön!

Bergliot, die schweigend dastand, hob ihre großen, dunklen Augen aufmerksam zu ihm empor. Er schien es nicht zu bemerken, wandte sich um und kehrte zu seiner Dame zurück:

»Nun, Bibbi, jetzt öffnen wir wohl die Türen – zu unserer Mahlzeit!«

Thomas Hageman blieb allein vor dem Bilde stehen. Er hätte mit der Faust hineinschlagen mögen! Wie es ihn in ruhigem, strahlendem Glück anlächelte!

»Ordinär!«, flüsterte er und wandte sich ab.

Die breite Tür nach dem Hofe hinaus war geöffnet, und die Prozession zog hinaus und begab sich an den Tisch, wo die Diener harrend standen. Bald hatten alle Platz genommen.

Die Sonne strahlte auf Silber und Glas, auf blanke Augen und bunte Toiletten herab, die Weine schossen goldige und dunkelrote Blitze zwischen Gemüseschüsseln und Fruchtaufsätzen, – und unter dem offnen Himmel ergingen sich alle Stimmen frei in Lachen, Rufen, und durcheinander schallenden Gesprächen. – – Der frohe Lärm wuchs und erreichte seinen jubelnden Höhepunkt, als die Champagnerkorke knallten und ein riesiger Rinderbraten auf den Tisch gesetzt wurde.

»So seht doch nur! Da haben wir ihn ja! Knuts Rinderbraten!«

»Der heimische Rinderbraten, du!«

»Nach dem war er an jenem Abend in Sorrent aus!«

»In allen seinen Briefen hat er mir davon geschrieben!«

»Ja«, sagte Bergliot lächelnd, »den wollte er heute Abend absolut haben. Keine Menschenmacht hätte ihn davon abbringen können!«

»Natürlich! Das Recht des Mannes –«

Plötzlich trat tiefes Schweigen ein.

Knut stand am Ende des Tisches unter der Flaggenstange, das Glas in der Hand.

Er sprach einfach und gedämpft; mit einer eigenen, stillen Feierlichkeit, zuweilen von tiefer Bewegung unterbrochen:

»Dies ist ein großer Augenblick für mich. Ich kann meine Gefühle nicht beherrschen, ich muss es euch sagen und muss euch teil daran nehmen lassen, ihr meiner lieben Bergliot und meine Freude aus alten und neuen Zeiten!

Jetzt bin ich wieder daheim! Heute, wo das Haus fertig und mein ist. Wo meine Freunde darin versammelt sind.

So muss es sein, wenn man nach Hause kommt. So habe ich es erträumt während der fünf Jahre da draußen. Habe mich danach gesehnt in tiefem Heimweh. Jetzt habe ich es erreicht.

Und das Geheimnis bei der Sache ist, dass ich es eigentlich mein ganzes Leben lang in meinen lichtesten Träumen so erschaut und ersehnt habe. Die fünf Jahre im Ausland haben es mir nur noch klarer vor die Seele geführt: Hiernach habe ich mich mein ganzes Leben gesehnt, – mich heimgesehnt.

Wenn ich hier oben im Walde sitze und Tannen male, da ist es mir ein so wunderbares Bewusstsein, dass mir der Grund und Boden gehört, auf dem die Tanne wächst. Es ist meine Tanne.

Meine Kunst ist mein Eigentum geworden.

Es sitzen so kluge, feinfühlige Menschen hier am Tische, dass ich nicht mehr hierüber zu sagen brauche. Wir alle fühlen es, dass das, was ich hier gesagt habe, zu dem Größesten und Stärksten gehört, was ein Mann sagen kann.

Und ich bin durch viele Länder gereist und habe unter vielerlei Leuten gelebt. Bei klugen und feinen Menschen bin ich auch gewesen. Nirgends aber war ich so froh mit den Menschen, nirgends kann ich so froh sein, wie ich es hier heute Abend bin, wo ich Sie bitten kann, ein Glas auf das zu leeren, was ich über alles auf der Welt liebe, – in dem Bewusstsein, dass ihr alle aus vollem Herzen die Gefühle teilt, denen ich hier Ausdruck verleihe:

»Auf Norwegens Wohl, lieben Freunde!«

Es folgte eine tiefe Stille. Alle hatten sich erhoben. Knut leerte sein Glas. Die andern folgten seinem Beispiel. Ernsthaft, mit einem warmen Blick in den Augen umstanden sie den Tisch, Damen und Herren.

Nils Börge aber hatte schnell die Handharmonika geholt und zu deren Tönen sangen sie alle:

»Ja, wir lieben dies Land« – – –

Es war bereits spät am Abend, als sich Bergliot von ihrem Platz am Ende des Tisches erhob und mit ihrer etwas hellen Stimme meldete, dass der Kaffee im Atelier serviert sei.

Da drinnen waren die Vorhänge vor allen Fenstern herabgelassen und Lichter angezündet, – Flammen in römischen Ölkannen, Kerzen in Bronzeleuchtern standen an den Wänden und auf kleinen Tischen, in den Ecken und hinter Schirmen verteilt, paarweise und in Scharen fanden alle ihre Plätze. Einige schlenderten mit ihrer Cigarre oder Cigarette durch die weit geöffnete Türe auf den Hügel hinaus und in den Garten, wo sich jetzt die Dämmerung herabsenkte.

Bergliot ordnete alles bis auf die kleinste Kleinigkeit, aber mit einer geräuschlosen Ruhe, sodass niemand sie für beschäftigt hielt. Wohin sie kam, war sie frei und bereit, Antwort zu geben. Sie saß schließlich auf dem niedrigen Sofa unter einer venetianischen Laterne in der einen Ecke des Ateliers zusammen mit Frau Vendelboe, Norgreen, Dyring und Bibbi Hedels. Die Unterhaltung wurde lebhaft geführt. Sie selber sagte nicht viel; unwillkürlich aber wandten sich die anderen an sie. Und sie antwortete wie jemand, der aufmerksam zugehört hatte. Und doch lag etwas Geistesabwesendes über ihr.

Sie saß die ganze Zeit über da – wie sie das auch bei Tische getan hatte – und sah mit einem gedämpften Schimmer in den Augen zu Karen Ragnhild hinüber. Ihr gerade gegenüber, um einen der kleinen Tische hatte sich ein Kreis um Karen Ragnhild gesammelt: Nils Börge, Svend Spangereid, Fräulein Amalie Eriksen, Langberg und Hans Torberg. Es ging dort laut her mit hellen Lachsalven, und Karen Ragnhild strahlte als unverkennbarer Mittelpunkt. Ihre klare Stimme ertönte in schlagenden Antworten und in lautem Lachen, das sich in das der anderen mischte.

Norgreen und Dyring gerieten in einen Streit, und Bergliot erhob sich unbemerkt vom Sofa. Sie ging durch das Zimmer und stellte sich hinter Karen Ragnhilds Stuhl. Sie geriet mitten in ein stürmisches Gelächter hinein. Und Karen Ragnhild rief:

»Ja, jetzt können Sie Bergliot ja fragen!«

»Ach nein,« entgegnete Hans Torberg, – – nach so etwas kann man verheiratete Frauen nicht fragen! Entweder haben sie es vergessen, oder auch sie mögen nicht daran erinnert werden!«

»Außerdem ist Frau Bergliot eine Ausnahme!«, sagte Nils Börge.

»Da sehen Sie es! Sofort nehmen Sie Ihre Zuflucht zu Ausnahmen!«

»Die bestätigen die Regel!«, sagte Torberg.

»Und es ist nun einmal Frau Bergliots Lebensaufgabe, Regeln zu bestätigen«, bemerkte Langberg.

Bergliot hatte die Arme über Karen Ragnhilds Schultern gelegt, lächelnd beugte sie sich vornüber, ohne zu fragen.

»Ja, das sind nette Lebensaufgaben, die Sie uns Frauen überlassen«, sagte Karen Ragnhild. »Überhaupt nette Ansichten, die hier entwickelt werden, Bergliot! Weißt du, was Herr Spangereid zum Beispiel eben gesagt hat – –«

»Ich protestiere feierlich, dass meine Worte wiederholt werden! Vorgestern habe ich Frau Bergliot gegenüber das ganz Entgegengesetzte behauptet! Was soll sie denn davon denken?«

»Was für Menschen das sind! Und obendrein wollen es Männer sein! Und sie nennen sich gar die Blüte Norwegens!«

»Das habe ich gesagt!«, rief Börge, »aber im Stillen schloss ich Langberg und Svend aus. Und Hans Torberg natürlich auch!«

Bergliot entfernte sich geräuschlos. Sie suchte ihren alten Platz wieder auf; die andern hatten ihn indes verlassen, und sie sah sich um. In einer halbdunklen Ecke saß Thomas Hageman ganz allein. Sie ging zu ihm hinüber, an Knut, Abel und Frau Norgreen vorbei, die mitten im Zimmer standen und sich über Teppichmuster unterhielten.

Thomas Hageman fuhr in die Höhe. Sie setzte sich neben ihn.

»Also hast du wirklich auch für mich einen Augenblick übrig, Bergliot?«

Sie schien ihn nicht zu hören, sondern sah zu dem Kreis an dem kleinen Tisch hinüber.

»Ist sie nicht entzückend?«, fragte sie leise.

»Wer?«

»Die kleine Narni! Ach Thomas, Thomas! Wer doch auch so jung wäre! Oder wer es doch nur einmal im Leben gewesen wäre!«

»Wie alt ist deine Schwester?«, fragte Hageman ziemlich kurz.

»Siebenzehn Jahre! Knut sagt immer, dass nichts in der Welt unwiederbringlich ist. Und er hat mich beinahe dahin gebracht, es zu glauben. Aber das kann nicht ungeschehen gemacht werden!«

»Was?«

»Es ist wie ein Vogelschwarm, der vorüberfliegt. Und man steht da und sieht ihm nach. Und hat selber keine Flügel.«

»Du bist ja aber so glücklich, Bergliot!«, sagte er plötzlich mit verbissenem Hohn.

Sie errötete, und ein nervöser Zug huschte über ihr Gesicht. Dann wandte sie sich ruhig nach ihm um.

»Ich liebe sie, Thomas! Ich glaube, sie ist mein Glücksvogel, nach dem ich mich gesehnt habe. Sie kommt und macht mich sie alle lieben, – alle!« Sie machte eine Handbewegung nach der versammelten Gesellschaft. – »Sie gehört ja zu ihnen, – ist von ihrer Art! Sieh nur, wie sie unter ihnen sitzt! Und dann gehört sie gleichzeitig mir. Ist von meiner Art. Das fühle ich heute Abend. Ich bin fröhlicher, stehe weniger außerhalb des Ganzen, bin nicht so verwundert. Es ist mir, als hörte ich die Stimmen näher, als seien sie mir verwandter. –«

»Und das, – das ist dir angenehm?«

»Es ist das Glück Thomas!«

»Sonderbar!«, sagte er langsam. »Ich sitze gerade hier und denke, es soll das letzte Mal sein, dass ich mit meinen Freunden und – Freundinnen in Gesellschaft gehe. Wir kleiden einander nicht mehr, finde ich. Wir sind nicht mehr jung genug. Und die Jungen, die sind neu. Mit denen kann ich mich nicht unterhalten. Kaum dass ich es ertragen kann, sie anzuhören. Ich finde auch nicht, dass sie hübsch sind. Sie lärmen, und ich höre sie keine feinen Reden führen. Ich saß eben da und dachte daran, in aller Stille meiner Wege zu gehen. Durch den Wald zu gehen, bis es dort still würde, und ich allein bliebe.«

Er hielt inne. Nach einer Weile fuhr er noch gedämpfter fort:

»Die einzige, die ich gehofft hatte, vielleicht mitzubekommen, warst du, Bergliot. So kann man sich also irren!«

Er schwieg. Sie erwiderte nichts. Endlich wandte sie sich ihm mit ernsthaften Augen zu:

»Zuweilen habe ich ein Gefühl, als wenn du mir nicht wohl wolltest, Thomas!«

Sie erhob sich ruhig und ließ ihn allein.

Sie trat zu der Gruppe mitten im Zimmer und schob ihren Arm in den Knuts. Er stand da und erzählte von einem alten Messgewand aus Brokat, das er von einem italienischen Landpfarrer als Honorar für die Restauration eines alten Altarbildes erhalten hatte.

Bergliot blieb stehen und hörte ihm zu. Endlich wandte er sich mit einem etwas fragenden Lächeln nach ihr um.

»Ich meinte nur, ob du nicht findest, dass es an der Zeit ist, das Sodawasser zu reichen?«

Mit einem fast unmerklichen Zug von Enttäuschung gab Knut ihren Arm frei und ging.

Das Erscheinen des großen Teebretts mit Gläsern und Flaschen scharte die zerstreuten Gruppen um den Tisch. Eine spanische Wand wurde beiseite gerückt, und zur allgemeinen Überraschung entfernte Knut die Decke von einem Salonflügel in der Ecke, den niemand bisher bemerkt hatte.

»Ja, das ist mein Geburtstagsgeschenk für Bergliot!«

Fräulein Amalie Eriksen geriet in Ekstase:

»Ah! – Ein Steinway!«

»Ja, das kommt davon, wenn man einen Instrumentenhändler mit Sinn für Gemälde trifft!«

Die Lampetten wurden angezündet, und Fräulein Eriksen nahm sofort Platz vor dem Flügel und begann, Bach zu spielen.

Karen Ragnhild und Nils Börge gingen indes auf den Hofplatz hinaus.

Im Halbdunkel draußen am Abhang hatten sich Kandidat Bornemann mit Fräulein Magelssen, Frau Abel und Karen Kamstrup gelagert. Er entwickelte die Grundsätze für die neue Schule, die er errichten wollte.

Nils Börge führte Karen Ragnhild an ihnen vorüber, nach dem Garten hinab.

Hier scholl ihnen Lotte Falcks melodisches Gelächter entgegen. Über die niedrigen Stachelbeerbüsche sahen sie ihre und Doktor Pryts Silhouetten. – – Und Nils Börge wandte sich ab, der anderen Seite zu.

»Aber – Ihre Mutter –?« nahm er das Gespräch wieder auf.

»Ich habe sie nie gekannt.«

»Sie – ist – tot?«

»Ja, sie starb, als ich geboren wurde.«

»Dann haben Sie also niemals eine Mutter gehabt! Das muss höchst wunderbar sein! Ein Mangel an Kenntnis des Lebens. Denken Sie oft an Ihre Mutter?«

Es lag eine eigene Stärke in seiner Frage, – sie forderte eine Antwort! Und eine Wärme machte sich in seiner Stimme geltend, die den Worten einen andern Klang als sonst verlieh. Als läge mehr von seinem Innern darin. Und sie antwortete ihm sofort und mit großer Offenheit. Es war kein fremder Herr für sie? Auf den Gedanken kam man ihm gegenüber überhaupt nicht.

»Nein! – Ja, das heißt ich denke wohl an sie. Aber es wird zu keinem Gedanken. Nur eine Art Märchen – so wie man sich zum Beispiel die Personen in einem Buche vorstellt, – Sie verstehen mich wohl?«

»Ja, das ist ausgezeichnet ausgedrückt! Ich sehe es so klar vor mir, so wie Sie es sagen.« Seine Freude war warm und eifrig. »Aber, – entbehren Sie denn die Mutter niemals?« Aber das ist Vaters Verdienst!«

»Nein! Denken Sie nur, das tue ich nicht.«

»Ja, das ist wahr. Sie müssen mir mehr von Ihrem Vater erzählen. Viel mehr. Sie lieben ihn also so über alle Maßen?«

»Ja, – natürlich!«

»Natürlich! Ach ja, – natürlich, in sofern, als er also wohl der Einzige in Ihrem Leben gewesen ist – –«

»Nein nicht so. Vater ist mir alles gewesen! Alles in meinem Leben. Mutter und – Vater!«

»Sagen Sie mir, – haben Sie völliges Vertrauen zu ihm, – so mit Ihrer ganzen Weiblichkeit?«

»Ja, das ist es ja gerade! Vater ist nämlich so!«

»Können Sie sich vorstellen, dass Ihr Vater geliebt worden ist, – von andern Frauen?«

»Ach, wenn ich eine andere Frau wäre, würde ich ihn lieben, – ach ja, – ihn lieben!«

»So wie Sie andere Männer geliebt haben?«

»Tausendmal mehr! Ach, so unendlich!«

»Sie *haben* also andere Männer geliebt?«

»J–a – nein, – ach nein, das habe ich wohl eigentlich nicht getan – –«

»Nein, das haben Sie wohl nicht getan.«

»Woher können Sie das wissen?«, fragte sie ein wenig verletzt.

»Da Sie selber es ja sagen!«

Karen Ragnhild lachte:

»Man darf doch nicht so beim Wort genommen werden! Wenn man so ausgefragt wird!«

»Ja, Sie kann man beim Wort nehmen!«

»Warum mich mehr als andere?«

»Das will ich Ihnen sagen: Weil Sie mehr selbst sind als andere.«

»Das verstehe ich nicht!«

»Nein. Das ist es ja gerade. Aber erzählen Sie mir mehr von Ihrem Vater!«

»Ach, – erzählen – –!«

»Ja sprechen Sie nur von ihm!«

»Warum soll ich das eigentlich tun?«

»Das ist das erste Mal, dass Sie warum gefragt haben! Ja, ganz einfach, weil es etwas so Schönes ist!«

»Ja, das ist es auch!«, sagte sie warm, fing aber gleich darauf an zu lachen: »Das heißt, es ist so viel, viel schöner, als ich es ausdrücken kann!«

»Das ist ja gar nicht möglich!«

»Ja, aber es verhält sich trotzdem so!«

»Unmöglich!«

»Wieso?«

»Weil Sie das Schönste von allem sind. Sie selber, also.«

Hierauf antwortete sie nicht. Er wandte sich nach ihr um:

»War es Ihnen unangenehm, das zu hören?«

»N–ein! Aber es ist Unsinn.«

»Ich verstehe mich auf alles, was schön ist!«, sagte er.

»Ja, das tun Sie wohl!« lachte sie. Aber von nun an wurden ihre Antworten ein wenig knapper. – – –

Die Gäste waren schon seit einer geraumen Weile gegangen. Karen Ragnhild hatte nach einem endgültigen, vertraulichen Klatsch mit Knut und Bergliot Gutenacht gesagt. Sie hatte alle ihre Beobachtungen und Erlebnisse an diesem »wunderbarsten Abend ihres Lebens« ausgekramt. Dann war Knut durch die Tür auf den Hofplatz hinausgeschlendert, wo das Morgenlicht bereits graute.

Bergliot saß allein an dem kleinen Tisch, auf dem die kleine Lampe als letztes Licht in dem großen, dunklen Atelier brannte. Mit einem sinnenden Lächeln blieb sie lange sitzen.

Endlich erhob sie sich von ihrem Stuhl und sah sich um. Dann ging sie zu Knut hinaus. Sie fand ihn an die Flaggenstange gelehnt. Den Arm in den seinen geschoben, den Kopf an seine Schulter geschmiegt, stand sie schweigend da. Und Knut schlang den Arm um ihre Taille. Er sah halb erwartungsvoll auf sie herab.

»Wie entzückend sie doch ist!«, sagte Bergliot endlich. – »Nicht wahr, Knut?«

»Ja, das ist wahr!«, sagte er. Aber das Erwartungsvolle schwand aus seinem Gesicht, und er ließ den Blick in die Ferne schweifen.

Bergliot fuhr fort, von Karen Ragnhild zu sprechen, was sie von ihr gesehen, was sie sie hatte sagen und antworten hören, – wie sie sich unter den andern ausgenommen hatte –

»Ich fand, sie war der Mittelpunkt der ganzen Gesellschaft. Durch sie erschien alles gleichsam in einem neuen Licht. Ja, ich empfand dadurch auch an allen den andern eine ganz neue Freude. »Ich bin so glücklich darüber Knut!«, sagte sie, sich innig an ihn schmiegend. »Kannst du das nicht verstehen?«

»Ja!«, antwortete er ziemlich kurz.

Sie ließ seinen Arm los und sah zu ihm auf. Nach kurzem Schweigen fragte sie:

»Woran denkst du, Knut?«

Er lächelte – mit einer Bitterkeit, die sie bei der schwachen Beleuchtung nicht gewahrte:

»Ach, – ich! Ich dachte wohl an das, was du sagst, Bergliot. Woran sollte ich sonst auch wohl denken!«

Es war, als fröre es sie.

»Gute Nacht!«, sagte sie leise und ging ins Haus.

Knut blieb noch eine Weile stehen. Dann ging er hinein, schloss die Ateliertüren und zündete da drinnen ein Licht an. Mit der brennenden Kerze in der Hand stand er gesenkten Hauptes mitten im Zimmer.

Er stand da und fühlte sich so elendiglich arm inmitten all seines Reichtums, den er heute Abend so strahlend gefeiert hatte.

IV.

Bergliot saß in ihrem Zimmer am Schreibtisch, über eine offene Mappe gebeugt, deren aus losen Briefen und Papieren bestehender Inhalt über den Tisch zerstreut lag.

Die Tür zu dem Atelier daneben stand offen. Auch dort waren alle Türen geöffnet. Das Haus lag leer und still da. Und sie saß vornübergebeugt und las. Alte Briefe, Gedichte, Billetts. Sie wollte die Mappe ordnen, hatte sich aber in die Lektüre jedes einzelnen Blattes vertieft.

Es war gegen Mittag. Sie hatte mehrere Stunden so gesessen.

»Bu-uh« klang es plötzlich durch die Tür. Sie fuhr heftig zusammen, zerknitterte das Papier, das sie in der Hand hielt, und wandte sich um.

Es war Karen Ragnhild, die mit feierlichem Schritt und strahlendem Antlitz eintrat.

Sie hatte ihr neues Kleid an, eine elegante Promenadentoilette und vor allem einen riesengroßen Hut, alles heute aus der Stadt geholt. »Du bist es!«, sagte Bergliot, sofort beruhigt.

»Ja, niemand als ich. Das ist ja das traurige.«

»Wieso?«

»Er wollte nicht mit hereinkommen. Aber was sagst du denn?«

Sie drehte sich langsam in ihrem Staat um. Karen Ragnhild hatte ihr Haar hoch aufgesteckt, und eine Menge widerspenstiger Löckchen hingen ihr lose in den Nacken.

»Wunderhübsch, du!«, sagte Bergliot, die aufgestanden war und sie von Kopf zu Fuß betrachtete. »Jetzt ist das Kleid, wie es sein soll. Ganz wunderhübsch. Nur der Hut, – der hätte noch etwas größer sein können! Er hat es doch noch nicht ganz verstanden.«

»*Noch* größer, Bergliot?«

»Ja, – oder die Krempe hätte einen flotteren Schwung haben müssen! Er müsste noch mehr wie – wie eine Fanfare wirken! Das passt für dich! – –«

Nach einigem Beraten einigten sie sich dahin, dass sie noch einmal mit dem Hut zu Höst gehen wollten. Vielleicht ließe sich das Ganze machen, wenn man die Straußfeder nur ein klein wenig mehr bog. – –

Der Gegenstand ihrer tiefsinnigen Betrachtungen, – der Hut – strandete endlich auf dem Sofa, und Karen Ragnhild streckte sich daneben aus.

»Weshalb wollte er nicht mit hereinkommen?«, fragte Bergliot, die nun wieder an ihrem Tische saß und langsam die Papiere in der Mappe zusammenlegte.

»Er wollte weiter gehen – und arbeiten,« entgegnete Karen Ragnhild mit einer höhnischen Betonung des letzten Wortes.

»Arbeiten! Er unterrichtet hier oben doch nicht!«

»Unterrichten! Nein, er wollte in den Wald und dichten!«

»Bornemann?«

»Pah! Du glaubst, dass es Bornemann ist! Nein, das ist seit mindestens acht Tagen vorbei!«

»So?«

Karen Ragnhild legte die Hände hinter den Kopf und lehnte sich übermütig zurück, während sie die Beine von sich streckte und ihre eleganten Schuhe sehen ließ.

»Bornemann! Ach nein! Das ist ein überwundener Standpunkt. ›Fertig damit,‹ wie Knut sagt. Fertig damit!«

Plötzlich sprang sie auf und ging im Zimmer auf und nieder und fächelte mit dem weiten Kleiderrock, der sie eng umschloss, während sie sich herumdrehte, und das seidene Futter raschelte und knitterte.

»Ach, Bergliot! Wie ich mich amüsiere! Wie ich mich amüsiere!«

Bergliot lächelte.

»Ja, das tust du wohl!«

»Ich amüsiere mich so in meinem stillen Innern! Außer all dem andern wirklichen Amüsement mit Lotte und Langberg und euch hier zu Hause – in der Stadt und auf unseren Ausflügen. Nein, so im innersten Innern meines eigenen Selbst! Überlegen, weißt du! Dass ich so mit ihnen allen fertig werde, mit einem nach dem andern! Es ist mir, als sei jede Woche ein Jahr, – was für eine Entwickelung ich durchmache! Von Kadett Norgreen, den ich so himmlisch fand, bis jetzt, bis zu Nils Börge!«

»Nils Börge – der also war es?«

»Natürlich! Er war es nicht nur, er ist es. Also. Nein, das ist wahr, – ich soll ich nicht fortwährend also sagen. Das ist Langbergs Weisheit. »Das Windei der Rede«, nennt er es!«

Bergliot lachte. Sie sah sie mit strahlenden Augen an.

»Aber, wie gesagt, er ist es also. Und, weißt du was, Bergliot, diesmal bin ich ganz schrecklich sicher.«

»So?«

»Ja! Ach ja! – Mit ihm ist es was! Ich bin gar nicht sicher, dass es nur eine Woche währt. Ja, übrigens hat es schon eine Woche gedauert. Jedenfalls sechs Tage, sieben, wenn ich den ersten Abend mitrechne, – die große Gesellschaft hier, weißt du. Da fing es eigentlich an. Es war so eigentümlich, weißt du! Also – nein, nicht also, also, – aber du verstehst wohl, ich meine nicht, d.h., ich sehe sehr wohl, dass er interessant sein will. Er ist ja auch Dichter, der Ärmste. Aber dahinter steckt etwas, was wirklich interessant ist. Und ich passe auf, ob er es auch selber weiß. Ob dies Innerste, weißt du, so fein, so zufällig natürlich – aus Berechnung – herauskommt, – oder ob er es selber nicht weiß. Ich laure darauf. Jetzt z.B. geht er selbstverständlich nicht in den Wald, sondern direkt nach Hause zu den andern und verzehrt Karen Kamstrups Mittagessen; denn es ist ihre Woche. Aber ob der – trotzdem – du verstehst mich ja, Bergliot, – ob er nicht wirklich die Absicht hatte, in den Wald zu gehen, als er es sagte!«

Karen Ragnhild hielt inne und dachte nach.

»Nun?«, fragte Bergliot.

»Ach, ich dachte nur, dass wenn es Berechnung ist, – so, ja, so ist es feiner, trotzdem – weißt du – als bei den anderen.«

»Und Bornemann!«

»Pah! Bornemann! So einer! Das Einzige, was an ihm ist, ist, dass er hübsch ist. Denn das ist er ja mit den kleinen Locken und den blauen Veilchenaugen. All das andere, was er ist, – klug, fein, ritterlich – soigniert – das ist er nur, weil er weiß, dass es ihn kleidet! Er gibt immer acht, dass er das ist, wovon er weiß, dass man es gern sieht! Ach nein, du! Fertig damit! Sie kann ihn gern haben, – dies Fräulein Magelssen! Wie Langberg sagt.«

Sie ging wieder auf und nieder, blieb jetzt aber mitten im Zimmer stehen:

»Du, Bergliot, du! Man sollte doch nicht glauben, dass ich so direkt vom Lande käme! Von der Drostei und so direkt kopfüber in die große Stadt!«

»Das ist Vaters Verdienst!« lächelte Bergliot.

»Ja, Vater, ja! Der ist so gut wie die Großstädte der ganzen Welt! – – Mit Vater fingen wir auch an!«

»Wer?«

»Er und ich, Nils Börge also!«

Plötzlich kehrte sie sich um.

»Aber worin warst du, eigentlich so vertieft, als ich vorhin kam?«

»Ach, in nichts Besonderes. Bergliot wandte sich dem Schreibtisch wieder zu.

»Nichts? Du sahst und hörtest ja nichts, Ach, – alte Briefe! Ach, – Bergliot, lass mich ein bisschen hineingucken! Nur ein ganz klein bisschen! Alte Briefe sind das Amüsanteste auf der Welt!«

»Hm, ja, du kannst gern einige davon lesen. Sie sind nicht so gefährlich.«

»Sind sie von Knut?« »Ach nein, mein Herz, die ließe ich dich denn doch nicht lesen!«

»Aber – aber Bergliot, – das sind ja Verse, – und Verse, – und immer wieder Verse!«

»Ja. Die sind aus den Zeiten, als sie noch Verse auf mich machten, weißt du. Im Lenze meiner Jugend!«

»Und so eine Menge!«

»Ja, es war so eine Art Mode damals unter ihnen.«

»Unter wem?«

»Ach, unter meinen Freunden von damals. Während der zwei Jahre, als ich bei Tante Julie wohnte und das Seminar besuchte.«

»Ja –?«

»Es waren Thomas Hageman, Norgreen, Fritz Brun, Peter Hedels und ein paar andere.«

»Knut nicht?«

»Nein!«

Karen Ragnhild verschlang die Verse. Blatt für Blatt, so wie sie sie bekam.

»Aber sie sind ja entzückend, Bergliot! Wer hat z.B. dies geschrieben?«

»Das, – ja, das ist von Fritz Brun. Der Ärmste, du weißt, er ging dann nach Amerika. Er ist gestorben.«

»Das ist wunderschön!«

»Ja. Er war wirklich eine Art Dichter!«

»Und alle diese?«

»Die sind von Norgreen.«

»Und diese? Dies hier?«

»Das ist von Peter Hedels. Die sind auch hübsch. Viele davon.«

»Ach ja, – dies zum Beispiel. Karen Ragnhild deklamierte. Dann las sie weiter.

»Hast du keine von Hageman?«

»Ja. Aber die kann ich dir wirklich nicht zeigen.«

Karen Ragnhild sah sie fragend an.

»Ach nein«, sagte Bergliot. »Er würde es nicht gern sehen.«

»Nein, dann natürlich nicht! Ich hatte nur eine so rasende Lust, Verse – von ihm zu sehen. Weißt du, Bergliot, ich kann nichts dafür, – aber, denk nur, ich kann Thomas Hageman im Grunde nicht leiden.«

»Das ist unrecht von dir, Karen Ragnhild.«

»Ja, das ist es wohl. Aber er ist – ja, ich hätte beinahe gesagt, er ist nicht – gut. Es hört sich so dumm an, aber – «

»Er ist ein feiner, edler Mann. Aber er ist nicht glücklich.«

»Ist es, – ist es – deinetwegen, Bergliot?«, fragte Karen Ragnhild leise, verschämt.

Bergliot schüttelte den Kopf mit einem ernsten Lächeln:

»Nein. So ist es nie gewesen. Er ist keine glückliche Natur.«

Sie schwiegen eine Weile. Karen Ragnhild, griff wieder nach den Versen.

»Ach Gott, welch eine herrliche Zeit für dich, Bergliot!«, rief sie plötzlich aus und wandte sich strahlend der Schwester zu.

»Ja, denn sie waren ja allesamt in dich verliebt! Glühend!«

»Ja, – das waren sie wohl!« lächelte Bergliot. »Ach, wie anders ist es jetzt!«

»Ich finde, sie sind ebenso verliebt in dich, Karen Ragnhild!«

»Ach, die! Es könnte nicht einem von ihnen einfallen,
Gedichte zumachen! Etwas so Schönes, Herrliches, wie
du erlebt hast! Es ist kein Glanz bei den andern, keine
Poesie!«

»Es ist wohl am besten so. – Ohne Poesie, Karen Ragnhild!«

»Wie du reden kannst!«

»Ich sehe ja immer nur, dass du dich amüsierst!«

»Hm, ja! Amüsieren!«

»Das ist das Beste, was du in deinem Alter tun kannst,
finde ich.«

»Aber für dich, – für dich war es doch auch amüsant, –
nur so viel, viel edler, Bergliot. Wie du dich amüsiert
haben musst!«

»Sonderbar, ich könnte dich um dein Amüsement beneiden!«

»Aber ich begreife dich nicht, Bergliot!«

»Ach nein. Aber so ist es nun einmal. Jetzt erscheint es
dir anders. Ich fand damals nicht, dass Amüsement dabei war. Ich habe mich nie amüsiert, Karen Ragnhild.«

»Woher mag das gekommen sein?«

»Ich will dir sagen, was ich glaube. Es kam gerade von
all den Gedichten. Sie waren ja so schön. Wir hatten einen reizenden Verkehr miteinander. Aber es war im
Grunde nicht das Richtige für mich. Es war zu melancholisch. Zuviel Schwermut, zu viele Gedanken. – – Ich
war nicht fröhlich, weißt du, Karen Ragnhild, ich habe

ein Gefühl, als wenn ich eigentlich niemals jung gewesen wäre. So wie du jetzt!«

Karen Ragnhild saß ganz starr vor Staunen da. Sie rückte der Schwester näher, erwartungsvoll. Aber Bergliot schwieg. Karen Ragnhild dachte eine Weile nach. In der Hoffnung, das Richtige gefunden zu haben, fragte sie endlich vorsichtig:

»Hat Knut dir niemals Gedichte geschrieben?«

»Ach nein, das kannst du dir doch selber sagen. Das war nichts für ihn,« erwiderte Bergliot ruhig, und Karen Ragnhild begriff, dass sie *nicht* das Richtige gefunden hatte. Sie wurde ein wenig rot und sah warm zu Bergliot auf:

»Nein! Und doch hat ja Knut das schönste von allen Liedern für dich gedichtet! Das ganze Leben!«

»Ja.«

Wieder schwiegen beide. Dann sagte Bergliot sinnend:

»Ja, siehst du, das war eigentlich nicht das schlimmste in jener Zeit, – ich meine die Gedichte, und dass sie aus unserm Verkehr und unserm Zusammenleben entstanden. Nein, sie waren auf andere, ernstere Weise gefährlich.«

»Gefährlich?«

»Ja, wenigstens für mich. Und vielleicht für alle, – in so jungem Alter. Es war zu ästhetisch. Sie schroben unsere Vorstellung vom Leben zu einer Schönheit und Idealität hinauf, die falsch und illusorisch ist. Es waren jedenfalls verschiedene unter uns, die die Sache zu ernst, zu tief auffassten, die Ansprüche daraus folgerten, die die Wirklichkeit des Lebens nicht einzulösen vermochte.«

Karen Ragnhild sah zu ihrem Schrecken zwei Tränen an Bergliots Wangen herabrollen. Sie ergriff ihre Hand und flüsterte beinahe ängstlich:

»Bergliot?«

Bergliot lächelte ruhig mit ihren feucht schimmernden Augen:

»Ich möchte dir gern sagen, mein süßes, liebes Kind, dass du glücklich sein sollst, glücklich, dass du dich amüsierst, so wie du es tust! Kehre dich nicht an mich, – ich war nur ein wenig sentimental infolge der Lektüre dieser alten Papierlappen. Jetzt packen wir sie zusammen und lassen sie in Frieden ruhen, – wo sie hingehören. Unten in meiner alten Kiste!«

Nach einer Weile ging Bergliot, und Karen Ragnhild blieb allein sitzen.

Sonderbar! Sie meinte doch, dass sie erwachsen und entwickelt war und einen klugen, klaren Blick für alles hatte! Und trotzdem stieß sie zuweilen auf Dinge, die sich gar nicht zu erklären wusste. Es war, als läge außerhalb der Welt, die sie sah und verstand, eine andere, im Nebel oder hinter einem Vorhang. Als wäre es doch nicht die ganze Welt, die sie mit ihren Augen sah. Und zuweilen verzog sich der Nebel, oder der Vorhang hob sich. Und sie erhaschte einen Schimmer von einem Leben, das für gewöhnlich ihre Sinne nicht erreichte; ein verborgenes, tiefes Leben, dessen Bewegungen nicht bis an die Oberfläche gelangte, die sie sah. Es konnte vor ihren Gedanken als großes, betrübtes, fremdes Gesicht auftauchen. Es sah sie nicht an, sprach nicht mit ihr, hatte nichts mit ihr zu schaffen. Vorläufig wenigstens nicht! Es sah nur vor sich hin, – in den Raum hinein, auf etwas für sie Unsichtbares. Etwas Großes, Schweres, Fernes – – – –

Karen Ragnhild empfand eine eigentümliche Furcht vor diesem Fremden. Ungefähr wie vor Gespenstern oder Gesichten oder andern geheimnisvollen Erscheinungen. Sie entsann sich der Vorstellung von diesem Gesicht aus ihrer frühen Kindheit, und ihr ganzes Leben lang hatte es sie nicht verlassen. Ganz deutlich entsann sie sich dessen. Und jetzt, wie jedes Mal, wenn diese Vorstellung in ihr wach gerufen wurde, erinnerte sie sich, wie sie einmal als Kind in des Vaters großer, griechischer Mythologie gelesen hatte, wie Hades auf seinem Wagen der Erde entstieg und die schöne Persephone von der Blumenwiese raubte und in seine dunkle Unterwelt entführte. Niemand außer Hekate, die Zauber und Mondgöttin, »der nichts verborgen ist«, hatte es gesehen. Und sie pflegte das Gesicht »Hekate« zu nennen.

Sie musste lächeln, wenn sie jetzt daran dachte. Gleichzeitig aber marterte sie die Furcht, dass der Vater sie doch für klüger und erwachsener gehalten hatte, als sie war. Denn das, was Bergliot gesagt hatte, und was sie nicht verstand, musste das gewesen sein, was der Vater im Sinne hatte, als er sagte, dass bei Knut und Bergliot vielleicht nicht alles so gut sei, wie es sein sollte.

Denn das war sicher, soweit sie gesehen hatte, war alles nicht nur gut, sondern ganz außerordentlich, hinreißend schön und gut. Das gedämpfte, edle Glück zwischen Knut und Bergliot!

Knut, der feinste, stolzeste und überlegenste von allen Männern, die sie hier gesehen hatte, und Bergliot! – – – Wenn sie nur jemand fragen, sich mit jemand beraten könne. Eine ältere, erfahrene Persönlichkeit!

Lotte Falck zum Beispiel? Die war sehr erfahren in diesen Sachen, das wusste sie und merkte sie ihr an. Aber es hatte seine Schwierigkeit, Lotte gerade nach so etwas zu fragen, – Lotte, die geschieden war und Verhältnisse mit Männern gehabt hatte – – das könnte fatal sein. – – Und sonst war da niemand, höchstens Langberg, der ja alles wusste! – Ja, sie konnte es sich ganz gut denken, dass man mit Langberg über alles Mögliche sprechen konnte. Aber der kannte Bergliot nicht genügend, – und dann war er ja ein fremder Mann.

Ach nein, Vater hätte, selber herkommen müssen! Er hätte es sofort erkannt – –

»Nun, Jungfräulein, worüber grübelst du denn so hartnäckig nach?«

Knut stand mit dem Malkasten in der Türöffnung.

»Ist Bergliot nicht hier? Ach, dann bist du vielleicht so gut und hilfst mir ein wenig. Ich muss Wasser in diese Krucken holen: Ich will große Pinselwäsche halten, wie du siehst. Sieh nur diese Schweinerei! Ja, ja, so geht es, wenn man schlecht malt, – dann bleibt nur der Dreck zurück!«

»Du willst doch nicht behaupten, dass du schlecht malst! Das großartige Bild!«

»Großartig – schlecht, ja! Ach nein, Jungfräulein, es ist nicht so einfach, in eine ganz andere Welt hineinzuplumpsen!«

Karen Ragnhild brachte Wasser und einen Arm voll trockner Tücher.

»Es ist, als wenn man das ganze Leben umkrempelte, du! Neue Tuben, neue Mischungen. Und schließlich sitzt man da und glotzt die Palette an, – schau her, hast du je was Ähnliches gesehen! Und Sinn bekommt man nicht hinein. Es ist sehr übel, wenn man seine eigene Palette nicht kennt. Ist dir das klar, Jungfräulein?«

»Nein, ganz und gar nicht. Ich finde, so eine beschmierte Palette sieht immer ungefähr gleich aus.«

»Ja, oberflächlich gesehen. Das kannst du wohl finden, du glückliches Jungfräulein, das weder Malerhandwerksgesell noch sonst dergleichen Abscheuliches ist. Nein, die Palette, das ist ein ganz mystischer Satan. Ein Stück umgekrämtes Inwendig. Schau hier einmal her: Zu viel Schwarz in dem Schmierakel hier, – Unreinheit im Blut! Und sieh nur diese Kleckse, Haufen von unnötiger Schweinerei, halbe Tuben liegen hier nutzlos! Das ist ein schlechter Kopf, – Unruhe im Gehirn. Die Palette, – die legt das ganze Blut- und Nervensystem klar – – Man sollte ja ökonomisch sein und schaben und die brauchbare Farbe nicht vergeuden. Aber mir hängt die ganze Sache so aus dem Halse heraus, – so, da ziehen wir den Nerven und Adern die ganze Haut ab! Fertig damit!«

Am Nachmittag begab sich Karen Ragnhild nach der Villa der Bande hinauf. Sie saß Svend Spangereid, der angefangen hatte, ihr Bild zu malen. Und heute hatte sie auch einen Korb mit allerlei Leckereien für Frau Wendelboe mit, die da oben krank lag. Es war so spät geworden, dass sie vom Kaffee hatte weglaufen müssen.

Knut saß mit seinen Pinseln und Wasserkrucken, Terpentin und Tüchern im Atelier.

Er war bei Tische forciert lustig gewesen, hatte ausgelassen mit Karen Ragnhild über sein schlechtes Bild gescherzt.

Bergliot brachte den Kaffee; sie stellte ihm eine Tasse hin und setzte sich selber in einiger Entfernung in einen niedrigen Stuhl.

Knut putzte und wusch schweigend weiter, ohne seinen Kaffee anzurühren. Bergliot saß da und starrte zu Boden. So verging eine ganze Weile.

Endlich sah sie auf und sah ihn an. Sie atmete tief auf, beugte sich im Stuhl vor und sagte:

»Du bist nicht zufrieden, Knut?«

Er sah sie schnell an.

»Ach nein, du. Nicht so sehr.«

»Sonderbar, dass du nicht mehr mit mir sprichst, Knut. Ich weiß diesmal gar nichts von deiner Arbeit.«

»Lieber Schatz, – ich finde, du hast dich diesmal nicht sonderlich bemüht, etwas davon zu sehen.«

»Du hast mich nicht darum gebeten,« entgegnete sie langsam.

»Wundert dich das wirklich?«

»Ja, Knut.«

»Du warst von Anfang an so gegen das Bild, dass ich damit anfing, meine ich.«

Nach einer Pause fügte er hinzu:

»Du hast überhaupt in der letzten Zeit kein besonderes Interesse für mich und meine Angelegenheiten gezeigt.«

Er wandte sich nach ihr um. Als er ihrem ernsten, angestrengten Blick begegnete, lächelte er plötzlich warm und sagte freundlich:

»Ich warte ja nur auf dich, Bergliot!«

Sie lächelte nicht, sah nur starr vor sich hin und schüttelte endlich den Kopf:

»Seit wir heimkamen, bin ich die Letzte gewesen, auf die du gewartet hast, Knut.«

Sein Blick verfinsterte sich, während er sie halb forschend, halb zornig ansah. Dann wandte er sich hastig seiner Beschäftigung wieder zu und sagte kurz, abschneidend:

»Jetzt wirst du sicher, Bergliot.«

»Hierin bin ich unfehlbar. Ich bin nicht gewohnt, die letzte zu sein.«

»Unfehl–bar«, sagte er langsam, während er an einem Pinsel zog, – unfehlbar ist wohl niemand von uns. Wenn du dich mir gegenüber als Letzte fühlst, so irrst du. Ich finde es nicht amüsant, dir das sagen zu müssen. Bergliot.« »Nein, das finde ich auch nicht.«

»Und wenn du trotzdem das Gefühl hast«, fügte er mit einem Anflug von bitterm Spott hinzu, – »so kommt es wohl daher, dass du deinen Rang und deinen ersten Platz wo anders, – nicht bei mir suchst.«

Bergliot sah auf.

»Ich? Ich bin wohl nicht diejenige, die anderswohin strebt!«

Er antwortete nicht. Lange war alles still; er beschäftigte sich mit seinen Pinseln, war mehrere Mal im Begriff zu sprechen, sagte aber nichts. Endlich wandte er sich um und sah sie ruhig an:

»Du scheinst mir auch nicht zufrieden, Bergliot.«

»Nein!« »Und daran bin – nur ich schuld? Weil ich dich nicht gebeten habe?«

Bergliot erwiderte nichts.

»Ach nein, Bergliot, mit deiner Unfehlbarkeit ist es wohl nicht weit her, wenn du das behaupten kannst.«

Sie stand sinnend da, als suchte sie nach Worten.

»Du bist nicht zufrieden gewesen von dem Tage an, als wir nach Hause kamen, Bergliot.«

»Darin hast du recht. Ich habe mich nicht glücklich gefühlt. Und ich bin auch nicht glücklich. Nein, Knut, ich bin nicht glücklich!« Sie bedeckte das Gesicht mit beiden Händen.

»Ja, das weiß ich. Aber ich weiß auch, woher es kommt.«

Sie sah auf:

»Ja, wenn du das wüsstest, Knut –.«

»Ja«, sagte er und stellte sich groß und aufrecht vor sie hin, und seine Stimme bebte vor Zorn, – »ich weiß es! Du kamst gleich aus dem Schritt mit mir, als alles, was ein Übergang war und was sich nicht vermeiden ließ, dir nicht zusagte. Alles das, in das ich mich einleben musste, wenn ich hier arbeiten und gedeihen wollte. Du meinst, ich bin anderweits hinabgeschweift, weil du selber mir nicht gefolgt bist. Ich ging, wohin ich gehen musste, sowohl unter den Menschen hier in der Heimat als auch in den Verhältnissen überhaupt. Du folgtest mir nicht, Bergliot. Das ist das Geheimnis. Wenigstens, was mich anbetrifft.«

Er wandte sich ab, um zu gehen, drehte sich aber plötzlich wieder herum und sagte leise und verbissen:

»Was für Geheimnisse im Übrigen für deine Person noch vorhanden sein mögen, – kann ich nicht sagen. Das musst du mit dir selber abmachen.«

Er warf den Pinsel, den er in der Hand hielt, hin und verließ das Zimmer.

Bergliot war im Begriff, von ihrem Stuhl aufzuspringen – überrumpelt, starr; sie wollte ihm nachrufen, – sie war ja gar nicht zu Wort gekommen, – – allmählich aber sank sie wieder in den Stuhl zurück und blieb sitzen. Sie hatte ein Gefühl, als beschleiche sie eine eisige Kälte. Je mehr sie nachdachte, umso heftiger wallte ein bitterer Zorn in ihr auf.

Das also war die Erklärung! Die Auseinandersetzung, nach der sie sich so lange gesehnt hatte, – obgleich sie alle Auseinandersetzungen hasste, – die aber schließlich kommen musste, um alle die bösen, nagenden Gedanken aufzulösen, ihrem Gemüt den Frieden wiederzugeben, sonnige Klarheit über die monatelangen Nebel und drückenden Wolken zu verbreiten! Wenn sie sich nur einmal gründlich aussprechen könnte – –!

Nein, er konnte ihr nicht helfen! Wenn er kein besseres, feineres Verständnis für sie hatte, als dass sie ihm nur »nicht gefolgt« war. Wenn er nicht ahnte, dass sie alle diese tausend zarten, schwierigen, feinen Dinge hatte überwinden, dass sie sich Verständnis und Aussöhnung dafür hatte erringen müssen. Gefühle, mit denen sie gewohnt war, sicher und ruhig zu ihm zu kommen, – die er aber diese ganze Zeit hindurch nur plump übersehen und deren Regelung er ihr selber überlassen hatte. Ohne einen Schimmer von dem alten, liebevollen Interesse für das, was ihr Schwierigkeit bereitete, und was in der Regel vielleicht das feinste in ihr und für ihn in sich trug! Ein Verrat gegen alle die schönsten und tiefsten Voraussetzungen ihres Zusammenlebens! Er hatte das ganze Wesen ihres Verhältnisses zueinander verändert, hatte es zu »Mann und Frau« gemacht, mit der Pflicht für »die Frau«, selbstverständlich und ohne Fragen oder Zweifel »Schritt zu halten.«

Und nun stand er hier kühl und männlich-plump vor ihr und machte ihr Vorwürfe, dass sie das nicht hatte anerkennen wollen!

Sie ging erregt im Zimmer auf und nieder, die Arme unter der Brust gekreuzt.

Als wenn ihre Ehe ein Schritthalten geworden sei: Eins – zwei, eins – zwei! Er hatte sich nicht nach ihr umgesehen, hatte seine Hand nicht ausgestreckt, wenn er merkte, dass sie aus dem Schritt kam. War nur seinen selbstgerechten Weg weitergegangen und hatte sich nicht dafür interessiert, ob sie unschlüssig mitkam oder stehen blieb, weil sie möglicherweise staunte und sich verletzt fühlte durch all das Neue, Äußere, das so plötzlich Wert für ihn erhielt und sie in den Hintergrund drängte: Freunde, Kollegen, allerlei Öffentlichkeit, was seine Zeit und seine Gedanken in so ungewohnter Weise in Anspruch nahm. Und wenn sie zuweilen ihre Zweifel und Fragen geäußert und ihrer Besorgnis Ausdruck verliehen hatte, dass ihr Zusammenleben hier in der Heimat sich verändere, – so hatte er es so zu drehen gewusst, als klage und jammere sie, als belästige sie ihn mit ihren kleinen Leiden, so wie andere quengelnde Bürgerfrauen.

Sie klagte ja nicht darüber, dass er sich mit seinen Angelegenheiten beschäftigte, dass all das Neue hier in der Heimat ihn mit Beschlag belegte. Im Gegenteil, sie hatte sich in seinem Interesse über das meiste gefreut. Aber dass er so ganz und ohne Entbehren mit dem abschloss, was ihr und sein intimstes Eigenleben gewesen war! Sie von allem ausschloss wie eine beliebige, lästige Frau!

Es war dies eine Kränkung, – eine große, unerträgliche Kränkung. Und nun heute mehr denn je. Jetzt, wo er gefühlt hatte, dass sie so sehr nach einer gründlichen, friedlichen Erklärung verlangte, nach der sie sich so lange gesehnt hatte. Nach einer endgültigen Erklärung, dass dies ein Missverständnis sei, das nur eines Wortes seinerseits bedurfte. – –

Und dann war er hochmütig und selbstgerecht mit seinen plumpen, oberflächlichen Ansichten aufgebraust und hatte ihr jede Erwiderung abgeschnitten, ihr jedes Recht der Verteidigung mit seiner grenzenlosen Selbstgerechtigkeit abgeschnitten! Klar und unwiderruflich hatte er festgestellt, dass er es so haben wollte! Schritthalten: »Eins, zwei, eins, zwei!«

Aber so wollte sie es nicht haben. Sie wollte nicht in einem Verhältnis leben, das immer, so lange sie sich der Stimme und der Worte ihres Vaters entsinnen konnte, ihr größter Abscheu gewesen war.

»Mann und Frau!«

Es war ja entsetzlich! Sollte sie dahin gekommen sein, wohin nach Aussage der »klugen« Frauen mit dem widerlichen, halb mitleidsvollen, halb schadenfrohen Lächeln alle Frauen einmal kommen mussten!

Ach nein! So billig war ihre Liebe nicht zu kaufen. Gab es keine besseren Bedingungen, so wollte sie lieber ihre Liebe verleugnen. Sie liebte einen Mann nicht, der ihr so etwas bieten konnte. Sie liebte Knut nicht, das war ganz klar. So war ihre Liebe nun einmal beschaffen. Sie ließ sich nicht wie ein willenloses Faktum behandeln, das sich immer gleich blieb, mochte um sie her vorgehen, was da wolle.

Sie hatte vielleicht kein Talent für das große Gefühl, das »alles duldet«. Sie legte gar nicht einmal Wert darauf. Es war ihrer unwürdig. Und sie fand auch, dass es unschön war und unschön machte. Alle diese Frauen, die mit hungrigen Bettleraugen umhergingen und Schritt hielten und die Brosamen hüteten, die von dem Tisch ihres gnädigen Herrn fielen. Und die hässlich wurden und schadenfroh.

»Pfui!«

Sie blieb vor ihrem großen Gemälde stehen.

»Pfui!«, sagte sie laut in Gedanken an jene anderen.

Es klopfte an die Tür, und Bergliot wandte sich hastig, erwartungsvoll um.

Es war Stipendiat Langberg. In seiner gewöhnlichen Positur stand er in der Türöffnung, – die Schultern in die Höhe gezogen.

»Guten Tag, Frau Arneberg! Nein, ich danke, hereinkommen will ich nicht! Meine Besuche haben auch ihre Grenzen. Ich wollte nur fragen, ob unsere Freundin, Frau Lotte Falck, wohl hier ist?«

»Nein, heute habe ich sie noch nicht gesehen.«

»Ich auch nicht. Und das ist sehr bedenklich. Namentlich, da sie von anderen gesehen worden ist, – in Begleitung eines Mannes.«

»Ich hätte beinah gesagt, – würde es nicht fast noch bedenklicher sein, wenn Lotte ohne die Begleitung eines Mannes gesehen worden wäre?«

»Ja, – ach ja, – ich danke, nur einen kleinen Augenblick, gnädige Frau. Ja, darin haben Sie gewissermaßen recht. Da es aber sehr wahrscheinlich ist, dass der betreffende Mann der junge Doktor Prytz gewesen ist, so werden Sie meine Besorgnis vielleicht verstehen!«

»Sind Sie um den Doktor besorgt, – oder um Lotte?«

»Sie sind boshaft, meine Gnädige! Ich habe es mir, wie Sie wissen, zur beschwerlichen Pflicht gemacht, unsere gemeinsame Freundin zu überwachen. - - - Aber – es riecht hier unverkennbar nach dem Gatten! Ist Knut zu Hause?«

»Ja. Er hat Pinselwäsche gehalten.«

»A–h! Daher der Duft!«

»Er kommt gewiss gleich. Er ist nur hinaufgegangen, um sich zu waschen. Aber, – Langberg, – ich wollte Ihnen doch sagen, – Sie dürfen Karen Ragnhild nichts Hässliches in den Kopf setzen.«

Er fuhr auf, dunkelrot, und Bergliot musste laut über sein komisches Entsetzen lachen.

»Ja, – Sie haben schlecht über Raphael gesprochen. Und ich liebe Raphael.«

Langberg fühlte sich so erleichtert, dass er keine Worte zu finden vermochte.

»Und dabei haben Sie mir gesagt, ich hätte Sie überzeugt, – entsinnen Sie sich noch des Tages in den Stanzen?«

»Ach, wie genau ich mich dessen entsinne!«

»Und trotzdem wiederholen Sie alle Ihre Schändlichkeiten über den herrlichen Raphael diesem Kinde gegenüber!«

»Ja, so bin ich nun einmal, Frau Bergliot! Ist es nicht traurig, wenn man zu der Erkenntnis gelangt, dass man ein reiner Windbeutel ist, – ein Ball gegenüber der Macht weiblicher Schönheit!

»Nein, ich finde gar nicht, dass das so schlimm ist.«

»Aber Raphaels weibliche Schönheiten haben nun einmal keinen Eindruck auf mich gemacht!«

Knut kam die Treppe von der Galerie herunter. Er hatte einen Hut auf, legte ihn aber schon oben hin, als er Langbergs ansichtig wurde. »Ja, was sagen Sie denn, Knut? Halten Sie es auch für eine Todsünde, wenn man Raphael keinen Geschmack abgewinnen kann?«

»Sie wissen, ich bin so langweilig gerecht. Ja, lieber Freund, es ist eine Todsünde.«

»Dann will ich mich schleunigst bekehren. Man kann ja nur an die *Disputa* und die *Scuola di Athene* denken und die *Madonna della Sedia* und alle anderen vergessen.«

»Wollen Sie aber die Güte haben, Karen Ragnhild damit zu verschonen!«

»Ja, gern! Ist das Fräulein zu Hause?«

»Nein, sie sitzt ja Svend Spangereid!«

»Jeden Tag?«

»Ja! Er muss sehen, dass er fertig wird,« entgegnete Knut.

»Das ist wirklich ein Opfer«, sagte Langberg ziemlich verdrießlich.

»Aber das Bild wird gut!«

»Ach was, der brave Svend Spangereid sollte sich lieber an die brave Landbevölkerung halten. Das ist sein Feld. – – – Haben Sie denn schon von Herman Abels großen Plänen gehört?«

»Ja, er sprach gestern davon, als ich ihn traf.«

»Was für Pläne sind denn das?«, fragte Bergliot.

»Ja, sehen Sie, er will zum Sommer eine Herde Künstler beiderlei Geschlechts sammeln und sie auf die Alm treiben. Er selber will der Senne sein. Frau Engel soll mitkommen, – als Sennerin natürlich. Gehen Sie mit, Knut?«

»Kann leider nicht, Ich bin den ganzen Sommer in Anspruch genommen.«

»Und dann kommen die Damen auch wohl nicht mit?«, fragte Langberg in nachlässigem Ton.

»Nein, von uns wird wohl kaum die Rede sein, wir sind ja keine Künstler.«

»Wenn ich die Gesellschaft recht kenne, so wird schon die Rede von Ihnen sein! Und zwar in sehr nachdrücklicher Weise! Abel hat mit mir ja auch davon gesprochen, und ich bin doch, Gott sei Dank, kein Künstler. Aber ich bin auch für den Sommer in Anspruch genommen.«

Mit einem schnellen Pochen trat Thomas Hageman durch die offenstehende Tür. Nachdem er die Anwesenden begrüßt und Platz genommen hatte, befand er sich wie gewöhnlich gleich wieder mit Langberg im Handgemenge.

Er hatte eben mit Herman Abel gesprochen und war ganz darauf erpicht, Bergliot zur Teilnahme an der Partie zu überreden. Dass Knut nicht könne, begriff er ja leider. – –

»Wollen Sie sich Abels Herde wirklich anschließen?«

»Ja natürlich. Es ist ja eine brillante Idee!«

»Wie komisch!«

»Was meinen Sie damit?«

»Ich meine, die Idee ist komisch und namentlich für Sie.«

»Wie so, wenn ich fragen darf, Herr Stipendiat?«

»Sie und Herman Abel zusammen auf der Alm! Lamm und Löwe – Katze und Hund! Ja, das wird idyllisch!«

»Der Herr Stipendiat kommt offenbar nicht mit?«

»Nein. Ich trage wohl höheres Verlangen!«

»Wenn nun Frau Bergliot und ihre Schwester von der Gesellschaft sind?«

»Sie werden nicht von der Gesellschaft sein, nicht wahr, Frau Bergliot?«

Bergliot saß nachdenklich da und fragte:

»Wie beliebt?«

»Sie nehmen doch nicht teil an dem Abelschen Hirtengedicht?«

»Das solltest du doch tun, Bergliot«, meinte Knut. Er war aufgestanden und hatte seinen Hut ergriffen. Er entschuldigte sich, er sei eigentlich auf dem Wege zu Norgreens, – es handele sich um Geschäfte. –

Auch Langberg erhob sich. Er wollte Knut begleiten. Vielleicht fand er seine verschwundene Frau Falck unterwegs. Er ging, nachdem er sehr bereitwillig seine Zusage erteilt hatte, zum Abendbrot mit Knut zurückzukehren.

Bergliot ging wieder mit gekreuzten Armen im Zimmer auf und nieder. Thomas Hageman hatte seine Zigarette angezündet und blieb in seiner Sofaecke sitzen, während er sie betrachtete.

»Ich habe mich so über Abels Plan gefreut, Bergliot, um deinetwillen.«

Er wartete, ob sie nicht etwas sagen würde. Sie aber wanderte schweigend weiter. Dann fuhr er langsam und gedämpft fort, mit kurzen Pausen von Zeit zu Zeit. Sie aber erwiderte nichts, ging nur in einiger Entfernung von ihm unaufhörlich auf und nieder, – ohne ihn anzusehen.

»Es würde dir gut tun, Bergliot, einmal ganz fortzukommen. In Ruhe. Die anderen werden dich ja nicht mehr stören, als dir selber recht ist. Ich bin nur schon lange darüber klar gewesen, dass du eine Weile weg müsstest. Du hast es nötig, dich zu sammeln, dich auf dich zu besinnen.

»Du hast in Unruhe mit dir selber gelebt, Bergliot. Das habe ich lange, und mit jedem Tage deutlicher gesehen. Du hast es dir selber nicht eingestehen wollen; und meine Mitwisserschaft und die Hilfe, die ich dir habe erweisen wollen, – die hast du von dir gewiesen. Was ja auch ganz erklärlich war.

»Aber dies kommt so natürlich zu dir. Und ich bin bange, dass du auch dieses blind von dir stoßen könntest. Du musst in die Berge, Bergliot! In die reine, hohe Luft. In die ungestörte Stille, wo du Ruhe und Stärkung für deine Nerven findest. Und du bedarfst der Stärkung. Dann wirst du wieder klar und mutig und stolz ins Leben sehen. In alten Zeiten konntest du das besser als irgendjemand sonst!

»Ich habe das, was mir von Anfang an unerklärlich war, allmählich besser verstanden. Dass du wirklich, seit deiner Heimkehr, eine schwere Zeit durchzumachen hattest. Seit du das große, lange Märchen abschlossest, – deine fünf Jahre in Italien. Du hast etwas an Wirklichkeitssinn da unten eingebüßt.«– –

Er hielt inne, weil Bergliot sich jetzt plötzlich nach ihm umwandte und ihn mit staunender Spannung betrachtete. Aber sie sagte nichts.

»Ich meine«, fuhr er dann fort, – »ich meine, du hast die vielen hässlichen Härten der heimatlichen Wirklichkeit vergessen. Und infolgedessen einen Teil deiner Waffen dagegen niedergelegt. Das ist gefährlich, Bergliot! Wenn man gleichzeitig alle seine Ansprüche ebenso stolz bewahrt hat. Man entblößt sich und wird verwundet. Und du hast dich so stolz bewahrt. Es war ein Irrtum meinerseits, dass ich eine Zeit lang daran zweifelte. Ich verwechselte deine natürliche Verwirrung, plötzlich aus dem Märchen heraus versetzt zu sein, dein natürliches Bedürfnis, deine Illusionen zu bewahren, – mit einem wirklichen Aufgeben deiner Ideale.

Du hattest das Bedürfnis, in der Märchenwelt zu bleiben. Aber du erkaufst sie dir nie, indem du die eigenen Ansprüche heruntersetzt.

Das weiß ich jetzt. Und das weißt du jetzt selber.

»Ja, Bergliot, ich kann in deinen Zügen nicht lesen, was du bei meinen Worten denkst.« –

Sie wandte sich wieder nach ihm um und wollte reden; aber ihr traten Tränen in die Augen, und sie vermochte kein Wort hervorzubringen.

»Ich meine nur, dass du der Ruhe und der Einsamkeit bedarfst. Du bedarfst der klaren stärkenden Gebirgsluft für dein Auge und für deine Lungen. Ich will mit aller Macht auf dich eindringen, Bergliot. Denn es tut mir zu weh, dich krank und friedlos werden zu sehen. Dich, die du stark und klug, stolz und ruhig sein sollst. Es schmerzt mich zu tief, das mit anzusehen.

Ich will dich nicht belästigen, wenn ich auch gern bei dir sein möchte. Es könnte ja sein, dass du das Bedürfnis empfändest, mit mir zu reden, – wenn einige Zeit darüber hingegangen wäre. Und dann, – ja, dann würde ich ungern fern von dir sein. Aber selbst wenn du das nicht willst – ich werde mich dann sicher fernhalten, – so sage ich dir doch mit ganzem Nachdruck: Du musst mit in die Berge gehen!«

Bergliot stand mitten im Zimmer, plötzlich öffnete sie die Arme weit und rief leidenschaftlich mit Trotz und Tränen in der Stimme:

»Natürlich gehe ich mit! Mit! Mit!«

Er sprang strahlenden Blickes auf.

»Du willst, Bergliot?«

»Ja, ich will! Ich will, ich will!«

Sie ging wieder ein paar Male auf und nieder. Dann blieb sie stehen und sah vor sich hin:

»Er hat selber gesagt, ich sollte mitgehen«, rief sie höhnisch aus.

Thomas Hagemans Blick verdunkelte sich leicht. Nach kurzem Schweigen fragte er:

»Und du zürnst mir nicht, weil ich dir dies alles gesagt habe?«

Sie wandte sich zu ihm um und lächelte warm:

»Thomas! Du bist mein bester Freund! Du bist der beste und feinste und liebevollste von allen!«

»Hab Dank, Bergliot!«

Er saß eine Weile erwartungsvoll da. Sie aber fing wieder an, auf und nieder zu gehen. Auf ihren Zügen lag wieder derselbe Ausdruck von Finsternis und Trotz.

Thomas Hageman zündete eine neue Zigarette an, lehnte sich in die Sofaecke zurück und betrachtete sie schweigend, während sie ihre Wanderung fortsetzte. – – – –

Die tiefe Stille, die eine ganze Weile währte, wurde von vielen Stimmen von draußen her unterbrochen. Die ganze Schar aus der Villa mit Doktor Prytz, Lotte Falck und Karen Ragnhild kamen über den Hofplatz.

Thomas Hageman erhob sich und folgte widerstrebend Bergliot, die hinausgegangen war.

Auf einem improvisierten Tragstuhl wurde die kranke Frau Wendelboe zwischen Svend Spangereid und Nils Börge getragen. Sie hatten zwei Stangen unter einen Gartenstuhl aus Segeltuch gesteckt. So ward sie hineingetragen und im Atelier niedergesetzt.

»Da sehen Sie, Herr Doktor! Sie ist mitgekommen!« sagte Nils Börge. – »Wenn nur die Beine krank sind –«

»Wir kommen aus verschiedenen Gründen, Frau Bergliot«, begann Svend Spangereid feierlich. – »Vor allen Dingen, weil Karen Kamstrup« – – –

»Es ist nicht meine Schuld!«, rief Karen Kamstrup.

»Weil Karen Kamstrup uns aushungern will. Es ist ihre Woche. Es wird auch ihre letzte. Sie hat ganz einfach kein Essen für uns – – –«

»Butter und Brot und Käse und – –« »Da wir Gäste im Hause haben, kann man so etwas nicht Essen nennen. Sie hat auch keinen Kaffee. Geschweige denn Schnaps!«

»Ich habe wunderschönen Tee!«

»Ja, das ist wahr. Der Tee ist wunderschön! Zweitens kommen wir, weil wir, wie gesagt, Besuch haben. Er zeigte auf Lotte Falck und Doktor Prytz. – Und die möchten wir gern bewirten, wie es sich geziemt. Drittens, weil Fräulein Anne uns gesagt hat, dass wir kommen könnten, sintemal heute ein größerer Schinken in diesem Hause gekocht sei. Viertens, weil wir wissen, dass Knut den Schnaps nie ausgehen lässt.« – –

»Vor allen Dingen aber,« fiel ihm Nils Börge in die Rede, »weil wir große Pläne haben! – Und weil Fräulein Finne sagt, Sie seien zu alt, um mit dabei zu sein.«

»Warten Sie mal, das habe ich nicht gesagt!«

»Ja, – ja!«, wurde von allen Seiten gerufen.

Und dann erzählten sie von Herman Abels Plänen und schrien alle durcheinander.

Bergliot stand lächelnd in der Schar und konnte nicht zu Worte kommen.

»Und dann möchten wir Sie und Fräulein Finne und Knut gern mit dabei haben«, schloss Nils Börge.

»Knut kann nicht!«

»Nein! Das haben wir uns schon gedacht. Aber Sie selber und Fräulein Ragnhild? – die will!«

»Willst du, Karen Ragnhild?«

»Natürlich, wenn du mitkommst.«

»Wir ernennen Sie zur Kaiserin des ganzen Gehöftes.«

»Und tragen Sie nach Valders hinauf.«

»Danke, ich kann sehr gut gehen.«

»Willst du, Bergliot?« Karen Ragnhild stand mit blitzenden Augen da.

»Ja natürlich! Das wird ja furchtbar amüsant!«

Der Jubel wurde ausgelassen, und selbst Bergliot stimmte fröhlich mit ein. Sie war so ungewohnt lustig, dass Karen Ragnhild sich nicht satt daran sehen konnte.

»Und nun finde ich, du solltest dich auch entschließen, Lotte!«, sagte Karen Ragnhild und hängte sich an Lotte Falcks Arm.

»Nein, nein! Ach nein, ich kann leider nicht. Du weißt, Mama geht es deswegen nicht besser, weil Bergliot ins Gebirge will.«

»Kann Doktor Prytz nicht versprechen, dass er Lottes Mutter inzwischen pflegen will?«

»Das kann ich sehr gut, Fräulein Finne, ich tue ja jetzt schon mein Bestes. Aber ich muss ja auch in die Stadt. Ich habe ja Patienten!«

Nach schwerem Kampf riss Lotte Falck sich los. Sie war in Doktor Prytzs' Wagen gekommen, – und wollte wieder mit ihm zurückfahren. Was sie versprochen hatte, das hielt sie auch!

Nach ihrem Abschied herrschte eine gewisse Verstimmtheit.

»Ich kann diesen Menschen nicht ausstehen«, sagte Nils Börge.

»Doktor Prytz? Das ist doch ein so netter Mann,« meinte Bergliot. – »Ich wundere mich gar nicht, dass Lotte sich in ihn verliebt hat.«

»Sie kennen ihn nicht, gnädige Frau«, sagte Börge. »Aber da oben bei uns, – er hat seine besondere Art und Weise. Ich habe immer die größte Lust, ihn oben im Walde einmal beiseite zu nehmen und ihm eine gehörige Tracht Prügel zu verabreichen.«

»Er hat mir, weiß Gott, ein Bild abgekauft«, sagte Svend Spangereid lachend.

»Ja, und wenn du nicht so ein Waschlappen wärest, wie du bist, hättest du ihn gebeten, sich zum Teufel zu scheren!«

»Ich hätt' es auch gern getan. Aber dann reichte das Geld ja gerade für diesen Ausflug.«

»Ich weiß wirklich nicht, was Sie gegen Doktor Prytz haben«, sagte Bergliot. »Mir ist er sehr sympathisch.«

»Wissen Sie, Frau Bergliot, er hat etwas so Herablassendes. In seinem innersten Innern. Nicht so gerade zu. Wenn es das nur noch wäre. Nein, inwendig! Es liegt in seinem Lächeln. Jedes Mal, wenn er sich zeigt, – und Lotte hat ihn ja Frau Wendelboe mit ihrem Fuß aufgedrängt, – so geschieht es mit einer Miene, als käme er aus viel feineren Kreisen. Sowohl in christlich-moralischer als auch in sozialer Beziehung. Und den Ton schlägt er auch Lotte gegenüber an. Wenn sie heute Abend hier geblieben wäre, hätte ich es ihr endlich einmal sagen können!« Nils Börge stand wütend und erregt vor Bergliot. – »Ich bin ganz erstaunt, dass sie es nicht merkt; – oder wenigstens es sich gefallen lässt. Sie ist ja tausendmal zu gut für diese Topfpflanze! In seinem Wesen liegt – hol' mich der Teufel – etwas geradezu Unanständiges.«

»Aber Nils! Bist du verrückt?« sagte Karen Kamstrup.

»Bei allem Anständigkeit natürlich! Wenn das nicht der Fall wäre, ja dann – dann hätten Karen und Lotte es wohl selber gemerkt.«

»Der Dichter hat recht!«, sagte Thomas Hageman. Es war das erste Mal, dass er von seiner Sofaecke aus redete.

»Ja, – nicht wahr! Ich habe recht! Apropos, Herr Assessor, kommen Sie eigentlich mit nach Valders?«

»Ich weiß nicht recht. Am Ende geniere ich die Jugend!«

»Thomas kommt mit«, erklärte Bergliot mit heiterer Feierlichkeit. – »Die Kaiserin befiehlt es!«

Er sah zu ihr auf, und sie nickte lächelnd.

Als Knut und Langberg kamen, war die ganze Gesellschaft in einer jubelnden Diskussion über die Tour nach Valders begriffen.

»Nein, Langberg! Denken Sie nur, Lotte Falck ist mit Doktor Prytz hier gewesen! Und sie fuhr wieder mit ihm in die Stadt, obgleich ich ihr sagte, dass Sie kämen!«

»Ich bin einen Posttag zu spät gekommen«, sagte Langberg. »Wie steht es denn mit Abels Plänen?«

»Ja, wir werden eine ganze Menge«, sagte Bergliot.

»Wir?«

»Karen Ragnhild und ich gehen mit.«

»So–o?«, sagte Langberg lächelnd.

Aber er zog sich gleich darauf zurück und setzte sich in eine Ecke für sich. Dort suchte er auch nach Tische, als man sich im Atelier versammelte, wieder Zuflucht.

Auch Karen Ragnhild wurde still, als sie hörte, dass Langberg da gewesen sei, um sich nach Lotte Falck zu erkundigen. Und als sich alle eifrig um Knuts große Karte von Valders scharten, setzte sie sich zu Langberg in die Ecke.

»Können Sie denn wirklich nicht mitkommen, Langberg?«, fragte sie.

»Nein, es geht nicht, – ich habe in der Stadt zu tun.«

Karen Ragnhild saß eine Weile grübelnd da. Dann wandte sie sich nach ihm um:

»Ich kann nicht aus ihr klug werden!«, sagte sie ernst und bekümmert.

»Aus wem, Fräulein Finne?«, fragte er.

»Aus Lotte natürlich. Ich bin ganz verliebt in sie!«

»Das ist recht von Ihnen, Fräulein Finne! Ich bin es auch!«

»Ja, das weiß ich! Können Sie denn aus ihr klug werden?«

»Was meinen Sie? Ich verstehe Sie wirklich nicht!«

»Dass sie – so mit dem Doktor herumrennt? Sie hätten nur hören sollen, was Nils Börge darüber sagt.«

»Nils Börge? Was sagt der denn?«

»Er sagt, – ja es ist beinahe abscheulich, es zu wiederholen, – aber er sagt, er fände, es läge etwas Unanständiges darin.«

»Nils Börge ist ein Schafskopf, Fräulein Finne!«

»Nein, da sind Sie sehr im Irrtum. Nils Börge ist ganz schrecklich begabt!« –

»Begabt! Ach ja!«

»Nein, gerade in Bezug auf das Verständnis für Frauen und – und was in ihnen steckt.«

»Haben Sie das erfahren?«

»Ja, das habe ich wirklich. Er sagt so ausgezeichnete Sachen. Macht so treffend wahre Bemerkungen! Und dann hat er hohe Ideale in der Beziehung.«

»So? Und er sagt, es läge etwas Unanständiges in dem Verhältnis zwischen –«

»Nein, nicht so geradezu. Aber dass von seiner, von Dr. Prytz' Seite so was vorliege. Zum Beispiel in seinem Ton.«

»Sie können den Dichter Herrn Börge von mir grüßen und ihm sagen, dass Lotte Falck niemals Dr. Prytz oder irgendeinem andern dergleichen erlauben würde.« Stipendiat Langberg sprach ernsthaft, beinahe zornig. Er nahm, wie das seine Gewohnheit war, die Brille ab, und seine dunkelgrauen, eigentlich schönen Augen blitzten.

»Ja, ich glaube selbstverständlich so etwas von Lotte nicht! Aber trotzdem, selbst wenn nichts derartiges vorliegt, – können Sie sie begreifen?«

Langberg setzte die Brille wieder auf, beugte sich ein wenig zu ihr vor und sagte verschmitzt:

»Ja, ich glaube, ich kann sie begreifen. Und es ist eigentlich gar nicht so schwer!«

Karen Ragnhild sah ihn fragend an, – mit einer eigenen, besorgten Spannung.

»Wollen Sie ein diskretes Mädchen, pardon – eine diskrete junge Dame sein?«

»Mädchen, können Sie gern sagen! Nur *kleines* Mädchen mag ich nicht!«

»Ja, dann will ich Ihnen anvertrauen, wie ich über die Sache denke: Lotte Falck ist in Doktor Prytz verliebt!«

Karen Ragnhild lächelte ein wenig unsicher:

»Ja, aber das ist, – das ist ja gerade das Traurige, finde ich!« – –

»Es würde das Glücklichste sein, was Lotte Falck passieren könnte, wenn sie sich verliebte. Es ist ein Jammer, wenn es nicht der Fall ist. Ihr Beruf im Leben ist – wie für den Vogel das Fliegen und für den Fisch das Schwimmen – verliebt zu sein. Und wenn sie verliebt ist, ja, da ist sie es im großen Stil! So ziemlich jenseits von des begabten Herrn Börges Anständigkeit oder Unanständigkeit – –«

»Ja–a, – das begreife ich so gut.« Aber – aber in den! In diesen Doktor! Ich finde, das ist so ein Verrat!«

»Verrat? Gegen wen?«

Langbergs Verwunderung war ungekünstelt. Und Karen Ragnhild wurde dunkelrot und erwiderte nichts.

Da lachte Langberg laut, plötzlich aber blieb er stehen und sah sie mit einem heitern und doch halb wehmütigen Blick an:

»Sie glaubten, ich, – ich grämte mich um Lotte Falck? Und das tat Ihnen so leid?«

Karen Ragnhild erwiderte nichts. Sie beugte den Kopf nur noch tiefer.

»Nein, Fräulein Karen Ragnhild, ich bin gewiss ein sehr schlechter Geschäftsmann, aber so schlimm steht es denn doch nicht mit mir, dass ich meine Valuta in eine so verfehlte Spekulation stecken und mich verlieben sollte!«

»Spekulation,« fuhr Karen Ragnhild empört auf.

»Ja«, sagte er und zog die rechte Schulter mit seiner gewöhnlichen komischen Bewegung in die Höhe, »so ganz ohne Spekulation geht doch eine Verliebtheit nie vonstatten!«

»Sie sagen aber doch immer, dass Sie verliebt sind! In alle möglichen Damen!« entgegnete Karen Ragnhild ganz beleidigt.

»Ja, ich habe eine gute Portion Galgenhumor«, sagte er leichthin und erhob sich schnell.

Karen Ragnhild errötete von Neuem! Sie wusste selber nicht, warum! – – –

Als Karen Ragnhild am Abend in ihrem Bett lag, – die Gesellschaft unten hatte sich, weil Frau Wendelboe nach Hause getragen werden musste, verhältnismäßig früh aufgelöst – grübelte sie noch lange über Stipendiat Langberg nach.

Wie sie sich geirrt hatte. Das heißt, wenn es sich wirklich so verhielt, dass er nicht in Lotte verliebt war. Er war so mannigfaltig in Mienen und Worten, – so schwer gründlich zu verstehen. Freilich, – wie er heute Abend geredet hatte – –

Sie hatte eine Weile die Empfindung gehabt, dass es wohl möglich sei, sich ihm in Bezug auf Knut und Bergliot anzuvertrauen.

Und dann wieder, – als er plötzlich das von dem Galgenhumor gesagt hatte! Es kam so sonderbar beherrscht heraus, so gar nicht, wie er sonst war. – – Es war, als wenn ihrem Vertrauen zu ihm dadurch Abbruch geschähe! Eigentlich nicht dem richtigen Vertrauen, aber doch einer Art Vertrauen!

So wie sie es für den Vater empfand. Und gerade so eine Art Vertrauen hatte sie zu Stipendiat Langberg gehabt.

V.

Es war still geworden oben am Bergabhang. Der Nachklang des Hallos und Gejubels, bis die drei Wagen mit den zu Berge Ziehenden endlich den Weg hinabrollten, verhallte mehr und mehr, je nachdem die Tage und Wochen gingen.

Auch Norgreens waren gereist; Fräulein Amalie Eriksen war mit nach Valders gegangen. Unten in der Stadt waren nur Langberg und Lotte Falck zurückgeblieben. Dyrings hatten sich der Gebirgsgesellschaft angeschlossen, und Hedels waren auf einer flotten Rundreise durch Norwegen im eigenen Landauer begriffen. Frau Bibbi war fest überzeugt, dass sie im November, wenn die Katastrophe eintrat, sterben müsse, deswegen wollte sie vorher das Land noch sehen!

Knut saß mit seinem schweren Bilde oben im Walde. Er hatte ein Gefühl, dass er nie damit fertig werden würde. Und doch arbeitete er sich damit ab wie nie zuvor in seinem fleißigen Leben. Er ging immerwährend mit dem Gedanken um, da draußen ein Ende zu machen und mit dem Bild ins Atelier zu ziehen, um es nach den Skizzen aus dem Frühsommer zu vollenden. Eigentlich hatte er draußen nichts mehr zu tun, jetzt wo die Farben im Hochsommer nachgedunkelt und alle Formen des Laubwerkes und der Büsche gereift waren.

Aber er konnte sich nicht dazu entschließen. Er fühlte sich nicht wohl, wenn er daheim allein im Atelier saß. Er hatte es mehrere Tage versucht, musste es aber wieder aufgeben. Allerlei bedrückende Gedanken befielen ihn innerhalb der vier Wände.

Hier draußen war mehr Platz und größere Freiheit, während er die Luft und die alten Tannen malte, die sich nicht an den Kalender kehrten und ungefähr noch ebenso aussahen wie damals, als er im Frühling damit begann.

Und dann kam noch hinzu, dass die jungen Farben der Skizzen, das frische, saftige Licht des frühen Vorsommers ihm allmählich ferner und weniger lieb wurden. Fast ohne es selber zu merken, hatte er das Bild allmählich auch dunkler und schwerfälliger angelegt. Das junge Leben und das Licht des Lenzes im Gegensatz zu den düsteren Tannen, – das, was ihm von Anfang an das

Motiv geschaffen hatte, lag seinem Sinn jetzt ferner. Und doch konnte er sich nicht entschließen, das Bild vollständig umzulegen.

Aber in das tiefe Grün des Tannenwaldes, in die Kraft der Stämme und der Zweige und in ihren stolzen Wuchs arbeitete er sich immer tiefer hinein. Und er sah selber, dass er hier eine große, bedeutende Arbeit lieferte. Es war, als sähe er sich selber stark und kräftig daran.

Des Abends daheim nahm er seine alte Lieblingsbeschäftigung, – das Studium von Geschichte und Kunstgeschichte wieder auf. Langberg hatte ihm neue Bücher gebracht, und Stunde für Stunde konnte er des Nachts sitzen und lesen oder seine großen Mappen mit Kunstfotografien besehen.

Oft hatte er auch Besuch von Langberg und Lotte Falck zusammen. *Les beaux restes* nannten sie sich selber, wenn sie kamen – fast jeden zweiten Tag. Es sei traurig und öde unten in der Stadt, voller Staub und Wärme, keine Menschen und nichts zu sehen und zu hören. – Und dann die hellen, warmen Abende, die hinaus und bergauf lockten!

Langberg war übrigens in letzter Zeit gar nicht so heiter gestimmt wie sonst. Durch seine Scherze und Witze über sich und andere klang oft eine Bitterkeit hindurch, namentlich wenn Lotte Falck Briefe aus der Abelschen Kolonie bekommen hatte und daraus vorlas.

Knut erhielt von Zeit zu Zeit eine kurze Mitteilung von Bergliot, sonst aber war Lotte Falck diejenige, die die Korrespondenz aufrecht hielt. Karen Ragnhild antwortete ihr regelmäßig. Zuweilen kamen auch Rundschreiben von ihnen allen. Sie wirkten wie Fanfaren aus einem strahlenden Jubelleben da oben in den Bergen!

Lotte Falck las sie auch mit großer Sorgfalt vor. Aber sie hatte wenig Erfolg damit. Knut saß stumm da, und Langberg machte boshafte Randglossen. Lotte Falck las und lachte, las weiter, und lachte. Aber vergebens.

Dann eines Abends brach sie plötzlich in Tränen aus.

»Ich lese nicht weiter! Ihr seid ein paar grässliche Männer!«

Knut und Langberg sprangen beide auf, ganz starr über dies sonderbare Benehmen. Und Lotte Falck lachte durch ihre Tränen:

»Hier sitze ich Abend für Abend wie David und spiele Saul vor. Und ihr seid nur unliebenswürdig! Ob ich weine! Ja, natürlich weine ich! Ist es etwa nicht traurig und ärgerlich – für mich! Da sitzest du, Knut, wie ein Eisbär und Langberg faucht wie eine Hyäne.« –

Langberg brach in ein schallendes Gelächter aus, das ansteckend wirkte, und zehn Minuten lang konnte niemand von ihnen vor Lachen zu Worte kommen.

Laut lachend stürzte Knut endlich aus dem Atelier hinaus:

»Ich habe ja noch Champagner im Keller! Der hat die ganze Zeit da gelegen und ist vergessen, der Ärmste!«

Lotte Falck saß mit tränenfeuchten Augen da und lächelte, und Langberg stolperte in immer erneuten Lachanfällen durch das Atelier. Jedes Mal, wenn er stillstand, um etwas zu sagen, fing er von Neuem an zu lachen.

Der Champagner kam.

»Prost, Lotte! Du bist die stolzeste und misshandeltste Frau im ganzen Lande!«, sagte Knut. Er stand mit dem Glas neben ihr. »Und ich bitte dich hübsch um Verzeihung.«

Langberg stellte sich an ihre andere Seite.

»Ich auch!«

»So, das ist recht! So soll es sein, – artige, nette, junge Leute. Kniet nieder!«

Sie knieten zu beiden Seiten vor ihr nieder und küssten ihr die Hände.

Im selben Augenblick stieg das Weinen plötzlich wieder so warm in ihr auf, die anderen aber sahen es nicht, denn sie beugten sich über ihre Hände. Und dann tranken sie; mitten während des Trinkens aber fing Langberg wieder so an zu lachen, dass er sich verschluckte und stöhnend auf dem Sofa endete.

»Aber wir sind doch nicht immer nur abscheulich gewesen, Frau Lotte«, sagte er endlich.

»Nein, unter vier Augen sind Sie furchtbar nett gewesen, Langberg. Namentlich in der letzten Zeit haben Sie sich sehr aufgenommen. Aber umso abscheulicher sind Sie, sobald wir hierher kommen, – Sie, der Sie mir beistehen sollten, Knut zu trösten! Was für einen Grund haben Sie, unliebenswürdig zu sein? Haben Sie etwa eine Bergliot auf der Alm?«

»Sie haben recht, Frau Falck, es ist abscheulich. Weder hier noch dort habe ich eine Bergliot! Aber wir wollen uns ermannen, Knut, nicht wahr?«

»Ja«, sagte Knut, »das wollen wir. Aber jetzt trinken wir Champagner! Fertig damit!«

Und dann las Lotte Falck weiter, – die Beschreibung von dem herrlichen zweitägigen Ausflug, den die ganze Gesellschaft nach Trondlinden gemacht hatte. Nur Bergliot, die sich den Fuß verstaucht hatte, konnte nicht mit dabei sein, und Thomas Hageman hatte sich erboten, ihr Gesellschaft zu leisten, – damit sie nicht ganz allein bliebe! – – – –

Einige Tage darauf, ziemlich spät am Abend, kam Langberg allein. Knut saß im Atelier und legte mit Freuden sein Buch und seine Bilder beiseite.

»Kommen Sie allein?«

»Ja. Ich bekam heute Mittag ein Billett von Frau Lotte. Sie sei in Anspruch genommen.«

»Ist ihre Mutter krank?«

»Ich glaube es nicht. Die alte Frau Reberg ist frisch wie ein Fisch.«

»Aber es stand doch so schlecht mit ihr, dass Lotte sie diesen Sommer nicht allein zu lassen wagte!«

Langberg lächelte.

»Es kann seine Vorteile haben, eine kranke Mutter als Vorwand zu benutzen.«

Knut sah fragend auf. Langberg aber lächelte nur.

»Doktor Prytz sagte doch, Frau Rebergs Zustand –«

Jetzt lachte Langberg laut.

»Sie sitzen hier schrecklich naiv oben in Ihrem Walde, Knut. Wenn Doktor Prytz von Frau Rebergs Zustand spricht, so denke ich mir mein Teil dabei!«

»Ach Unsinn! An solch Gerede glaube ich nicht. Ich kenne Lotte, – und sie ist ein viel zu kluges Mädchen, um sich in diesen Laffen von Doktor zu verlieben!«

»Haben Sie nicht in der letzten Zeit etwas Neues an Frau Falck bemerkt? Etwas ganz Entzückendes! Etwas Warmes, leicht Wechselndes – in der Stimme, in den Augen und dem ganzen Wesen! Wie neulich, als sie hier in Tränen ausbrach.«

»Ja! Sie haben recht. Das habe ich gesehen. Sie erinnert wieder mehr an die alte Lotte aus früheren Zeiten. Ich gestehe, ich war ziemlich schmerzlich berührt, als ich sie zuerst wiedersah. Das Ganze war ja während unserer Abwesenheit geschehen. Die Geschichte mit Falcks und mit Fritz Brun und alles.«

»Ja, alles das, was sie auf die moralische Proskriptionsliste der Stadt setzte. Ein sonderbares Land, in dem wir leben!«

»Nun, sie hat das mit ziemlicher Überlegenheit aufgenommen!«, meinte Knut.

»Ach ja, – es gibt verschiedene Arten von Überlegenheit!«

»Darin mögen Sie recht haben. Wenn ich über die Sache nachdenke, so war es vielleicht gerade das, was einen so traurigen Eindruck auf mich machte. Eine Art Trotz, der sie nicht kleidete. Ich hatte ein Gefühl, als sei man nicht gut mit der kleinen Lotte umgegangen, während wir fort waren.«

»Jetzt geht es ihr besser!«

»Wie meinen Sie das?«

»Sie ist verliebt!«

»In den Doktor?«

»Ja. Wenigstens glaube ich das.«

»Welchen Grund haben Sie dazu?«

»Ich will nicht noch indiskreter sein, als ich bereits gewesen bin. Aber ich habe meine Gründe. Wir sind ja, sozusagen, in der letzten Zeit aufeinander angewiesen gewesen. Ich bin gewissermaßen Frau Falcks Vertrauter gewesen. Wenn man keinen Tabak hat, raucht man andere Blätter.«

Knut lächelte.

»Es hat ja auch seine kleinen Vorteile«, fügte Langberg hinzu, – »zu den absolut Ungefährlichen hier auf Erden zu gehören.«

»Sie meinen die absolut Unverwundbaren!«

»Hm, auch das! Aber das ist im Grunde kein Vorzug. Das mögen die Mädchen nicht. Darüber ärgern sie sich immer – ein wenig.«

Knut lachte.

»Machen Sie sich jetzt, bitte, ein Glas zurecht! Denn gegessen haben Sie doch?«

»Nein, offen gestanden, – wenn ich ein Stück Butterbrot bekommen könnte –«

»Aber lieber Langberg –«

»Ich habe nämlich ganz und gar vergessen, etwas zu essen.«

»So fleißig gewesen?«

»Ach nein, – nein, sehen Sie, ich trieb mich planlos umher, wollte im Grunde ungern allein herkommen. Aber dann schlug ich doch unversehens den Weg hierher ein. Und unterwegs fiel mir ein, dass ich ja den Band Burchhardt mitnehmen wollte, von dem wir neulich sprachen. Da ging ich denn zurück, und dadurch ist es so spät geworden.« –

Nachdem Langberg seinen Hunger im Esszimmer befriedigt hatte, setzten sie sich wieder mit ihren Gläsern in das Atelier.

Knut saß eine Weile schweigend da und kaute auf seiner kurzen Pfeife. Dann wandte er sich an Langberg:

»Langberg! Es ärgert mich, was Sie vorhin sagten, – dass sie ungern allein herkommen wollten, – ohne einen Verwand zu haben. Das ist ja Unsinn! Aber ich glaube, es fehlt etwas zwischen uns beiden.«

»Ach, Sie begreifen wohl, – wenn wir doch darüber reden, – ich weiß es ja selber am besten, – namentlich jetzt bin ich gerade kein guter Gesellschafter.« – –

»So weit ich mich darauf verstehe, fehlt eins zwischen uns: Wollen wir nicht Brüderschaft miteinander trinken, Langberg?«

Langberg riss die Brille von der Nase:

»Ja, Knut Arneberg! Das – – tausend Dank!«

»Also Prost!«

»Prost!«

Sie saßen beide einen Augenblick lächelnd da. Dann sagte Knut:

»Hatte ich nicht vielleicht recht darin, dass etwas zwischen uns fehlte?«

»Ja! Ja, das heißt, ich freue mich jedenfalls sehr, dass du das fandest.«

Nach einer Pause begann Knut: »Was du mir da von Lotte erzählst, das – das hätte ich nicht geglaubt. Ja, es ist des Satans mit diesen kleinen Mädchen.«

»Ich habe übrigens nichts gegen den Burschen einzuwenden«, sagte Langberg.

»Gegen Doktor Prytz? Ach nein, ich eigentlich auch nicht. Aber er ist so von ganz anderer Art, passt gar nicht in unseren Kreis.«

»Unter zwei Liebenden gibt es wohl eigentlich nur *einen* Kreis. Und zwar einen ziemlich engen, nicht wahr?«

»Ja,« lachte Knut.

»Aber es ist mir ein Rätsel, dass Lotte gerade auf ihn verfallen musste. Sie ist so recht eigentlich der Kern *unseres* Kreises. Vieles ist gerade für sie stärker bindend –«

»Wenn ich sie recht kenne, und wenn etwas zwischen den beiden wird, so ist Frau Lotte Manns genug – hätte ich beinahe gesagt – ihn in die Sphäre hinüberzuziehen.«

Knut tat ein paar kräftige Züge aus seiner Pfeife und erwiderte:

»Daraus kommt gewöhnlich nichts Gutes.«

»Woraus?«

»Aus solchem herüberziehen. In eine andere Sphäre herüberziehen, wie du es nennst. Unter Eheleuten.«

»Doktor Prytz könnte doch nur dabei gewinnen, sollt' ich meinen.«

Knut überhörte die Bemerkung.

»Nein«, begann er von Neuem, – »man sprach in alten Zeiten von Mesalliancen. Das war an und für sich natürlich Unsinn. Aber es ist etwas daran. Zwei Menschen, die in einem grundverschiedenen Erdboden wurzeln, werden doch immer schwer in derselben Erde wachsen. Mag es nun die seine oder die ihre sein. Wenn Charakter in dem Menschen ist, wird es sich immer fühlbar machen.«

»Aber die Voraussetzung, – die sogenannte Liebe! Die wird darüber hinweg helfen. Die Lebensquellen vereinen, indem die Lebensforderungen dieselben werden!«

»Liebe! Liebe, ja! Ach ja, natürlich! Aber sieh nur dies mit Lotte an. Was für eine Art Liebe kann es denn sein, die sie für Doktor Prytz empfindet! Ein nach jeder Richtung hin fremder Mann.«

»Ich muss über dich lachen, Knut«, sagte Langberg.

Knut aber blieb ernsthaft.

»Ich kann nun nicht darüber hinwegkommen, dass in einer so großen Sache, wie es die Liebe zwischen zwei Menschen ist, bis zu einem gewissen Grade Voraussetzungen in einem selber vorhanden sind. Man verliebt sich nicht in irgendeinen beliebigen Menschen. Man verliebt sich in jemand, der die Fähigkeit, die Bedingungen besitzt, Liebe in uns zu erwecken. Und je stärker und tiefer die Persönlichkeit ist, umso schärfer werden die Grenzen dafür, in wen man sich – wirklich und mit Lebenskraft – verlieben kann.«

Stipendiat Langberg zerbrach seinen klugen Kopf darüber, was es wohl sein könne: Knut war heute Abend so eigentümlich! Er fühlte, dass er das Bedürfnis hatte, sich auszusprechen und erwiderte deswegen nicht viel.

»Nein«, fuhr Knut fort, – »der Zweck der Liebe ist ja doch, dass sich das Leben zwischen zwei Menschen darauf aufbauen soll. Und das Leben richtet sich ja nicht auf Zufälligkeiten ein!«

»Nein! Das ist wohl wahr,« sagte Langberg.

»Und hierin liegt es ja auch«, begann Knut von Neuem mit sinnendem Ernst, – »dass man Verantwortung für seine Liebe hat. Der lächerliche Unsinn, den einige geistreiche Persönlichkeiten unseres Kreises als echte Ware ausgeben wollen, dass nämlich die Liebe ohne Verantwortung ist, – diese Verpflanzung der Ehestands-Moral französischer Romane auf unseren heimischen Grund und Boden – die eignet sich für faule Köpfe und liederliche Naturen und ist der reine Unsinn, Mangel an Kenntnis und an Tiefe der Gedanken. Gar nicht zu reden von bösem Willen. Wir heiraten hierzulande aus Liebe; die Liebe ist in der Regel unsere ganze Mitgift. Und das macht einen verteufelten Unterschied. Eine französische Ehe zu brechen, ist wohl kein größeres Verbrechen, als eine Handvoll Zigarren in seiner Reisetasche über die Grenze zu schmuggeln, – oder ein anderes gelindes Umgehen des bürgerlichen Gesetzes. Die Ehe ist ja nichts weiter als ein Stück bürgerlichen Gesetzes zur Aufrechterhaltung der Ordnung. Hier bei uns aber ist die Ehe ein Liebesgesetz. Sie ist in jedem einzelnen Falle ein Gesetz, das ein Mann und eine Frau sich selber mit ihrem heiligsten Blut schreiben. Wer sie bricht, bricht ganz einfach mit sich selber, mit seiner innersten Ehre, seinem einzigen, teuren Glauben an sich selber. Ja, denn ich bin nun einmal der Ansicht, dass die Liebe das Große, Obergeniale in uns ist, das Naturgewaltige, das uns allen eigen ist, wir mögen nun Hinz oder Kunz sein, und das Einzige, was unser elendes Wesen zu einem einzigen großen Ganzen zusammentrommelt! Und die Verpflichtung, die man damit übernimmt, – die soll man bei dem ewigen Gott halten! Woran soll man sich denn sonst halten, – in sich selber!«

Langberg saß da und wunderte sich, wogegen Knut eigentlich raste. Denn es war ganz klar, dass er ein bestimmtes Ziel vor Augen hatte!

Als Knut schloss und ihm sein starkes Antlitz mit den funkelnden Augen zuwandte, lächelte Langberg ruhig:

»Natürlich hast du recht!«

»Bei Gott, ich hab' recht!«

»Aber dann sind da ja diese armen, unglückseligen Menschen in dieser Welt, für die diese selbe naturgewaltige Liebe eine ebenso zerstörende Macht wird, wie sie erhebend wirken sollte.

»Es gibt wenige – davon bin ich aus innerstem Herzensgrunde überzeugt – es gibt äußerst wenige von diesen ›Unglückseligen‹, die nicht in Wirklichkeit und bei Lichte besehen verdienen, Lumpen genannt zu werden.«

»Nun, – nun!«

Ganz nonchalant aber mit einem forschenden Seitenblick auf Knut sagte Langberg nach kurzem Schweigen:

»Dir wird es ja verhältnismäßig nicht schwer zu richten und zu donnern, du hast ja solch Glück im Spiel gehabt! So eine Frau, wie du hast! Dabei fällt mir übrigens ein, dass deine kleine, vortreffliche Schwägerin hin und wieder, wenn ich mich mit ihr unterhalten habe, kleine Sätze ähnlichen Inhalts, wie du sie hier eben aufstellst, hat verlauten lassen. Andeutungen, die auf alle Fälle, wenn sie die Fähigkeit oder die Gelegenheit hätte, sie zu entwickeln, ungefähr auf dasselbe herauskommen würden wie deine Ansichten über diese Dinge. Und sie hat mir erzählt, dass sie das von ihrem Vater hat.«

»Von dem Drost, ja. Das ist ein hervorragender Mann.«

– – –

»Ja, aber das ist dann doch der Erdboden, in dem auch deine Frau aufgewachsen ist. Mit anderen Worten, eine ganz eigentümliche – und glückliche Harmonie in Bezug auf das, wovon wir ausgingen, – in Bezug auf die Voraussetzungen!«

»Ja natürlich!« entgegnete Knut ein wenig zerstreut. Er stopfte seine Pfeife von Neuem und ließ sich Zeit bei dem Anzünden. Langberg beobachtete ihn währenddes forschend. Es lag etwas Gequältes, leidendes in dem tiefen Ernst, der auf Knuts Zügen ruhte.

Eine Weile schwiegen beide.

»Sie ist prächtig, du, deine kleine Schwägern.«

»Karen Ragnhild, ja! Ja, sie ist jung und reizend.«

»So jung sie ist, unentwickelt, kindlich in vieler Beziehung, so hat sie doch etwas Stolzes, Reifes. Etwas in der Art wie deine Frau. In dem Typus, meine ich. Sie ist ja nicht viel mehr als eine Knospe, aber aus einem vornehm gehaltenen Garten. Sie steht in meinen Augen hoch über den anderen. Ebenso wie Frau Bergliot, die ja außerdem älter und in ihrer persönlichen Entwicklung weiter gediehen ist. – – Noch im Besitz der ganzen strahlenden Schönheit, mit offenen Sinnen, hellleuchtender Intelligenz und starkem, freien Willen auf das Leben loszugehen, – das bringen die wenigsten Frauen fertig. Die meisten nehmen irgendwie Schaden. Entweder leidet die Schönheit dabei, – oder die Sinne quellen über – der Wille wird zu nichts, und die Intelligenz schleißt sich ab. – – – Aber so eine Frau mit voller Musik, – ja, das ist der großartigste, erfreulichste Anblick auf Erden!«

Langberg lehnte sich in den Stuhl zurück, leerte sein Glas und fuhr lächelnd fort:

»Ich erinnere mich, dass ich im Lenz meiner Jugend bei meinem Freund Macaulay gelesen habe, dass die Welt auf eine neue Völkerwanderung warte, und dass die mit der Arbeiterbewegung im Anmarsch sei. Das Aufrücken des vierten Standes, – das sei in Wirklichkeit die neue und erneuernde Völkerwanderung. Eine Zeit lang imponierte mir dieser Gedanke sehr. Als ich mich dann aber später mehr und mehr in die Niederträchtigkeit, die man historisches Studium nennt, vertiefte, wechselte ich den Glauben. Ich kam zu der Ansicht, dass die neue Völkerwanderung die Auswanderung nach Amerika ist. Altes Volk im neuen Lande. Es bildete einen so prächtigen Gegensatz zu der früheren Völkerwanderung, – neues Volk im alten Lande. Es gibt ein Alter, in dem man sich geradezu in so etwas verlieben kann. Aber das sind alles Lügen. Das Proletariat und die Amerikaner sind in Wirklichkeit nur die uneheliche Nachkommen-schaft des alten Geschlechts. In beiden ist kein neues Blut. Nein, aber das Einrücken der Frau in das Kulturle-ben, – so, wie gesagt, mit voller Musik! Das war wirklich etwas von einem Völkerwanderungsgedanken. Und an den glaube ich eigentlich noch. Freilich – ich finde ja nur sehr wenige hinreichend ausgerüstet für meine – Wan-derung!«

Nach einer kleinen Pause fügte er hinzu:

»Das aber meine ich, muss Stich halten, wenn auch dergleichen Theorien gegen mancherlei zerschellen und zu Fantasien und Träumen werden, – dass nämlich der Eindruck einer stolzen und starken Frau auf den alten Kulturboden eines Mannes zu einem großen, neuen Le-ben führen muss!

»Ja, ja,« lächelte er nach einer Weile, – »ich treibe nun in aller Stille so mein Spezialstudium der heutigen Frau. Das kann vielleicht die fruchtbarste Vorarbeit für eine Behandlung der Geschichte werden. Nicht wahr!«

»Ja, das mag sehr wahr sein. Aber noch ein Glas, du! Und hier stehen die Cigarren.«

Langberg zündete eine Cigarre an.

»Und man ist ja von der Vorsehung geradezu zu dem Studium berufen, – indem man nämlich mit dem Vorteil in erotischer Beziehung absolut ungefährlich zu sein, zur Welt gekommen ist. Wie?«

»Ach«, sagte Knut sinnend, – »du bist mit einem viel größeren Vorteil zur Welt gekommen. Aber den erkennt man nur an, wenn man ihn entbehrt. Dieses Studium der Frauen, das Verständnis für Frauen, – das ist ein Geheimnis, auf das ich mich nicht verstehe. Wenn ich höre, wie andere über Frauen reden, sie charakterisieren, neue Züge und neue Zeiten an ihnen hervorsuchen, bis in ihr feinstes Gewebe hinein, – da habe ich eigentlich immer ein Gefühl, als wenn ich außerhalb der Sache stünde. Ich bewundere es wie eine Kunst, auf die ich mich nicht verstehe, – ich beneide euch andere. Das kommt von dem Leben, das man von Klein auf geführt hat. Wer erst als erwachsener Mann mit Frauen in Berührung gekommen ist, – mit feinen, entwickelten Frauen – erlangt im Leben das Verständnis für sie, das derjenige hat, der schon in der Knabenzeit im Spiel mit den kleinen Mädchen und dann später ununterbrochen sich daran gewöhnt hat, ihr von dem unsern so mannigfach verschiedenes Wesen zu sehen. Ich kann noch heutzutage dastehen und spielenden Mädchen zuschauen! Und ich glaube, man muss von Kindesbeinen an gehört haben wie sie um nichts und wieder nichts schreien und kreischen und sich anstellen, – beleidigt aufbrausen – und wieder gut werden, – sich zusammenrotten und zischeln und tuscheln, – eitel mit den kurzen Röckchen drehen und sich über die anderen lustig machen. – – Es ist das eine Übung, die notwendig mit dazu gehört. Sonst gewinnt man nie die richtige Perspektive zu ihnen. Man überschätzt dieses und unterschätzt jenes, wo es sich um ernste Verhältnisse handelt; man glaubt sich auf dem einen Gebiet sicher und müht sich auf einem andern ab. Und dann steht man plötzlich da und hat sich gründlich geirrt! Bricht gerade da zusammen, wo man sich am sichersten glaubte! Ein Mann, in dessen Leben diese Voraussetzungen fehlen, wie gesagt, von Kindesbeinen an, – der sollte sich nicht mit einer feinentwickelten Frau verheiraten!«

»Aber, lieber Freund, die allgemein menschlichen Voraussetzungen – –«

»Gerade als du heute Abend kamst, Langberg, saß ich da und betrachtete meine Fotografien vom Pantheon in Rom. Es gab eine Zeit, wo ich draußen vom Platz aus die vorderen Säulen malte, – ein großartiges Motiv! Ja geriet ich eines Tages in Unterhaltung mit einem französischen Architekten, der dort reiste und studierte und malte, im Übrigen ein gemütlicher, alter Bursche. Und er erzählte mir, es solle eine alte Sage von der Pantheonkuppel geben.«

»So?«

»Ja. Der alte Baumeister war ein verstockter Republikaner, der den Kaiser hasste. Da konstruierte er seine Kuppel so, dass wenn man an einer bestimmten Stelle im Gewölbe ein paar Steine herausnahm, die ganze Bescherung zusammenstürzte! Dem Kaiser und dem ganzen Gefolge auf den Kopf. Der Mann wurde indessen noch rechtzeitig gefangen genommen oder von der Götter Zorn auf irgendeine Weise getroffen. Aber die Geschichte machte einen eigentümlichen Eindruck auf mich; ich wurde ganz von meinen Säulen abgelenkt und trieb mich im Innern des Gebäudes herum und starrte die grandiose Bogenwölbung an, – die durch Jahrhunderte hindurch so bombenfest da gestanden hatte! Und dann vielleicht nur ein paar lose Steine – –!«

»Um Himmels willen, wie kommst du nur darauf, jetzt an dies alles zu denken?«

»Ja! Du redest von den allgemein menschlichen Voraussetzungen. In Bezug auf Frauen. Ja, das kommt wohl daher, dass ich sie, wie gesagt, so schlecht kenne. Aber nach dem, was ich in meinem Leben von Frauen gesehen und gehört habe, – wie oft habe ich nicht ganz starr vor dem Unberechenbarsten des Unvorhergesehenen bei ihnen gestanden, – so finde ich oft, dass die Frauen so sind wie diese gefährlich hängenden Kuppelgebäude, die so ungeheuer architektonisch leichtsinnig in der Luft schweben, – wunderbar lockend auf mancherlei Weise – und dann ist da vielleicht auch irgendwo in der Konstruktion so ein kleiner, loser Stein! Erhält der einen Stoß, so stürzt das Ganze zusammen, – dem betreffenden auf den Kopf. Es stürzt alles zusammen, was man für so bombenfest gehalten, alles, was man vielleicht als das solideste und schönste Wunderwerk angestaunt! Männer können ja hässlich genug stürzen, – aber das ist in der Regel nur etwas teilweises, – wenigstens geschieht es nur allmählich! So ein totaler, absoluter, plötzlicher Ruin, weil es an einem Punkt nicht stimmt, – das ist ja echt weiblich! Einige haben es auf dem Gebiet der Eitelkeit, andere auf dem der Erotik oder Gott weiß wo – –«

Langberg saß finster und ernsthaft da und hörte ihm zu. In diesem Augenblick wurde es ihm klar, dass er einem von Eifersucht gequälten Manne gegenübersaß. Er war nahe daran, laut auszurufen: Thomas Hageman! So überwältigte ihn die Entdeckung. Er sah Knut an, sah ihn mit wilden Augen dasitzen und fanatisch nach Worten für seine Vorstellungen suchen – – – und plötzlich beugte er sich zu ihm hinüber und sagte laut und mit Empörung:

»Die tröstliche Seite bei der Geschichte deines französischen Architekten ist ja, dass sie von einem Ende zum andern eine Lüge ist. Lüge und Unsinn, Knut Arneberg!«

Knut fuhr in die Höhe und sah ihn verwirrt, errötend, wie auf böser Tat ertappt an. – – Langberg lächelte sofort wieder lustig und erhob das Glas:

»Ich hätte nicht geglaubt, dass du dich mit solchen Mystifikationen abgäbest! Prost! Es freut mich zu sehen, dass starke Männer auch ihre schwachen Seiten haben! So wie deine Pantheonkuppel! Du hast nur bisher so gewaltig imponiert, aber das hat jetzt ein Ende! Prost!«

»Prost!«, sagte Knut und leerte sein Glas. Dann stand er auf und schlenderte durch das Zimmer. Von Zeit zu Zeit warf er Langberg einen forschenden Blick zu. Dieser aber saß unbefangen heiter da und erzählte von der Kuppel in Florenz, von Brunelleschi und dem Ei des Kolumbus.

VI.

Doktor Prytz vertrat während der Sommermonate Direktor Bernholdt. Es gab nicht viel zu tun, da Bernholdts seine Patienten in Badeorten oder auf Reisen waren. Aber es war eine gute Empfehlung für den jungen Arzt, und außerdem hatte er die Verfügung über das Pferd, die Equipage und den Kutscher des Direktors.

Und an dem warmen Augustnachmittag hielten diese drei eleganten Gegenstände vor Frau Rebergs Haus am Parkwege.

Der alte Madsen auf dem Kutscherbock zog seine Uhr aus dem eng zugeknöpften Livreerock. Jetzt hatte er dreiviertel Stunden gewartet. Das Aufblitzen der guten Laune, das Doktor Prytz klugerweise durch eine unverblümte Andeutung auf extra Verpflegung und ein gutes Trinkgeld hervorgerufen hatte, machte mehr und mehr den dunklen Betrachtungen Platz, die den alten Madsen beschäftigt hatten, seit er gestern Abend den Befehl erhielt, den Doktor und Frau Falck heute nach Holmenkollen zu fahren.

Musste dies nicht von Rechts wegen dem Direktor berichtet werden als Übergriff vonseiten des jungen Vertreters, dass er Pferd und Wagen und Madsen obendrein zu dergleichen benutzte! Noch dazu ohne jeglichen Vorwand. Also nur eine reine, unverhohlene Vergnügungsfahrt!

Auf Krankenbesuchen zu warten, daran war der alte Madsen gewöhnt. Nicht aber auf Damentoiletten! Und dies war denn doch zu arg. Bald war die Stunde um – –

Endlich tat sich die Tür auf, und der alte Madsen erhielt einen so strahlenden Gruß von der Dame, während sie einstieg, dass er seine finstere Miene erhellen musste, – obwohl ein solcher Gruß ja im Grunde kaum herrschaftlich genannt werden konnte!

Doktor Prytz rief lustig:

»Also zu dem nächsten Patienten, Madsen!« Er stieg ein, schlug seinen Frühlingspaletot ein wenig zurück und unter dem schützenden Halstuch schimmerte ein weißer Schlips über dem Manschettenhemd. Auch Lotte Falck öffnete ihren weiten Mantel bei der Hitze und es schimmerte darunter von Seide und entblößtem Busen.

»Herrlich, in einem solchen Wagen zu fahren!«

»Ja, so ist es, wenn man Direktor Bernholdt ist! Sitzen Sie gut, gnädige Frau?«

»Entzückend!« Lotte Falck lehnte sich zurück.

Der Doktor unterhielt sie lebhaft, erzählte von dem Direktor, sprach flüsternd über den alten Madsen, – war aber ziemlich nervös!

Und Lotte Falck schwelgte in seiner Nervosität. Sie wiegte ihre Sinne darin, wie sie ihren eleganten kleinen Körper in dem federnden Wagen wiegte. Sie kam ihm in der Unterhaltung nicht zur Hilfe, saß bequem mit einem leisen Lächeln da und genoss. – –Sie hörte eigentlich gar nicht, was er sagte. Der warme Sommerwind streichelte ihre erhitzten Wangen, wehte leicht durch den schützenden Mantel. Grüne Gärten, menschenleere Alltagsstraßen, Laternenpfähle, Straßenecken, – sie ließ alles mit dem ihr eigenen, leicht überlegenen halben Interesse flüchtig an sich vorübergleiten, – – und einen Augenblick dachte sie an das kleine schwungvolle Billett, das sie Langberg heute geschickt hatte, – mit dem winzigkleinen Hochmutsschnörkel am Ende, einem feinen, neckischen, triumphglitzernden Schimmer über dem Stil, – – das sie Langberg lesen, – wittern – ahnen sah, während er das seine dabei dachte!

Von Zeit zu Zeit drehte sie sich mit einem Ja oder Nein zu Doktor Prytz herum, während sie ihn dabei ansah, –

kehrte aber sogleich wieder zu ihrem leisen Lächeln und ihrem Schwelgen zurück. Dies schwache Vibrieren in seiner sonst so ruhigen Stimme, die Anstrengung, die Unterhaltung während ihres wortkargen Lächelns im Gange zu halten, – – sie wiegte sich in Stolz und Wohlgefallen! Hier saß sie mit dem schönen, übermütigen Mann, den nach ihrer Pfeife tanzen zu lassen sie plötzlich an jenem Abend auf Knut Arnebergs Fest eine so unbezwingbare Lust erfasst hatte. – – Diese ihre alte, fröhliche Lust, die nach all den bösen Jahren wiedergekehrt war, und zwar mit einem ausgelassenen Trotz, einem berauschenden Bedürfnis sich selbst zu vergewissern, dass sie ihr Rösslein noch mit ungeschwächter Meisterschaft ritt, – jung, verführerisch, siegreich! Ihn, ja gerade ihn! Einer der ersten von denen, die den Stab über sie gebrochen hatten, – ihn wollte sie fangen, blenden, blind machen, nach ihrer Pfeife tanzen lassen, – in die Knie zwingen.

Und dann war es ganz allmählich dahin gekommen, dass sie mitten in ihrem stolzen Parforceritt doch anfing, sich weniger sicher in ihrem Sattel zu fühlen!

Eine Art gefährlichen Schwindels. – –

Wie hatte sie über Langberg hohngelacht, als er eines Abends gravitätisch erklärte:

»Sie sind in den Mann verliebt, Frau Falck.«

Und dann wusste sie im selben Augenblick, dass es wahr war.

Anfänglich war sie erschrocken und dann eine Zeit lang angsterfüllt. Nervös eifrig hatte sie Langberg aufgesucht und mit ihm Knut, hatte mit ihnen in deren Luft, in ihrer eigenen Luft gesessen, um sich klar und gesund zu erhalten, um ihre Erinnerungen frisch, ihre Wunden offen und die Angst vor neuen Qualen wach zu halten, um ihre schneidende, frische Kritik über ihn und alles, was ihn anbetraf, zu hören – – Allmählich in einem steten, versteckten Kampf mit Langberg – um ihn, mit jedem Tage sicherer werdend, mit jedem Tage unsicherer, denn bei der scharfen Beobachtung sah sie ihre Liebe wachsen, – sie lernte den schönen, übermütigen Mann kennen, sah seine Liebe zu ihr glimmen und zuweilen zu unbeherrschten Flammen aufzüngeln, halb widerstrebend im Kampf mit sich selbst, halb fast kindlich ehrerbietig, ungeübt, ungewandt. – –

Und nun saß sie hier im Wagen mit ihm, auf dem Wege zu diesem Diner auf Holmenkollen, das er, wie sie wusste, lange geplant aber nicht gewagt hatte – –! Und dieser schöne, übermütige Mann saß neben ihr, mit einem leisen Zittern in seiner ruhigen, selbstbewussten Stimme, und suchte nervös nach Worten, nach Worten, Worten, die ihm als letzte Decke seiner eigenen Ohnmacht dienen sollten, – denn es musste ja kommen, – es würde geschehen sein, wenn sie in Direktor Bernholdts Wagen saßen und wieder nach Hause fuhren – – der Sieg – – der Jubel!

Sie wiegte sich, wiegte sich! – – –

»Aber Sie hören ja gar nicht, wonach ich Sie frage, gnädige Frau«, sagte Doktor Prytz endlich ganz gekränkt.

»Ich? Ja, – ich, – ach nein, – ich bin nur ganz bezaubert, wie schön es hier ist! Und sie wandte sich ihm lächelnd mit ihren strahlenden Augen zu, – »sehen Sie nur, wie wunderbar schön heute alles ist!« – –

Oben im Restaurant in einem kleinen Kabinett mit Balkon und Aussicht auf den Fjord stand der Tisch schon gedeckt.

Lotte Falck enthüllte ihre große Toilette. Doktor Prytz zog weiße Handschuhe an und führte sie zu Tische. Ein anständiges, im Voraus bezahltes Trinkgeld bewirkte, dass die Bedienung tadellos, angenehm diskret und das Diner vorzüglich war.

»Ja, Sie mögen nun sagen, was Sie wollen, meine gnädige Frau, aber so schönes Eis würden Sie in Valders niemals bekommen haben!«

»Auch keinen Roederer! Davon bin ich fest überzeugt.«

»Wir haben ja freilich weder Herrn Abels Ästhetik noch die Genialität der jungen Herrn Maler – –«

»Ich gebe der Ästhetik des Champagners vor der des Herrn Abel den Vorzug!«

»Und ich *dieser* Genialität vor der aller Maler!« Doktor Prytz zeigte mit einer Handbewegung auf Lotte Falck und ihre Toilette. »Wir wollen auf unsere beiderseitige Zufriedenheit trinken, gnädige Frau! Sie haben den Champagner, und ich habe Sie! Und auf die in Valders pfeifen wir!«

Lotte Falck stieß ihr Glas gegen das seine.

»Und denken Sie nur, wie sie sich abgemüht haben, um da hinauf zu kommen! Und wir in des Direktors Wagen, – und mit Madsen!«

»Auf Madsens Wohl! Er isst Braten und trinkt Bier in der Kutscherstube. Madsen ist nämlich Temperenzler. Er verdient, dass wir unser Glas auf sein Wohl leeren!«

Doktor Prytz hatte sein Glas schon sehr oft geleert. Er tat es jedes Mal mit einer sonderbaren Ungewandtheit, forciert, nervös.– – –

»Und Sie bereuen doch nicht, dass Sie diesen Sommer in der Stadt geblieben sind, gnädige Frau?« Es war das dritte oder vierte Mal, dass er diese Frage stellte.

»Nein, wie können Sie das nur denken! Außerdem wäre ja Mama nie so herrlich gesund geworden! Denken Sie nur, wie elend sie war!«

Der Diener servierte den Kaffee auf einem Tisch in der Balkontür und rückte niedrige Sessel heran. Doktor Prytz zündete Lotte Falcks Cigarette und sich selber eine Cigarre an, nahm dem Diener die Benediktinerflasche aus der Hand und schenkte selber ein. Er leerte hastig ein Glas des gelben Liqueurs und sagte endlich, als der Diener die Tür hinter sich geschlossen hatte, lustig lachend, aber mit hörbar bebender Stimme:

»Ich habe Ihnen noch ein kleines Bekenntnis zu machen, gnädige Frau!«

»Ein Bekenntnis! Das ist ja pikant!«

»Ja, – so beim Kaffee, wissen Sie,« –

»Da kommt einem das Bedürfnis, Bekenntnisse abzulegen –?«

»Ja. Das heißt, wenn man sich in der richtigen Gesellschaft befindet.«

»Und ich bin die richtige Gesellschaft?«

»Ja, gnädige Frau! Sie gehören zu denen, denen man gern sein Herz ausschüttet. Mehr als die meisten Ihres Geschlechts.«

»So?«

»Sie, – Sie sind ja überhaupt eine Ausnahme, gnädige Frau.«

»Das haben Sie herausgefunden?«

»Ja! Sie sind so herrlich vorurteilsfrei – ja, überhaupt frei!«

»Ja, Gottlob. Frei bin ich. Diese Freiheit habe ich nur selber genommen. Und darauf legen Sie wirklich Wert?«

»Kolossal, gnädige Frau!«

»Ein großer Fortschritt! Auf Ihr Wohl, Herr Doktor!«

Sie stieß mit einem eigentümlichen Blick an.

»Und nun das Bekenntnis!«

»Ja. Ja, – sehen Sie, – Ihre Frau Mutter ist, – ist eigentlich gar nicht so sehr krank gewesen – –«

»Nein, aber sie bedurfte doch der täglichen Behandlung – –«

»Ja, sehen Sie, gnädige Frau, – ich glaube, offen gestanden, Ihre Frau Mutter hätte auch ohnedem fertig werden können.«

»Aber Sie sagten doch selber –«

»Ja, – das ist ja gerade mein Bekenntnis!« Doktor Prytz sah sie unsicher, mit einem nervösen, beinahe hektischen Lächeln an. »Dass ich Ihnen sagte, es sei erforderlich, dass sie, als Tochter, zu Hause blieben, und dass ich, als Arzt, jeden Tag käme. Es war nämlich durchaus nicht erforderlich. Ganz und gar nicht. Weder das eine noch das andere.«

Lotte Falcks Augen strahlten, während sie sich mit strenger Miene in ihrem Stuhl aufrichtete: »Sie haben also geradezu gelogen?«

„Ja. Ich habe gelogen, gnädige Frau!«

»Und weshalb?«

»Weil mir der Gedanke so schrecklich war, den ganzen Sommer hier in der Stadt bleiben zu müssen, ohne auch nur einen Schimmer von Ihnen zu erhaschen – – –«

»Ich bin also das Opfer eines schändlichen Betrugs gewesen, wie man zu sagen pflegt?«

»Ja. Aber Sie bereuen es ja nicht, gnädige Frau!« – –

»Aber als Arzt – Sie selber! Sie haben Mama Tag aus, Tag ein Komödie vorgespielt! Das ist ja ganz unerhört!«

Lotte Falck lehnte sich in den Stuhl zurück und hob die Augen gen Himmel, hinter ihrer entsetzten Miene zitterte ein Lächeln, und der Glanz ihrer Augen zitterte, – ihr ganzes Wesen zitterte!

»Und denken Sie nur«, fuhr sie fort, – »jeden Tag ein ärztlicher Besuch, – was das kostet! Ein grenzenloser Betrug –!« Sie lehnte sich noch weiter zurück und sah zur Decke empor.

Doktor Prytz war aufgestanden, dunkelrot, mit flammenden Augen stand er da.

»Das kostet«, sagte er mit schwerer Zunge – »das kostet – – –« Er beugte sich über sie, fasste sie um den Nacken und die Taille und küsste sie auf den Hals, – wild, begehrlich saugend, während er ihren Busen gegen seine Brust presste.

Lotte Falck schrie laut auf. Sie riss sich von ihm los, taumelte zurück, gegen die Wand, wo sie zitternd stehen blieb und ihn mit tiefem Schmerz über dem ganzen Gesicht, mit dem Schmerz eines zu Tode getroffenen Tieres, anstarrte. Dann setzte sie sich auf einen Stuhl an der Wand und barg den Kopf in den Händen.

Doktor Prytz stand ganz betroffen da. Er war erbleicht. Endlich näherte er sich ihr:

»Liebe Frau Falck – – –«

»Kommen Sie mir nicht zu nahe!«

Er richtete sich auf, warf den Kopf in den Nacken und sagte höhnisch:

»Sind Sie denn noch nie geküsst worden – meine gnädige Frau?«

»Gehen Sie, – gehen Sie, – holen Sie meinen Mantel!«

Brutal erwiderte er:

»Ich habe mit Fritz Brun zusammen studiert, meine gnädige Frau!«

Sie sprang vom Stuhl auf und sah ihn mit funkelnden Augen an; schwer rang sie mit sich, es gelang ihr, sich zu beherrschen, und leise, in gedämpftem Ton, sagte sie endlich:

»Da ist ein Unterschied, Herr Doktor, – Fritz Brun habe ich geliebt!«

Er zuckte zusammen, sah sie fragend an, – stand eine Weile regungslos da und wurde plötzlich dunkelrot.

Sein Blick senkte sich, und ohne sie wieder anzusehen, verließ er das Zimmer.

Nach einer Weile kam der Diener und brachte ihr Hut und Mantel. Er meldete, dass angespannt sei.

Der Diener geleitete sie hinaus, Madsen hielt vor der Tür. Der Diener half ihr in den Wagen, schlug die Tür zu, und Madsen knallte mit der Peitsche.

Doktor Prytz war nicht zu erblicken.

VII.

Lieber Vater!

Des Abends wird es hier so unheimlich still in den Bergen. Und da überfällt mich zuweilen ein unsagbares Heimweh. Der Sonnenglanz liegt noch schimmernd auf den höchsten Gipfeln, und die entferntesten, schneebedeckten werden rosenrot. Aber hier, zwischen den nächsten, niedrigeren Bergen wird alles so farblos grau und so still, so still! Und wenn ich hier lange am offnen Fenster sitze, so recht lange und hinauslausche, da will es mir scheinen, als hörte ich über alle Berggipfel hinweg das Meer und den Fjord daheim rauschen! Aber das ist natürlich nur Sinnentäuschung.

Aber sonderbar ist es doch, wenn ich denke, dass ich hier ja im Grunde auf halbem Wege nach Hause bin, – falls man die grade Linie über die Berge nähme. Es ist so schön hier, aber immer hier bleiben möchte ich doch nicht, – ich glaube, daran ist hauptsächlich diese schreckliche Stille schuld. Und dann, dass man, um hierher zu gelangen, viele Tage steile Wege bergan mit einem Pferd fahren muss. Wenn man sich denkt, wie man daheim mit einem Segelboot leise in den Fjord hineingleitet, – hier möchte man das mit dem Flug eines Vogels vergleichen! Denk' nur, Vater, ich habe hier Möven gesehen. Mitten im Gebirge! Sie fliegen hoch und schrecklich schnell; sie sehnen sich gewiss nach der See und beeilen sich. Der Besitzer des Gehöfts hier sagt, dass hier im Sommer immer einige Möven an den Seen ihren Aufenthalt nehmen. Vielleicht fühlen sie sich für die kurze Zeit sehr wohl hier oben, – genau so wie ich.

Vor einiger Zeit wurde beschlossen, dass wir statt am achten oder zehnten nach Hause reisen und den ganzen August hier oben bleiben wollen. Sie haben Bergliot überredet, und Thomas Hageman hat verlängerten Urlaub erhalten; Fräulein Eriksen hat ihre Zeitungsannonce über den Anfang ihrer Musikstunden verändert u.s.w. Und ich meinerseits war, wie Du Dir denken kannst, sehr glücklich. Als wir aber dann gestern Abend von der Fahrt nach Trondtind zurückkehrten, – von der ich Dir gleich erzählen werde, und die ganz großartig war! – da sagte Bergliot – sie war ihres Fußes wegen, der noch immer nicht wieder ganz gut ist, hier zurückgeblieben – sie habe ihren Entschluss geändert, sie wolle am achten nach Hause reisen. Und alle Überredungen halfen nicht.

Ich fand anfangs auch, dass es schade sei – und offen gestanden von Bergliot sehr sonderbar, da doch abgemacht war, dass wir bis zum fünfundzwanzigsten bleiben wollten! Sie sagte, die anderen könnten ja ruhig bleiben, wenn sie auch fortginge, – aber ich muss ja natürlich mitgehen, und sie weiß sehr gut, dass die andern, wenn sie weg ist, auch nicht da bleiben, – Dyrings und Fräulein Eriksen reisen doch auf alle Fälle. Und wenn auch alle die andern blieben, würde, wenn sie reiste, doch alles hier oben anders werden. Sie nennen sie nicht umsonst »die Kaiserin«. Sie ist immer und überall der Mittelpunkt; es kommt ganz von selber, obwohl sie gar nichts dazu tut. Aber so ist Bergliot ja nun einmal! Und es sind nicht allein die Herren, die ihr den Hof machen und sie auszeichnen. Nein, im Gegenteil. Die Damen tun es reichlich ebenso viel.

Und jetzt, heute Abend, bin ich im Grunde ganz froh, dass wir in sechs Tagen von hier fortgehen. Je mehr ich darüber nachdenke, desto natürlicher erscheint es mir ja, dass Bergliot jetzt wieder zu Knut zurück will, namentlich, da er ihr neulich geschrieben hat, dass es ihm ganz unmöglich sei, hierher zu kommen. Wenn man es nicht gesehen hat, Vater, kann man es sich gar nicht vorstellen, wie viele und große Schwierigkeiten mit dem Malen eines Bildes verknüpft sind, selbst wenn man so tüchtig ist wie Knut! Aber von diesen Sachen lerne ich hier oben ja sehr viel, wo sie Tag aus, Tag ein alle sitzen und malen, – jeder in seiner Himmelsgegend. Herman Abel tut eigentlich nichts weiter als Vorträge halten, wenn er nur jemand hat, der ihm zuhören will. Aber er ist ja nicht halb so amüsant als die Maler. Sehr interessant ist auch Nils Börge, der hier oben an einem großen Buch arbeitet und mir jeden Tag vorliest, was er geschrieben hat. Das ist nun allerdings tiefstes Geheimnis zwischen ihm und mir, aber Dir kann ich es ja erzählen! Es ist wirklich zu amüsant! Oder vielmehr interessant. Er ist furchtbar begabt, und ich bin ganz stolz, dass er mir sein künstlerisches Vertrauen schenkt. Er sagt auch, ich hülfe ihm bei vielerlei. Und das kann ich selber auch merken, – ohne dass ich unbescheiden sein will! Aber schon allein, dass er mich, als Frau, nach so vielem fragen kann, was er selber nicht gut wissen kann. Aber wie gesagt, hiervon darfst Du zu niemand sprechen, Vater! Schreibe auch nicht davon, denn Bergliot soll es nicht wissen, Nils Börge will es nicht.

Ich will diesmal aber wirklich daran denken, Dir zu schreiben, was ich schon lange habe schreiben wollen, nämlich, dass mir Thomas Hageman ungleich besser gefällt, seit ich ihn hier oben gesehen habe. Du weißt wohl, ich mochte ihn anfangs gar nicht leiden. Aber hier habe ich viel mehr mit ihm gesprochen. Und er spricht so reizend von Dir, Vater, und Du weißt, das hilft gleich! Aber namentlich ist er ganz einzig lieb gegen Bergliot. Er geht ganz darin auf, ihr gefällig zu sein, – ganz als habe sie Knut hier. Und jetzt, wo wir andern alle den Ausflug nach Trondtinden machten, – zwei Tage fortblieben, ich erzähle gleich davon! – und ich bei Bergliot zurückbleiben wollte, da zwang er mich förmlich mitzugehen, weil er selber gern bei ihr bleiben wollte. Ich bin überzeugt, dass es nur ein Vorwand war, was er sagte, dass er keine Lust habe, sich so »abzustrapzieren.« Denn wenn wir vorher von dem Ausflug sprachen, hatte er nichts davon gesagt. Er ist ein feiner, nobler Mann. Ein wenig eingebildet ist er ja freilich, namentlich Nils Börge gegenüber, der übrigens seinerseits sagt, dass er große Stücke auf Thomas Hagemans Urteil über Kunst und Dichtung hält. Bergliot mag ihn so ungeheuer gern leiden. Und sie sagt selber, Thomas Hagemans Verdienst sei es, dass sie mit hierher gekommen ist. Und da hat er ein gutes Werk getan. Denn der Aufenthalt hier oben ist Bergliot vorzüglich bekommen.

Jetzt kann ich es Dir ganz gut sagen, Vater, denn jetzt bin ich nur selber klar darüber, früher konnte ich es nicht, hauptsächlich, weil ich fürchtete, Du könntest es verkehrt auffassen, wenn ich es selber nicht so recht zu erklären vermochte! Bergliot war vorher eigentlich nicht so recht glücklich. Ich fing an, die Bemerkung zu machen, kurz, ehe wir hierher reisten; aber wenn ich nun sehe, wie ihr eigentliches Wesen ist, – gar nicht so still und in sich gekehrt, wie ich es für ihre Natur hielt, sondern im Gegenteil munter und lustig, und bei allem Amüsement mit dabei, – ja, da bin ich mir ganz klar darüber geworden. Aber schwierig zu erklären ist es darum doch. Ich glaube also, dass Bergliot hinter ihrem ruhigen Äußern im Grunde eine sehr starke und lebensfrohe Natur verbirgt. Ich glaube nicht, dass im Grunde ein so großer Unterschied zwischen uns beiden besteht, wie ich anfangs vermutete. Nicht dass ich mich mit Bergliot vergleichen wollte! Sie ist ja so tief und so bedeutend! Aber ich meine nur in Bezug auf das Naturell, ich glaube, sie ist ebenso empfänglich und heftig, ja leidenschaftlich, wie Du oft sagst, dass ich bin. Aber sie hat das alles in sich gedämpft, wohl schon lange, ehe sie sich mit Knut verheiratete; vielleicht für immer, aber darüber weiß ich ja natürlich nichts. Während der Jahre, die sie in Kristiania verlebte, weiß ich, hat sie vielen ernsten Verkehr gehabt. Und jetzt, in Italien, ist dies Gedämpfte, Stille ihr zur Natur geworden, denn da hat sie ja nur mit Knut gelebt. Aber seit sie in die Heimat zurückkehrte und in dies ganze muntere, schrecklich amüsante Leben hineingeriet, glaube ich, hat sie sich ein wenig unbehaglich gefühlt, weil ihr die Form gefehlt hat, unter der sie daran teilnehmen konnte. Sie ist so unendlich glücklich mit Knut, aber sie fühlt sich doch so zu diesem munteren Leben hingezogen, das in ihrem innersten Innern ihr wahres Element ist! Ja, Vater, ich weiß es nicht, aber ich glaube diese Annahme von mir ist gar nicht so dumm. Sie und Knut leben ja so glücklich miteinander. Aber Knut ist ja sehr ernsthaft und viel älter als sie und nicht gerade sehr lustig, weißt Du! Ich glaube, bis dahin hat Bergliot geglaubt, sie sei alt und dergleichen geworden.

Und nun hier oben ist gleichsam etwas von ihr abgefallen, oder vielmehr, es ist, als wenn eine starke innere Quelle freien Lauf bekommen hat und aus ihr herausströmt. Du solltest sie nur mit uns andern spielen und laufen und lachen sehen! Das ist mir etwas ganz Neues! Ganz als sei sie viele Jahre jünger geworden, – oder so jung, wie sie in Wirklichkeit ist! Dabei bleibt sie sich doch immer gleich, auf ihre Weise ruhig. Aber es strahlt so viel Glück und Freude aus ihren Augen. Diese schönen Augen! Und zuweilen ist sie geradezu ausgelassen gewesen, beinahe mehr als wir andern alle. Aber denk' nur, – das kleidet sie eigentlich nicht! Und manchmal hat es mir so wehe getan, dass mir förmlich Tränen in die Augen getreten sind, – natürlich nur, weil es mir leidtut, dass sie nicht immer so fröhlich gewesen ist. Ja, denn dann würde es sie immer gekleidet haben. Und hin und wieder ist sie dann auch einmal melancholisch gewesen. Anders wäre es ja gar nicht möglich! So zum Beispiel heute, wo es gar nicht angenehm für sie war, weil die andern sie alle überreden wollten. Ich denke mir, sie freut sich, zu Knut nach Hause zu kommen. Der Ärmste! Ich selber freue mich auch ganz schrecklich darauf. Hier sind ja so viele Künstler und begabte Männer, die ich gesehen und getroffen habe. Aber ich finde doch immer, dass Knut sie alle um Haupteslänge überragt! – –

Weiter bin ich gestern Abend nicht gekommen, und nun kommt der Postbote gleich. Und ich wollte Dir noch so viel von unserm Ausflug erzählen! Du kannst mir glauben, es war amüsant! Wir schliefen in einer Sennhütte, und während der letzten Stunden des Abends hatten wir einen Platzregen gehabt und waren klatschnass geworden. Du hättest uns um das Herdfeuer sitzen sehen sollen, alle beinahe ohne Kleider unter Girlanden von allen den Sachen, die zum trocknen aufgehängt waren. Aber so ein Jubel und eine Stimmung! Und in der Nacht lagen wir alle bunt durcheinander. Jegliche Prüderie musste man sich verkneifen! Und das taten wir auch! Und dann der Sonnenaufgang! Wir krochen alle dazu hinaus an den Abhang, ohne viel von den noch nassen Kleidern angezogen zu haben. Es war ein sehr feierlicher Augenblick! Und wir ahnten nicht, wie komisch wir aussahen, bis Nils Börge sagte, wir glichen einer Beduinenherde bei der Morgenandacht! – Ach ja, – wir haben uns amüsiert! – – Aber davon das nächste Mal mehr. Tausend Grüße von Bergliot und mir! Auch Thomas Hageman bittet mich, Dich zu grüßen.

Da war noch so vieles, wovon ich Dir erzählen wollte – – –!

Deine Dich liebende

Karen Ragnhild.

VIII.

Einige Tage vor dem Aufbruch ging ein großes Rundschreiben, das von allen unterzeichnet war, an Knut ab. Hierin wurde er zu einem Rendezvous mit der heimkehrenden Gesellschaft in Glatveds Hotel am Hönefos bestellt und beauftragt, ein wohlgeordnetes Mittagsmahl, sowie Zimmer für die Nacht in Bereitschaft zu halten. Da man es unter keinen Umständen passend fand, den Einzug in die Stadt per Eisenbahn mit Hinz und Kunz zu halten, musste die erforderliche Anzahl Pferde und Wagen für den weiteren Transport der Expedition zur Stelle sein.

Lotte Falck, Severin Langberg, und wer von dem Kreise sonst noch in der Hauptstadt anwesend war, sollte sich Knut anschließen.

– – Der Einzug am Hönefos von der Bahnstation fand unter Anführung von Herman Abel und Bergliot in feierlicher Prozession statt.

Es wurde geklagt, dass man an der *Tête* zu schnell gehe. Herman Abel erklärte, die Kaiserin sehne sich nach dem Wiedersehen mit ihrem Eheherrn – – –!

Im Hotel waren Zimmer bestellt und das Mittagsessen auf briefliche Ordre von Knut Arneberg bereitet. Weder er selber noch jemand von den anderen war erschienen.

Für Bergliot lag ein Brief da.

———

Mein Herz! Es passt mir heute nicht, zu reisen. Ich habe an das Hotel geschrieben und hoffe, dass ihr alles in bester Ordnung vorfindet. Langberg bittet mich, euch zu grüßen und zu sagen, dass er keine Zeit hat, – Lotte, dass sie nicht ganz wohl ist.

Das Mädchen möchte gern einigermaßen genau wissen, wann Du nach Hause kommst. Ich glaube, es hat mit der Wäsche zu tun.

Viel Vergnügen! Beste Grüße an alle.

Dein Knut.

Bergliot teilte den andern den Inhalt des Briefes mit einem Lächeln mit.

Aber während des Umkleidens vor Tische brach sie plötzlich in ein krampfhaftes Weinen aus. Sie ließ sich das Kursbuch kommen und wollte sofort nach Hause reisen; in Dreiviertelstunden ging ein Zug – –! Dann warf sie das Kursbuch hin; sie wollte überhaupt nicht wieder nach Hause. In Verzweiflung, Zorn, Trotz, Weinen ging sie im Zimmer auf und nieder. – – –

Karen Ragnhild saß ganz entsetzt in ihrem Frisiermantel da, die Brennschere in der Hand. So hatte sie Bergliot noch niemals gesehen. Und sie sagte die schrecklichsten Dinge. Sie sei das unglücklichste Geschöpf auf Gottes Erdboden, ihr ganzes Leben sei verfehlt – – sie lebe in einer einzigen, großen Kränkung, zu ertragen sei es nicht mehr.

Erst als sie finster und schweigend, aber ruhig, auf einem Stuhl saß, wagte Karen Ragnhild mit ihr zu reden.

»Aber liebste Bergliot! – – Wenn nun der Brief Knut gerade in einem ungelegenen Moment getroffen hat – –«

Mit funkelnden Augen griff Bergliot in die Tasche und holte den Brief heraus, um ihn Karen Ragnhild zu geben. Plötzlich aber besann sie sich, zerriss ihn in kleine Fetzen und warf ihn in den Ofen.

»Ach nein«, sagte sie ruhig, »du hast ja natürlich recht.«

»Du bist nur zu nervös, Bergliot! Und natürlich enttäuscht, – so im ersten Augenblick – – –!«

»Ja natürlich!« lachte Bergliot munter und stand auf. – »Ein wenig enttäuscht, – so im ersten Augenblick.« Sie ging an ihre Toilette und machte sie so sorgfältig und elegant, wie es die Verhältnisse gestatteten.

Bei Tische war die Stimmung anfangs etwas gedrückt, bis sich Bergliot erhob und an ihr Glas schlug:

»Indem ich hiermit meine Krone und meine Würde niederlege, erteile ich meinen letzten kaiserlichen Befehl: Morgen Abend haben sich die sämtlichen Anwesenden bei Knut und mir einzufinden!«

Unter großem Jubel wurde die Einladung angenommen und beschlossen, dass man mit dem Morgenzug in die Stadt fahren und die Ausgabe für die Wagen sparen wolle, das Geld aber solle zu Champagner und dergleichen zu morgen Abend bei Knut und Bergliot verwandt werden.

– – – Am nächsten Vormittag fuhren Bergliot und Karen Ragnhild zusammen vom Bahnhof vor die Stadt. Es regnete leise, und die Luft lag schwer und schwül in den Straßen.

Karen Ragnhild war bedrückt. Wie würde sich jetzt das Wiedersehen zwischen Knut und Bergliot gestalten? Die Scene im Hotelzimmer gestern wollte ihr keinen Augenblick aus den Gedanken. – –

Bergliot selber aber saß ruhig neben ihr und machte von Zeit zu Zeit eine Bemerkung. Vor der Stadt wurde die Luft ein wenig frischer und Bergliot sprach eifrig interessiert davon, dass es heute Abend doch vielleicht noch gutes Wetter werden könne, – für die Gesellschaft.

Karen Ragnhild beruhigte sich. Bergliot selber schien ja alles von gestern völlig vergessen zu haben; sie saß so ruhig und natürlich da und sagte, wie sie sich darauf freue, wieder zu Hause zu sein. – –

Und die Begegnung zwischen Knut und Bergliot war denn auch herzlich und schön; auf ihre Weise, nicht gerade stürmisch, aber gerade so, wie Karen Ragnhild es an ihnen bewunderte: mit dieser gegenseitigen Sicherheit und dem tief eingelebten Verständnis, das keiner geräuschvollen Betätigung bedurfte. – – –

Karen Ragnhild bemühte sich, baldmöglichst auf passende Weise zu verschwinden. Aber es gelang ihr nicht. Es war, als hätten sie sich verschworen, sie daran zu hindern. – – –

Nur einen Augenblick bemerkte Karen Ragnhild etwas Ungewöhnliches. Es war beim Mittagessen, das in aller Eile bereitet war, als Bergliot Knut erzählte, dass sie alle die andern für den Abend eingeladen habe. Knut wurde so sonderbar, – sein Blick verfinsterte sich, und eine dunkle Röte trat auf seine Stirn, – – aber nur einen Augenblick. Er leerte sein Glas und sagte ruhig:

»So! Das ist ja amüsant.«

Und als Karen Ragnhild nach dem Kaffee endlich allein auf ihrem Zimmer war und wusste, dass Knut und Bergliot nun gemütlich im Atelier beieinander saßen, – ging sie umher und sang und trällerte, während sie ihren Koffer auspackte. Ihr war so glücklich und leicht zu Sinn, und mit einem Lächeln gedachte sie ihrer törichten Angst.

Und dann musste sie notwendigerweise ins Atelier hinunter und etwas holen. Durch Knut und Bergliots Zimmer gelangte sie auf die Galerie. Sie blieb dort oben einen Augenblick stehen. Unten war alles still, nur hastige Schritte eilten über den Fußboden.

Sie beugte sich über das Geländer und wollte hinabrufen.

Unten ging Knut hastig mit harten Schritten, die Hände in die Taschen der Jacke vergraben, quer durch das Atelier. Sein Gesicht konnte sie nicht sehen, da er den Kopf gesenkt hielt.

Plötzlich stieß er mit dem einen Bein gegen einen kleinen Tisch, der ihm im Wege stand, und hastig wie ein Blitz schleuderte er den Tisch mit einem Fußtritt gegen die andere Wand. –

Karen Ragnhild hörte ihn krachen, sah ihn aber nicht. Sie war schon halbwegs wieder in der Tür da oben verschwunden.

Bei der großen Geschäftigkeit, die infolge der Vorbereitungen für die Abendgesellschaft herrschte, sah sie nichts von Knut. Bergliot war beschäftigt, vergnügt, ihr war nichts anzumerken, dass nicht alles so war, wie es sein sollte. Und, du großer Gott! Ein Mann kann ja einen Tisch mit einem Fußtritt zerbrechen, ohne dass darum gleich die Welt unterzugehen braucht!

Und alle Sorgen und Bekümmernisse Karen Ragnhilds schwanden am Abend in dem Glanz und Jubel der Gesellschaft, die strahlender verlief, denn je zuvor. Es war, als hätten sie noch die Gebirgsluft in den Lungen, als riefen sie auf freien Höhen und lachten unter offenem Himmel!

Das Wiedersehen mit Lotte war stürmisch, und doch stutzte Karen Ragnhild, denn Lotte sah gar nicht wohl aus.

Und das Wiedersehen mit Langberg war ganz sonderbar.

Als sie ihm entgegentrat, wurde er rot und ganz verwirrt. Dann stand er einen Augenblick schweigend da und sagte endlich ernsthaft zu ihr:

»So also sehen Sie aus!«

»Ja–a! Habe ich mich etwa verändert?«

»Nein. Das haben Sie wohl nicht getan.«

»Dann hatten Sie mich also ganz vergessen?«

»Ja. Da ist etwas an Ihnen, was ich immer wieder vergesse.«

Sie wollte lachen, errötete aber statt dessen.

»Was ist das denn?«

»Ach nein! Es ist nichts an Ihnen. Es liegt wohl nur an mir.«

Dann lächelte er plötzlich so warm und schön und sagte:

»Aber Sie müssen mir eins versprechen, Fräulein Karen Ragnhild!«

»Und zwar was?«

»Sie müssen es mir zu allererst sagen, wenn Sie sich verheiraten wollen.«

Karen Ragnhild lachte:

»Wenn ich mich verheiraten will? Ja, – dann will ich Sie zur Hochzeit einladen.«

»Ja, – nein!«, scherzte er mit seinem alten, verschmitzten Blinzeln, – »nein, wissen Sie, das ist viel zu spät. – Nein, Sie müssen mir den Betreffenden, Ihren zukünftigen Mann zeigen, damit ich ihn mir erst ein wenig ansehen kann.«

Mehr wurde nicht gesagt. Aber durch den Lärm des Abends und alle die fröhliche Heiterkeit hindurch machte sich in Karen Ragnhilds Gemüt etwas Eigentümliches, Warmes, Gedankenvolles fühlbar, das seinen Ursprung in seinem Lächeln hatte. Sie sah und hörte Langberg den ganzen Abend mit allen den andern zusammen, genau so wie früher, amüsant, spöttisch, von schallendem Gelächter umgeben, und in eifrigem Handgemenge mit Thomas Hageman. Und doch, – es war genau so wie mit Lotte Falck, – sie fand, dass er gar nicht wohl aussah!

– – – Drei, vier Wochen vergingen wie in einen einzigen Taumel. Nach dem Willkommenfest in Knut Arnebergs Haus folgte eine Festlichkeit der andern. Die »Bande« veranstaltete ein fantastisches Bachanal oben im Walde, Dyrings und Norgreens luden ein, ja selbst Thomas Hageman gab eine überaus üppige Gesellschaft in seiner Junggesellenwohnung. Hedels kehrten heim und gaben das Signal und den Vorwand zu neuen Festen.

Den Mittelpunkt aber bildeten doch Knut und Bergliot. War bei keinem der andern offiziell Gesellschaft, so fand bei ihnen im Atelier eine improvisierte Gesellschaft statt. Und jetzt war es mehr Bergliot als Knut, die die Türen des Hauses weit öffnete. Knut ging ziemlich still umher, er arbeitete am Tage und feierte am Abend mit den andern in seiner gemütlichen, ruhigen Weise. Auf dem Wege zur Stadt und auf dem Wege aus der Stadt guckte täglich irgendjemand ein, und Bergliot und Karen Ragnhild schlossen sich den betreffenden an. Die Stadt fing wieder an, amüsant zu werden, die Sommerfrischler kehrten heim, und die Theater wurden eröffnet – – –

Karen Ragnhild schrieb Briefe an den Drost, die schimmernden Märchen glichen, und Drost Finnes Antworten bestanden hauptsächlich darin, dass er Geld sandte, Geld und abermals Geld!

»Denn ich will, dass mein kleines Mädchen Freude daran haben soll. Du musst Dich in Bezug auf Deine Toiletten immer an die besten Schneiderinnen wenden, und jetzt, wo es zum Herbst geht, hat ja eine junge Dame viele Bedürfnisse. Lass Deine Schwester Dir mit ihrem vorzüglichen Geschmack beistehen, – wenn ich auch nicht zweifle, dass es Dir selber nicht daran gebricht – – –«

Mit Nils Börge und seinem großen Buch wurde es immer spannender, je mehr die Arbeit dem Ende zuschritt.

Es gibt die wunderlichsten Übergänge und Phasen in der Seele eines solchen arbeitenden Dichters. Sie folgte ihm getreulich von der tiefsten Verzweiflung bis zum höchsten Übermut, spielte ihm in Finstern Stunden vor, wie David dem Saul, lauschte und bewunderte mit blitzenden Augen und glühender Begeisterung; wenn seine Schwingen sich zum Adlerflug ausbreiteten. Sie fasste diese Sache als heilige Pflicht, als Lebensaufgabe, zu der sie auserkoren war, auf. Nur quälte es sie, dass ihr das unverbrüchlichste Schweigen auferlegt war. Es war geradezu physisch angreifend für sie, dies alles mit sich herumzutragen, ohne es z.B. mit Bergliot oder Lotte teilen zu dürfen, alle diese Verantwortung, diese Erlebnisse, die Freude, die Zweifel, die Angst, den Jubel – – – Aber Nils Börge bat und befahl, – und selbst dem Vater konnte sie jetzt passenderweise nicht mehr hierüber schreiben. Da war so viel, worüber sich nicht gut schreiben ließ.

So drängte sie denn ihr Mitteilungsbedürfnis zurück, lag die Nächte wach und grübelte darüber nach, was sie wohl für ihren Dichter tun könne, – ob das, was sie ihm heute gesagt hatte, am Ende nicht verkehrt war, – ob sie gestern verkehrt gehandelt hatte, als sie ihm den Spaziergang in den Wald vorschlug, – ob sie ihm morgen abraten sollte, am Abend zu Dyrings zu gehen, da sich ja am Tage nach so einem Fest immer diese entsetzliche Nervenabspannung einstellte. – – – Und immer und ewig diese entsetzliche Angst, dass sie der ganzen Aufgabe nicht gewachsen sei! Dass sie sich z.B. geradezu geniert, dumm, töricht und prüde vorkam, wenn er diese sonderbaren Fragen an sie stellte! Und er hatte ihr doch erklärt, dass ein überlegner Mensch einem Künstler gegenüber sich erhaben fühlte, – dass es dasselbe sei, als wenn man im Museum einem schönen Bildhauerwerk gegenüberstünde! Und doch war diese Geniertheit noch nicht das Schlimmste. Nein, das Schlimmste war, dass sie in Bezug auf dergleichen so dumm und unwissend war. Sie konnte nicht recht antworten, – gab vielleicht ganz verkehrte Antworten, erzählte Nils Börge den reinen Blödsinn, den er dann wieder in sein Buch aufnahm!

Aber trotz alledem war es etwas wunderbar Schönes! Und Langberg hatte recht, wenn er sagte, dass sie jeden Tag neue Weltreiche bezwinge. Gekränkt und gekrönt von dem Fest eines jeden Tages mit allen diesen prächtigen Menschen, die Eins wollten und es aus dem Grunde verstanden, – das, was Thomas Hageman in der Rede bei sich ausgesprochen hatte: Das Leben in Schönheit leben! Genau so empfand sie es: Neue Weltenreiche mit jedem Tage!

Langberg, ja! Niemand tat solche Aussprüche wie er. Und wenn Langberg jetzt mit ihr sprach, da war es etwas ganz anderes als bisher. Sie war nicht mehr »das kleine Mädchen«. Langberg hatte Achtung vor ihr. Zuweilen hatte sie geradezu Bewunderung herausgefühlt. Und darauf war sie stolz. Denn von Langberg bewundert zu werden, – ja, dann musste doch wohl etwas an ihr sein! Und er wusste oder ahnte doch jedenfalls, was sie für Nils Börge war!

Dass auch Nils Börge sie sehr bewunderte, – ja, das war nun doch eine andere Sache, die hatten ja dies eigentümliche Verhältnis mit dem Buch zueinander. Und vielleicht war Nils Börge in seinem innersten Innern ein ganz klein wenig verliebt in sie! – Das würde ja übrigens nur betrüblich sein. Denn sie war *nicht* in ihn verliebt. Sie hatte ja natürlich zu Anfang geglaubt, dass sie es sei. Aber nein, ach nein! Sie fand ihn ja großartig auf seine Weise, und wenn sie so mit ihm, dem großen, starken Mann zusammensaß, der ihr sein ganzes Innere brennend, gewaltsam offenbarte, – so konnte sie oft ein Gefühl des Schwindels befallen. – Aber sich in ihn verlieben, ihre ganze Seele, ihr Leben, ihre Zukunft ihm hinzugeben, mit ihm abzuschließen, – ach nein! Das lag gleichsam höher, in einer Sphäre wie zum Beispiel die, in der ihr Vater lebte. Es gab so viel Tiefes, Vertrauliches, lustiges, was nicht mit Nils Börge zusammenpasste, – –

Im Übrigen waren die Menschen prächtig, ganz prächtig und fröhlich, und nichts war schlecht, nichts beängstigend. Bergliot strahlte, – wohl hauptsächlich, weil Knut jetzt die Schwierigkeit mit dem Bilde überwunden hatte und sagte, dass er in wenigen Tagen fertig sein würde, jetzt, wo er die Pointe gefunden und das ganze Bild umgelegt hatte. Sicher und glücklich strahlte sie wie die Sonne unter allen den anderen, und Thomas Hageman erstattete ihr völlig, wofür Knut vielleicht der Sinn abging, nämlich dass sie eine junge Dame war, die sich amüsieren, mit dabei sein, ihre Jugend und Schönheit fühlen wollte! Er begleitete sie, holte sie ab, ordnete und arrangierte, war ihr Kavalier früh und spät, wie ein Bruder, immer taktvoll und fein, und – fast wie sie, Karen Ragnhild selber – glücklich darüber, dass Bergliot glücklich war. Ja, der Mann gefiel ihr. Wäre er nicht so ein wenig – steif gewesen, hätte es wohl passieren können, dass sie ihm eines schönen Tages von dem Vater und dessen Besorgnis erzählt hätte, – und dass sie dem Vater mehr als einmal geschrieben hatte, sie glaube, Thomas Hageman sei Bergliots Rettung, gewesen!

Nur Lotte! Wenn sie nur daraus klug werden könnte, was Lotte fehlte!

Das Sonderbarste war, dass sie eines Tages, als sie kam und erfuhr, Doktor Prytz sitze drinnen bei Knut, sofort Kehrt machte und wegging! Und zwar, obwohl ihr Karen Ragnhild gesagt hatte, sie fände, dass Doktor Prytz viel netter sei als früher, und Knut habe das letzte Mal, als er da gewesen, dieselbe Bemerkung gemacht. Doktor Prytz habe nämlich seit ihrer Rückkehr schon dreimal seine Aufwartung gemacht. Und Knut hatte gesagt, sie müssten ihn einladen, denn das bezwecke der Mann natürlich! Ja, er habe geradezu darum gebeten!

Aber Lotte stürzte von dannen.

Und im Übrigen war sie blass, sah schlecht aus und war ganz verändert. Und wenn Karen Ragnhild sie fragte, so lachte sie nur und sagte, es habe nichts zu bedeuten.

Sie hatte Langberg eines Tages gefragt. Aber der war ganz erstaunt gewesen und hatte gesagt, er habe nichts bemerkt.

Vielleicht war sie nur besorgt um ihre Mutter, – und das war ganz überflüssig; denn alle Menschen sagten, die alte Frau Reberg sei durchaus nicht krank! – Aber vielleicht würde sich Lotte bald besinnen und auch so werden wie die anderen, – glücklich und schön!

– An jedem Tage gab es ein paar Stunden, wo Bergliot allein war. Knut ging dann in den Wald, und Karen Ragnhild war drüben bei der »Bande«.

Sie hatte während dieser Wochen jeden Tag versucht, diese Stunden zu etwas Bestimmtem zu verwenden. Sie versuchte zu lesen, Briefe zu schreiben, zu musizieren. Sie konnte nicht lesen. Das gab neuen Stoff – und sie litt unter zu viel Stoff für ihre Gedanken! Sie konnte keine Briefe schreiben. Das erforderte Klarheit über ihr Leben in Gedanken und Gefühlen, jene Klarheit, die ihr alle diese Jahre eigen gewesen war, und die sie zu einer vorzüglichen Briefschreiberin gemacht hatte. Sie lebte in Unklarheit und in banger Sehnsucht, sich klar zu ringen.

Sie konnte nicht Klavier spielen. Sie empfand zeitweise einen förmlichen Heißhunger danach, ein Tongebrause um Sinne und Gemüt zu hüllen, und sie trat an das Instrument wie der Dürstende an das Wasser, wie der Gefangene an die freie Luft. Und sie begann, sie legte ihre ganze Seele in die Musik. Dann durchzuckte sie eine Erinnerung, – wie ein Messer durchs Herz, und sie suchte nach einem andern Stück; dieses war zu leicht, zu inhaltlos, sie wählte schwerere Musik, einen Satz von Beethoven, ein Stück von Schumann. – – – Sie spielte und spielte – – sah vor Tränen die Noten nicht, vermochte schließlich die Hände nicht zu rühren, hörte nichts mehr, – – und sie weinte, weinte und schluchzte, den Kopf auf die Arme gelegt, gegen das Notenpult gepresst. – – –

Alle Musik endete in Tränen.

Es gab Augenblicke, wo sie den Kopf zurückwarf, an das gestrige Fest dachte, laut lachte und mit den Ausgelassensten jubelte, – bis hinab zu Offenbach. Sie spielte, sodass der Flügel unter dem Tan-Tan im Orpheus erbebte, – dass die Atelierwände bei dem »Stell dich nicht so heilig an« laut mitlachten – – und plötzlich lag sie mit den Armen auf den Tasten und schluchzte.

Sie konnte nicht spielen. Sie hatte nicht den Mut, auch nur einen Ton zu hören. Ein geheimnisvoller Schrecken lag in den Tönen. Sie sprachen laut das Verborgenste aus, sie verliehen dem Unaussprechlichsten Töne, gaben ihrer inneren, schweigsamen Stimme äußeren hörbaren Klang, sodass sie sich ihrer nicht erwehren, ihn nicht zu beschwichtigen vermochte. – – –

– – Und das wiederholte sich immer wieder. Sie wollte lesen, holte das Buch – und legte es fort. Sie nahm Papier und Feder zur Hand – und legte es wieder hin. Sie setzte sich an das Klavier – und endete in Tränen, mochte sie in Trotz, in Freude oder Kummer begonnen haben.

Und nun saß sie während dieser Stunden still in einem Stuhl. Sie fühlte, wie ihr Gesicht sich verzerrte, bis es starr wurde vor blassem Kummer.

Sie litt gleichsam physische Qualen durch diese Unklarheit. Und alles war für sie eine schmerzlich verwunderte Frage.

Klar war ihr nur eins. Und dies eine brannte jeden Tag von Neuem hell in ihren Gedanken: der Augenblick, wo sie im Hotel Knuts Brief erhalten hatte. Es war wie ein schwerer Schlag von eisenhartem Hammer auf ihren Kopf gefallen. Er hatte sie mit Schrecken wachgerüttelt.

Und er war kurz und klar gewesen, wie der Schlag, der einen Nagel fest in die Wand schlägt.

Während der Wochen in den Bergen hatte sie geträumt. Sie hatte geträumt, sie sei aus einem bösen Traum erwacht, dass allen Ernstes etwas Bitteres zwischen sie und Knut getreten sei. Sie hatte über den bösen Traum gelacht, sich gefreut, wie herrlich es war, in frischer, freier Bergluft zu erwachen und zu sehen, dass es ein böser Wahn gewesen, ein Traum, mit dem sie sich geplagt hatte, – dass Knut ihr Herz von ihr gekehrt und anderen Dingen zugewandt habe, – dass Knuts Herz überhaupt nicht die Tiefe war, in die sie geglaubt hatte sich mit ihrer ganzen Seele für ihr ganzes Leben versenken zu können. Sie hatte darüber gelacht und sich schließlich jubelnd danach gesehnt, sich in seine Arme zu werfen und ihm zu sagen, sie sei erwacht, sei frisch und klar und habe das Schreckliche nur geträumt. – – –

Und dann traf sein Brief sie. Der Hammerschlag, der sie wirklich wach machte, ihr die wahre Wirklichkeit klar hämmerte, sodass sie sah, dass Knut nicht dachte, fühlte, verstand und wollte wie sie; dass das, worüber sie als Traum und Einbildung gelacht hatte, bittere Wahrheit war. Er hatte sein Herz von ihr abgewandt. Das hatte Knut getan, weil sie sicher und vertrauensvoll sie selber gewesen war, weil sie nach ihren Ansichten und ihren Gefühlen gezweifelt, gesorgt und sich gefreut hatte, sicher, dass alles, was hieraus an Meinungsverschiedenheiten zwischen Knut und ihr entstehen könne, sich in einer Erfahrung mehr in einem gemeinsamen Besitz zu allen den andern, die sie bereits hatten, auflösen würde; denn sie begegneten sich bei der gegenseitigen

Erklärung ja in dem gleichen Wunsch, gegenseitiges Verständnis, Zufriedenheit und Glück zu finden.

So war ihr Knut nicht entgegengekommen. Er wünschte ihre Erklärung nicht, wollte sie nicht verstehen. Er hatte sein Herz von ihr abgewandt, einzig und allein, weil eine Meinungsverschiedenheit vorlag. Der Brief war – nach Wochen der Einsamkeit und des Sehnens – eine wohlüberlegte und brutale Wiederholung dessen, was er ihr an jenem Tage, ehe sie reiste, gesagt hatte. Beinahe von dem Tage an, als sie aus Italien heimkehrten, war ihr Zusammenleben wie das zweier fremder Menschen gewesen. Er hatte ihr gesagt, warum es so gewesen sei: Weil sie nicht »Schritt« gehalten hatte. Der Brief, wie auch jeder Tag, der jetzt dahinging, war eine Bestätigung dafür, eine Wiederholung davon, und so würde es aus demselben, unveränderten Grunde fortgehen. Er lebte mit ihr, wie mit einer Fremden, gleichgültig. Er ging an seine Arbeit und kam von seiner Arbeit, über die er niemals mit ihr sprach, und ließ sie tun, was sie wollte. Ob sie zu Hause oder aus war, was sie vornahm, mit wem sie zusammen war, gar nicht zu reden davon, was sie fühlte und dachte, – es interessierte ihn nicht. Bei jeder erdenkbaren Gelegenheit zeigte er ihr so deutlich wie nur möglich, dass sie ihm gleichgültig und entbehrlich war. Ruhig und lächelnd ging er seiner Wege, ohne dass sich ein Entbehren, ein trüber Gedanke oder eine Frage bei ihm regte, – er machte keinen Versuch, sie zurückzugewinnen.

Es war ja möglich, dass sie sich von Anfang an in Knut geirrt hatte. Dass er niemals der Mann gewesen war, den sie liebte, mit dem sie ihr Leben teilen konnte. Tausend

Erinnerungen widersprachen ihr. Sie wusste, dass der innerste, alles beherrschende Zug seines Lebens eine große, wunderbare Zärtlichkeit, ein Bedürfnis zu schirmen war, – – und dass sein Glück mit jeder Blume, jeder Knospe, jedem jungen Schuss stieg, den er in ihr sah und fand, – um den er seine große, schirmende Hand halten konnte. – – –

Nein, sie hatte sich nicht in ihm geirrt. Sie vermochte nicht zu schildern, welche Lebenswelten ihr durch Knut aufgegangen waren, – weit hinaus über alles, was sie früher geahnt und gehofft hatte.

Nein. Aber er war ein anderer ihr gegenüber geworden. Er hatte sein Herz von ihr abgewandt, nicht weil sein Herz ein anderes geworden war, als sie alle diese Jahre hindurch geglaubt hatte. Sondern, weil er aufgehört hatte, sie zu lieben.

Es war nutzlos, darüber zu grübeln, weshalb er sie nicht mehr liebte. Sein Herz war erkaltet. Das war eine große und unerklärliche Tatsache in ihrem Leben.

Sie wusste es. Der Schmerz darüber brannte ihr tief in der Seele. Sie wusste es – und wollte es doch nicht ganz und bis auf den Grund wissen. Denn in dem Schmerz lag Gefahr, – sie konnte schwach werden. Und dieser Schmerz, vor dem sie Angst hatte, lag in den Tönen verborgen und machte sie unheilvoll für sie, sodass sie sie nicht über sich loszulassen wagte.

Sie durfte Knut nicht mehr lieben. Das war die Klarheit, die sie besaß. Denn diese Liebe würde eine Erniedrigung sein, ihr innerster Inhalt war nicht Stärke, sondern Schwäche, nicht Bereicherung, sondern Verarmung. Sie würde ihr stolzes Selbst, das sie wie Gott liebte, dabei einsetzen.

Jeden Tag stellte sie sich die Frage: Warum kann ich nicht zu Knut gehen und ihm sagen, dass ich mich mit ihm aussprechen will? Er würde sie ja anhören – – –! Und dann sah sie ihn vor sich, so wie er jetzt mit ihr verkehrte, kalt, gleichgültig, hart. Das war nicht Knut, diesem Manne hatte sie nichts zu sagen. Er war ein anderer geworden. Und was ihn so verändert hatte, war, dass er aufgehört hatte, sie zu lieben.

Zu ihm konnte sie nicht gehen.

Diesen klaren Gedanken starrte sie an wie ein Leuchtfeuer in Nebel und Finsternis. – –

Wie konnte sie alle die anderen beneiden! Sie hatten ja auch ihre Sorgen und Kämpfe. Aber für sie war das Leben reich und mannigfaltig. Weinte es hier, so lachte es dort, verlor man an dem einen Ende, so gewann man an dem andern. Das Leben strömte über sie herein, und sie nahmen es hin wie den freien Regenfall vom Himmel.

Für sie war es so ganz anders. Versuchte sie, so zu leben wie die andern, so konnte sie ja mit ihnen lachen, Freude an ihrer und der eigenen Jugend, an ihrer Huldigung und dem warmen, freien Frohsinn empfinden – – immer aber wie ein Gast, der dort nicht heimisch war. Zu ihr kamen die Ströme des Lebens auf tausenderlei Wegen. Sie hatte wie ein Geizhals ihre Schätze sorgfältig zusammengescharrt und an einem Punkt zu einem Haufen aufgetürmt. Wie ein Kunstverständiger hatte sie ihr Auge an dem Anblick der Schätze erfreut, die ihr das Leben gebracht. Und ihr Leben gehörte ihr und Knut.

Durch Knut war sie in das Leben eingeführt, aus halb unwirklichen, beinahe krankhaft scheuen Träumereien, und mit Knut hatte sie es gelebt und es lieben gelernt. Immer reicher, größer und schöner war das Leben für sie geworden, denn mit seiner männlich klaren Natur, seinem offnen, hellen Blick und seinem tiefen, ehrlichen Talent stand Knut im Bündnis mit dem Leben selber; es war hoch bis an den Himmel unter seinem Dach, – und sicher.

Aber unter seinem Dach hatte sie doch immer gelebt. Wurde sie nun mit allen ihren Schätzen da hinausgetragen, so war sie heimatlos. Und sie besaß nicht wie die andern die Fähigkeit, sich ein neues Heim zu suchen.

Heimatlos war sie unter ihnen allen. Sie konnte sie alle der Reihe nach ansehen; sie kannte niemand von ihnen, und niemand kannte sie. Nicht einmal Karen Ragnhild. Sie liebte Karen Ragnhild, liebte sie grenzenlos, sie musste oft denken, dass ein Liebender eine solche Liebe empfinden könne; oft kam ihr das Gefühl wie Mutterliebe vor. Aber Karen Ragnhild war wie die andern, von jener glücklicheren Art; nie würde Karen Ragnhild sie verstehen können.

Nur Thomas Hageman verstand sie. Und sie war ihm aus innerstem Herzen dankbar dafür. Sie liebte ihn herzlich, dankte ihm, schmiegte sich auf mancherlei Weise an ihn, als an den Einzigen von allen, denen sie sich verwandt fühlte, der die Angst der Einsamkeit von ihr nehmen konnte. Und doch war es traurig. Thomas wollte ihr wohl, er war fein und verständnisvoll und ihr herzlich zugetan, er opferte ihr alle seine Zeit, alle seine Gedanken. Aber er konnte ihr doch nicht wiedergeben,

was sie verloren hatte. Alle die Schönheit und Ritterlichkeit aus ihrer Jugendzeit hatte er getreulich bewahrt und
in sich behütet. Sie aber hatte fünf Jahre davon entfernt
gelebt. Sie hatte das Leben kennengelernt. Und bei allem, was er ihr sagte, jedes Mal, wenn er die tiefen Sai-
ten in ihr anrührte, klang es wie Klage und Sehnsucht
nach dem Leben, das sie liebte – nach den treuen Armen,
die sie einst so warm umschlungen hatten. – –

Sie wusste, dass sie Thomas Hageman oft verletzte, ja
entsetzte, wenn zuweilen die Sehnsucht nach dem Leben
sie überkam, wenn sie sie in der ausgelassensten Fröh-
lichkeit mit den andern zu befriedigen suchte, – hinterher musste sie sich selber darüber wundern, ja oft
schämte sie sich dieser Ausgelassenheit und eine tiefe
Melancholie befiel sie. Aber das wusste er nicht, konnte
er nicht wissen, er verstand es nicht, – sie verstand es ja
selber nicht, es überwältigte, verwunderte sie selber –
dass sie vor Lebensdurst brannte.

IX.

Fräulein Amalie Eriksen trat zum ersten Male öffentlich
auf. Sie begleitete den Violinisten Bartolsky und spielte
zwei kleine Brahmsche Solos.

Norgreens hatten den ganzen Kreis zu einem Fest nach
dem Konzert eingeladen. Als aber Knut, Bergliot und
Karen Ragnhild ziemlich früh in die Garderobe des Lo-
gensaals kamen, trat ihnen Norgreen entgegen, der mit
schlecht geheucheltem Bedauern mitteilte, dass er und
seine Frau eingeladen seien, mit Amalie nach dem Konzert von Herrn Bartolsky an einem »Bankett« mit den
musikalischen Größen der Hauptstadt teilzunehmen, – –

– um Amaliens willen könnten sie sich dem ja nicht gut entziehen –!

Norgreen war sehr in Anspruch genommen und musste es Knut überlassen, die andern zu benachrichtigen.

Langberg hatte die sämtlichen Billetts besorgt, sodass sie alle zusammen saßen. Und nach und nach fanden sie sich denn auch vollzählig ein – in ihrer großen Toilette ein leuchtendes Zentrum im Konzertsaal bildend.

Thomas Hageman kam früh und setzte sich neben Bergliot. Als Herman Abel kam, überließ Knut seinen Platz Frau Engel; er habe etwas mit Abel zu besprechen. – – Zu allerletzt kam Lotte Falck mit Langberg; sie erhielten ihre Plätze zwei Reihen hinter den andern.

Man war sehr enttäuscht wegen Norgreens Gesellschaft, nur Peter Hedels freute sich, dass Bibi sich nicht zu überanstrengen brauchte! Auch Knut murmelte etwas, dass es sein Gutes haben könne. Aber Bergliot warb noch vor Anfang des Konzerts einige begeisterte Stimmen, dass man, wie spät es auch werden möge, jedenfalls gemeinsam zu ihnen hinausfahren wolle. Es gab doch nichts langweiligeres, als so in großer Toilette, ohne Spur von Fest – das war ja unmöglich!

Die Sache wurde indessen vor Beendigung des Konzerts nicht definitiv entschieden. Und während das Publikum hinausströmte, blieben sie alle zwischen den Bänken in eifriger Diskussion stehen. Die Begeisterung für Bergliots Idee hatte sehr nachgelassen. Hedels wollten nach Hause gehen; Bornemann hatte Fräulein Hariet Magelssen versprochen, sie nach Hause zu begleiten, und das Fräulein war müde! Herman Abel war auch müde – – –

»Aber du, Thomas, du kommst doch mit?«, sagte Bergliot.

»Ja, ich muss mein Versprechen halten und Lotte nach Hause bringen.«

»Das ist nicht nötig«, sagte Knut, nicht zum ersten Mal an diesem Abend ziemlich kurz angebunden zu Thomas Hageman, – »Lotte bleibt über Nacht bei uns.«

»Wirklich?«

»Ja, – und noch ein paar Tage. Du weißt ja, dass ihre Mutter nach Kreuznach gereist ist.«

»Aber das macht ja nichts, Thomas! Du bedarfst doch keines Vorwandes!« drang Bergliot ziemlich demonstrativ gegen Knuts Ton in ihn.

»Ja, danke, ich komme nur zu gern!«

»Und sieh nur, Knut, da ist Doktor Prytz, – er kommt zu uns!«

Lotte Falck und Karen Ragnhild standen im Mittelgang und unterhielten sich über Amalie Eriksens hübschen Erfolg. Plötzlich packte Lotte Karen Ragnhild am Arm:

»Ach, Karen Ragnhild, laufe schnell zu Knut und Bergliot – ganz schnell und sage ihnen, dass sie Dr. Prytz nicht zu heute Abend einladen sollen!«

»Doktor Prytz?«

»Ja, ich sehe, dass er sie begrüßen will. Ach, liebe, süße Kleine, frag mich nicht weiter, tu es nur mir zuliebe, – ich werde es dir vielleicht später erklären.«

Karen Ragnhild erreichte die Ihren vor Doktor Prytz, der sich gegen den Strom des Publikums durcharbeiten musste.

Doktor Prytz begrüßte jeden Einzelnen besonders und wandte sich dann an Bergliot.

»Wundervolles Konzert! Nicht wahr?«

»Ja! Ganz wunderschön.«

»Und Fräulein Eriksen machte ihre Sache geradezu brillant. Es ist ja eine reine Freude für alle, die sie kennen. Ja, Sie wissen doch, gnädige Frau, dass ich das Glück hatte, sie an dem Abend, – an dem herrlichen Abend bei Ihnen zu treffen!«

»Ach ja, – das ist wahr – –«

»Aber sagen Sie mir, gehen Sie direkt nach Hause?«

»Ich – ich weiß nicht recht«, sagte Bergliot und sah sich unsicher nach den andern um.

»Nein, das müssen Sie nicht tun! Würden Sie mir nicht die Freude machen und meine Gäste bei Engebret sein? Oder anderswo? Ich bitte so freundlich – –«

»Vielen Dank«, unterbrach ihn Knut, – »das würde sehr hübsch sein, und es ist außerordentlich liebenswürdig von Ihnen, – aber wir haben uns bereits anderweitig verabredet.«

»Wie schade! Und wo denn, wenn ich fragen darf?«

»Wir sind zu Norgreens eingeladen«, ließ sich Nils Börges Stimme kurz und bestimmt vernehmen.

Doktor Prytz entfernte sich.

»Eine Stunde später waren »die Getreuen« in Knut Arnebergs Atelier vereinigt. Die gesamte »Bande«, Karen Kamstrup, Frau Wendelboe, Svend Spangereid, Hans Torberg und Nils Börge. Außerdem Lotte Falck, Thomas Hageman und Langberg.

Alle Damen gingen mit Bergliot in die Küche, um das Abendbrot zu besorgen. Die Herren blieben allein sitzen.

Knut saß grübelnd und still da, und die Unterhaltung zwischen den andern schleppte sich träge dahin.

»Hören Sie einmal«, sagte Langberg endlich, – »ich glaube, du sähest uns am liebsten alle, wo der Pfeffer wächst, Knut!«

Knut fuhr in die Höhe.

»Ich? Bist du verrückt, Mensch? Ich! Ach nein, – ich zerbreche mir nur den Kopf über diese Geschichte mit Lotte und dem Doktor.«

»Ja«, sagte Hageman, »unsere gute Lotte benimmt sich höchst sonderbar.«

»Ich finde, der Doktor benimmt sich noch sonderbarer«, meinte Nils Börge.

»Er war heute Abend eigentlich sehr manierlich«, sagte Knut. »Er ist übrigens in der letzten Zeit mehrmals hier bei mir gewesen, und es war mir sehr peinlich, dass ich ihn heute Abend nicht auffordern konnte, mit uns zu kommen.«

»Ja, manierlich ist er«, sagte Torberg, »das habe ich immer gefunden.«

»Manierlich!«, rief Nils Börge aus. »Der und manierlich! Er ist ein Rüpel!«

»Aber Börge!«, sagte Knut.

Nils Börge sprang vom Stuhl auf:

»Er ist ein Rüpel, sage ich! Und das habe ich immer gesagt. Wisst ihr das nicht mehr? Und nun sehen wir es ja. Er hat sich Lotte Falck in seiner wahren Natur gezeigt, – darüber kann kein Zweifel herrschen. Ich wundere mich nur, dass sie ihn nicht schon längst durchschaut hatte. Weil er sieht, dass unsere Damen frei leben und eine freie Sprache führen, – meint er, sie sind für ihn zu haben, – der Frauenjäger! Hat keine Ahnung von dem Zusammenhang!«

»Und der Zusammenhang?«, fragt Langberg.

»Der Zusammenhang ist natürlich, dass unsere Damen mit Gentlemen verkehren! Dass geistvolle Menschen das Recht haben, den Ton anzuschlagen, der ihnen gefällt. Dass wir uns unsern »Ton« selber schaffen, während der Plebs sich an den gegebenen, hergebrachten halten muss. Was für eine Rolle meint so ein Doktor hier zu spielen! Mit seiner Einladung zu Engebret! Und dann bringt er seine ganze schmutzige Voraussetzung und Pöbelfantasie mit –«

»Wissen Sie etwas davon, was zwischen Frau Falck und Doktor Prytz vorgefallen sein mag?«, fragte Langberg.

»Nein, was weiß ich davon? Das müssen Sie doch besser wissen, – es muss ja im Sommer passiert sein, als wir im Gebirge waren. Sie und Knut waren ja täglich mit ihr zusammen.«

»Ja, aber ich weiß gar nichts. Und du wohl auch nicht, Knut?«

Knut schüttelte den Kopf.

»Und wenn niemand von uns das Geringste weiß, so finde ich, dass es übereilt ist, den Mann mit Schimpfworten zu besudeln, Herr Börge.«

Nils Börge schlenderte, die Hände in den Taschen, im Zimmer auf und nieder.

»Ach, – ich bin eigentlich nicht bange vor ein wenig Übereilung, und dann – – – Da ist etwas an diesem Burschen, was mich ärgert, – und worüber Sie, Langberg, sich meiner Ansicht nach noch mehr ärgern müssten!«

»Ich? Warum denn ich noch mehr?«

»Weil Sie ja Lotte Falcks würdigen Vater und Schutzpatron spielen! Was Sie ja überhaupt gern für unsere Damen sein wollen!«

Alle lachten.

»Ja, ja, der Herr Stipendiat hat etwas Beschützendes!«, sagte Thomas Hageman »das habe ich immer gefunden.«

»Dann weiß also niemand, was Doktor Prytz Lotte Falck eigentlich getan hat«, sagte Svend Spangereid. »Vielleicht hat der Mann die redliche Absicht, sich mit ihr zu verheiraten!«

»Was eine bodenlose Frechheit wäre! Lotte gehört uns, und wer sie von uns fortlockt, begeht ein Verbrechen gegen sie und uns.«

»Wenn Lotte Vergnügen daran findet, sich mit ihm zu verheiraten –«

»Dann ist Lotte verführt!«

»Sie muss aber doch ihrem eigenen Liebesbedürfnis folgen dürfen!«

»Das kann sie doch, weiß Gott, bei uns befriedigen!«

»Hier ist vielleicht niemand, mit dem sie sich verheiraten kann!«

»Lotte braucht sich nicht zu verheiraten, wozu soll man sich überhaupt verheiraten? Wer, zum Teufel auch, verheiratet sich heutzutage noch! Glaubst du, dass Lotte dazu einen Prediger nötig hat?«

»Still! Die Damen kommen!«

Nils Börge ging erregt ein paar Mal im Zimmer auf und nieder.

Auf kleinen Tischen wurde das improvisierte Souper serviert. In fröhlichster Verwirrung sorgte ein jeder für sich und bald saßen alle wohlbehalten und ließen es sich schmecken.

»Was haben Sie denn, Börge?«, fragte Bergliot. »Kommen Sie her, hier ist ein großes Glas für Sie!«

»Danke! Das ist gerade, was ich mir wünsche.« Er nahm das Glas aus Bergliots Hand entgegen.

»Was ich habe, Frau Bergliot? Ich bin wütend und glücklich und verrückt, und ich will eine Rede halten und Ihnen sagen, dass ich Sie liebe!«

Sie aßen und tranken.

»Wir wollen tanzen!«, rief Bergliot plötzlich. Sie stand warm und angeregt mitten im Kreise.

»Ja, ja, tanzen!«

Karen Kamstrup lief an den Flügel.

»Nein«, rief Hans Torberg, »einer von den Männern muss spielen, – sonst haben wir ja keine Tänzerinnen.«

»Wer kann?«

»Knut kann einen Walzer«, rief Bergliot und wandte sich an ihren Mann. Ihre Augen sahen blitzend in seine immer finsterer werdenden. »Den Walzer, Knut! Her mit dem Walzer!«, riefen alle. Und Knut setzte sich an den Flügel, ziemlich widerwillig stolperte er mit den unge- übten Fingern über die Tasten.

»Jetzt musst du dich beeilen, sonst fangen wir ohne dich an!«, rief Thomas Hageman und tanzte mit Bergliot von dannen. Nils Börge folgte ihnen mit Karen Ragn- hild:

»So spiel doch, Knut! Jetzt tanzen die Götter!«

Und Knut fand seinen Walzer heraus und spielte. Sie wirbelten umher und an ihm vorüber, er wagte nicht, von seinen Fingern aufzusehen, um nicht aus dem Takt zu kommen.

»Schneller, Knut!«, rief man.

»Nicht so schnell, Knut«, rief eine andere Stimme.

»Takt halten, Knut!«

Er spielte im Schweiße seines Angesichts.

»Soll ich dich ablösen?« ertönte plötzlich Langbergs Stimme dicht hinter ihm.

»Nein, ich danke! Tanz du nur!«

»Ich gehöre nicht mit zu den Göttern«, erwiderte Lang- berg und entfernte sich wieder.

»Langberg, tanzen Sie mit mir!« Atemlos und rot verließ Raren Ragnhild Nils Börges Arm.

»Vielen Dank, aber ich tanze nicht!«

»Weshalb nicht?«

»Ach nein, – ich, – ich habe keine Lust,«

»Dann lassen Sie es doch, Sie Starrkopf!« lind Karen Ragnhild drehte sich um und tanzte mit Hans Torberg.

Thomas Hageman tanzte noch immer mit Bergliot.

»Bist du müde?«, flüsterte er ihr zu?

»Nein!«

Und sie tanzten weiter.

»Nicht so schnell, Knut«, rief Bergliot, als sie an dem Flügel vorüberkamen. »Ganz langsam!«

Und sie tanzten weiter.

»Bist du müde, Bergliot?«

»Nein! – Nein!«

Langberg saß in einer Sofaecke und sah und hörte nichts. Er war dunkelrot.

Knut wollte aufhören.

»Nein, nein, – weiter, Knut! Spiel' weiter!« rief Bergliot über Thomas Hagemans Schulter hinweg. Und Knut spielte weiter. Die andern wechselten die Damen, ruhten eine Weile, wechselten wieder. Schließlich tanzten Bergliot und Thomas Hageman ganz allein.

Knut schlug mit der Faust auf die Tasten und sprang auf.

»Aber Knut!«

»Ich will nicht mehr!«, sagte er kurz, trat an den Tisch und nahm sein Glas.

»Dann muss ein anderer spielen!«, rief Thomas Hageman, »aber Walzer, wenn ich bitten darf.«

Langberg schoss wie eine Rakete durch das Zimmer und an den Flügel:

»Ich will Walzer spielen!«, rief er. Und es klang, als wolle er die ganze Gesellschaft ermorden.

Und sie tanzten weiter. – – –

Spät in der Nacht gingen Langberg und Thomas Hageman zusammen nach Hause. Sie gingen schnell und im Takt. Durch den Wald und über die Felder, wo die Kornhocken in der Dunkelheit wie Gespenster standen. Thomas Hageman schlug mit dem Stock hart gegen den Erdboden, während er ausholte, um Schritt mit dem langbeinigen Stipendiaten zu halten. Langberg hatte den Spazierstock unter die Achselhöhle geklemmt, die Hände in den Taschen vergraben und die Schultern hoch in die Höhe gezogen. Er dachte auch nicht einen Augenblick daran, aus Rücksicht auf den andern kürzere Schritte zu machen.

So trabten sie dahin. Sie kamen an die Stadtgrenze und die erste Gaslaterne.

Hier blieb Thomas Hageman stehen.

»Was nun?«, fragte Langberg.

»Adieu, Herr Stipendiat! Hier geht mein Weg ab.«

»Adieu, Herr Rat, und hier der meine.«

Sie trennten sich. Langberg hörte Hagemans Schritte noch eine Weile; sie waren ganz langsam.

Er selber stürmte mit noch längeren Schritten als bisher weiter. – – –

In Karen Ragnhilds Zimmer war ein Bett für Lotte Falck gestellt, und als alle Gäste sich verabschiedet hatten, ging Bergliot mit hinauf, um zu sehen, ob auch alles in Ordnung sei. Und dann war es so gemütlich da oben, dass sie noch eine ganze Weile sitzen blieb und plauderte, während Lotte und Karen Ragnhild sich entkleideten.

Als Bergliot endlich zum allerletzten Mal Gute Nacht sagte, war Karen Ragnhild fix und fertig zum Insbettgehen. Lotte Falck brauchte mehr Zeit. Namentlich hatte sie einen langwierigen Prozess mit ihrem Haar durchzumachen, das sie des Abends auf Lockennadeln wickelte, um am Morgen die Brennschere nicht benutzen zu müssen. Es nahm ja ziemlich viel Zeit und war oft recht langweilig, wenn man müde war. Aber es war so unendlich viel gesünder für das Haar! Gar nicht zu vergleichen!

Karen Ragnhild kroch auf einen Stuhl und sah mit großem Interesse zu, um die Methode zu erlernen. Sie zog die Knie ganz in die Höhe.

»Wie furchtbar gemütlich ist es doch, so zusammen zu schlafen«, sagte sie.

»Ja, das kommt darauf an, wer es ist!«

»Natürlich! Aber zum Beispiel mit dir! Man plaudert so herrlich miteinander.«

Lotte war mit dem Haar fertig und beendete nun ihre übrige Toilette. Sie erwiderte nichts.

»Es ist so herrlich traulich!«, begann Karen Ragnhild von Neuem.

Lotte war mit dem Lösen eines Bandes beschäftigt und erwiderte noch immer nichts.

»Du kannst dir nicht vorstellen, wie gemütlich Bergliot und ich in Valders zusammen in unserm Zimmer gelebt haben! Wir schwatzten des Abends vor dem Einschlafen wenigstens eine Stunde, – jeden Abend!«

»Ja, das kann ich nur denken!«, sagte Lotte, ganz in ihre Arbeit vertieft.

»Ja, weißt du, – so ganz vertraulich! Ich kenne Bergliot eigentlich erst seit diesen Abenden im gemeinsamen Schlafzimmer.«

Lotte lachte ein wenig.

»Ja, das ist wirklich wahr! Denn wir waren so offen gegeneinander. Wenn uns niemand hörte, – und dann hat man eine solche Lust zum Schwatzen.«

Lotte war fertig und ging direkt zu Bett. Karen Ragnhild blieb sitzen, wo sie saß; sie drehte sich nur ein wenig herum, sodass sie Lottes Bett sehen konnte. Eine Weile war alles still. Karen Ragnhild saß in Gedanken versunken da und starrte vor sich hin, das Kinn auf die Knie gestützt. Dann sagte sie endlich, ohne Lotte anzusehen:

»Ich will dir nur sagen, Lotte, dass ich es nicht begreifen kann, weshalb du Doktor Prytz jetzt so krampfhaft meidest. Du warst doch früher so viel mit ihm zusammen!«

Lotte wurde dunkelrot und starrte zur Decke empor.

»Ja, denn ich versichere dich, er ist viel, viel netter geworden als früher! Und ich glaube, er möchte sehr gern mit dir zusammen sein.«

Lotte schwieg.

»Und das glaube nicht nur ich, sondern auch Knut und Bergliot glauben es. Knut sagte neulich, er glaube, das allein bezwecke Doktor Prytz mit allen seinen Besuchen hier. Und du hättest nur hören sollen, wie reizend er heute Abend war, als er zu uns hinkam. Und er war so enttäuscht, als wir ihn mit einer Lüge abspeisten! Er musste gehen, der Ärmste! Er tat mir wirklich leid. Und Knut auch, das konnte ich sehen.«

Lotte schwieg noch immer.

Endlich sagte Karen Ragnhild sehr ernsthaft, – vielleicht ein wenig gekränkt:

»Aber du musst ja deine Gründe haben.«

Plötzlich sah sie zum ersten Mal zu Lotte hinüber. Es war ihr, als höre sie ein so sonderbares Geräusch. Und da lag Lotte mit dem verzweifeltsten Gesichtsausdruck, die tränengefüllten Augen zur Decke emporgeschlagen – –

»Aber Lotte! Du weinst?« Karen Ragnhild sprang vom Stuhl herunter und setzte sich auf den Rand des Bettes: »Liebe, süße Herzenslotte! Tut es dir weh, wenn ich von ihm rede? Ach nein, Lotte, du darfst es nicht so auffassen. Nur weil du mir heute Abend versprachst, mir später davon zu erzählen, – ach Lotte, es tut mir ja so schrecklich leid!«

Lotte lächelte unter Tränen und küsste sie wieder:

»Nein, das ist es nicht, liebes Herz«, sagte sie tieftraurig, – aber – es ist so unmöglich, so vollständig unmöglich!«

»Was ist so unmöglich, Lotte?«

»Darüber zu sprechen!«

Sie schwiegen beide eine Weile. Endlich fragte Karen Ragnhild vorsichtig:

»Hassest du ihn, Lotte?«

Lotte vermochte nicht zu antworten. Tränen erstickten ihre Stimme. Sie schüttelte nur verzweifelt den Kopf. Nach einer Weile fragte Karen Ragnhild noch vorsichtiger:

»Liebst du ihn denn, Lotte?«

Da barg Lotte das Gesicht in beiden Händen und schluchzte ganz herzzerbrechend, während sie sich hin und her wiegte.

Nachdem sie eine ganze Weile so gelegen, entfernte sie die Hände vom Gesicht und atmete tief auf:

»Ach, es wäre sicher herrlich, sich einmal gründlich darüber auszusprechen!«

Karen Ragnhild fühlte, dass sie Lotte genierte, deshalb kroch sie schleunigst wieder auf ihren Stuhl.

Lotte lag lange schweigend, ruhig und grübelnd da.

»Die Sache ist nämlich die«, sagte sie endlich, »dass man sich so lange mit so etwas herumträgt, bis man zuletzt beinahe verrückt davon wird. Und so müde, so entsetzlich müde von dem ewigen Denken. Er hat mich beleidigt, – so furchtbar beleidigt, Karen Ragnhild! Und wenn man nun immer denkt und denkt, so kann einen schließlich diese Angst befallen, die schlimmer ist als alles, alles andere! Dass ich nämlich selber schuld daran bin!«

Lotte hielt inne.

»Und deswegen habe ich mich so danach gesehnt, mich mit irgendjemand darüber auszusprechen. Aber das ist ja ganz unmöglich! Ich fürchte mich förmlich davor, dass derjenige, dem ich es erzähle, finden könnte, dass ich selber an allem schuld bin. Ich habe oft daran gedacht, mit Langberg darüber zu reden. Er ist ja so, Langberg. Ganz wie ein Bruder. Aber – aber, das ist unmöglich! Denn er ist ja auch ein Mann! Aber nun glaube ich, will ich es dir nur erzählen. Ich habe nicht den Mut, mich an jemand anders zu wenden.«

Nach längerem Zaudern erzählte Lotte ihr Erlebnis mit Doktor Prytz. Sie erzählte alles, was sie vorher gedacht hatte, – den Verlauf des Diners, jedes Wort, das gesagt worden war. – Als sie sich nach einem letzten Kampf überwand und den Schluss – mit der Umarmung – schilderte, brach sie in lautes Schluchzen aus, das sie dämpfte, indem sie unter die Bettdecke kroch.

Karen Ragnhild saß in höchster Spannung da und wartete, dass Lotte sich beruhigen würde, – wartete auf die Fortsetzung! – Als Lotte sich wieder beruhigte und keine Fortsetzung erfolgte, wurde sie ganz verwirrt, – sie hatte sie gewiss nicht richtig verstanden –?«

»Er hat dich geküsst?«, fragte sie endlich.

»Ja, – weißt du – so – so – *abscheulich!*«

Karen Ragnhild starrte sie einen Augenblick an.

Dann wurde sie dunkelrot.

Lotte saß jetzt aufrecht im Bett. Die Hände um die Knie gefaltet, wiegte sie sich mit einem Ausdruck tiefen Schmerzes hin und her.

»Ach ja, ach ja!« jammerte sie lange monoton.

»Aber«, sagte sie endlich, »so sind die Männer ja! Alle miteinander! Nur, dass sie sich verstellen. Und nur einigen, – von denen sie glauben, dass sie es mögen, zeigen sie ihr wahres Gesicht! – Und von mir glauben sie das! Sie glauben, dass ich – so bin! – Aber, glaubst du, Karen Ragnhild, dass mich in diesem Fall die Schuld trifft?«

Lotte wandte ihr das vergrämte Gesicht zu. Karen Ragnhild errötete noch tiefer und warf sich über das Bett, sie schmiegte sich an Lotte und barg ihr Gesicht an dem Busen der Freundin.

»Nein!«, flüsterte sie, verwirrt, heiß, sich verbergend, weil sie nicht wusste, was sie sagen sollte, so maßlos verwirrt, wie sie war.

»Hab Dank, Karen Ragnhild«, sagte Lotte. »Ach, es tut gut, sich auszusprechen. Und es tut gut, bei euch zu sein. Ich bin so glücklich, dass ich hergekommen bin – Aber nun wollen wir schlafen. Schlafen, schlafen!«

Karen Ragnhild schmiegte sich noch inniger an sie. Sie mochte nicht aufsehen! Endlich flüsterte sie hastig:

»Gute Nacht, Lotte!« Dann sprang sie auf und blies das Licht aus.

X.

Karen Ragnhild fuhr am nächsten Morgen mit einer bedrückenden Empfindung aus dem Schlaf auf. Dann besann sie sich auf das Vorgefallene und wurde ganz wach. Es war noch viel zu früh, und sie versuchte, wieder einzuschlafen. Aber die Gedanken stürmten auf sie ein, machten sie unruhig, heiß und ängstlich.

Dann stand sie auf und kleidete sich geräuschlos an. Lotte schlief süß; aber sie wagte kaum, sie anzusehen. Sie hatte nur den einen Wunsch, ins Freie zu kommen, – fort von allen Gedanken; so schlich sie denn durch das Haus und öffnete die Türen wie ein Dieb und stand endlich draußen auf dem Hofplatz.

Es war ein kühler, klarer Septembermorgen; die Sonne war eben blank und kühl aufgegangen. Es war auch Sonntag heute, aber der Sonntag hatte noch nicht angefangen. Alles war still, so klar, so sonderbar nüchtern.

Es fiel Karen Ragnhild plötzlich ein, dass ja Sonntag war und dass sie ein anderes Kleid hätte anziehen müssen. Gleich darauf aber fand sie es gerade richtig, dass sie ihr Alltagskleid anhatte.

Alle die auf sie einstürmenden Gedanken hatten sich beruhigt, sobald sie hinausgekommen war. Sie ging einige Schritte vorwärts durch das taufeuchte Gras und blieb mitten auf dem Hofplatz vor der Flaggenstange stehen und sah um sich. So wunderlich kalt und still war es in ihrem Innern. Und sie sah sich um in der Morgenfrühe, und es war ihr, als sei dies der erste Alltag in ihrem Leben, hier auf diesem Hofplatz vor dem Garten, dem Walde, den Hügeln und dem blaukalten Fjord in weiter Ferne. Als habe das Ganze jetzt sein Gewand gewechselt. In dieser *einen* Nacht. Als habe es das Festkleid abgelegt. Jetzt war es Feld, Garten, Wald, See, – und nichts weiter. Keine verzauberte Welt. – – –

Und sie selber ging hier so klein und schmächtig, gleichsam eingeschrumpft. Sie musste daran denken, dass eine der Mägde daheim einmal gesagt hatte, man könne so plötzlich im Schlaf zusammenfahren, dass man ein Stück wachse. Etwas derartiges war ihr geschehen. Ein Ruck war durch ihr ganzes Wesen gegangen; sie war plötzlich ein Stück gewachsen. Herausgewachsen aus dem Fest, der Verzauberung, dem Farbennebel, der ihren Blick umhüllt hatte. Sie sah plötzlich alles klar und deutlich.

Sie versuchte, zu denken. Aber sie war nicht dazu imstande; es war zu schwer, zu viel für sie, – alles musste ja von Neuem begonnen werden, alles. Aber sie fühlte, dass sie jetzt anfangen konnte zu denken. Von heute an.

»So sind ja die Männer«, hatte Lotte gesagt, »alle miteinander. Nur dass sie sich verstellen.«

Und Lotte musste es ja wissen.

»Nur dass sie sich verstellen!« Die Worte summten ihr unablässig in den Ohren. Sie fand, dass sich ihr gegenüber bisher alle verstellt hatten!

Alle Männer konnten es nicht sein, der Vater zum Beispiel. Aber folglich alle Männer, die Lotte kannte. Die alle miteinander!

Sie dachte an sie alle. Und bald dies, bald jenes tauchte in ihrem Gedächtnis auf. Namentlich von dem Aufenthalt in den Bergen, wo so viel Sonderbares vorgefallen war, – im Scherz natürlich! – Die Herren hatten die Damen halb angekleidet gesehen, – und bei dem Ausflug nach Trondtinden hatten sie beinahe ohne Kleider um das Feuer gesessen, – und die Nacht in der Scheune – – Das alles fiel ihr jetzt ein und wirkte auf sie wie scharfe Stiche, sodass sie dunkelrot wurde und die Gedanken verscheuchte.

Aber waren denn wirklich alle so? Knut sicher nicht! Er war wie der Vater. Und von Langberg hatte Lotte selber gesagt, er sei wie ein Bruder. Gott sei Dank, das waren doch wenigstens einige! Dann war es also nicht ganz so schrecklich!

Aber Doktor Prytz – und gegen Lotte! So hier mitten unter ihnen allen! Wenn Lotte es ihr nicht erzählt hätte, so würde sie noch heute finden, dass Doktor Prytz nett und fein und nobel sei, – ganz mit dazu gehöre hier bei Knut und Bergliot!

Dann hatten Nils Börge und Thomas Hageman also doch recht gehabt, als sie so über Doktor Prytz sprachen! Erst jetzt verstand sie den Sinn ihrer Worte!

Plötzlich war es ihr, als ströme ihr alles Blut aus dem Gehirn, sie hatte ein Gefühl, als werde sie eiskalt und leichenblass – – – –

– Nils Börge!

Und mit Blitzesschnelle jagten die Bilder von ihrem Verkehr mit Nils Börge an ihr vorüber. Einmal, zweimal hatte sie auf seinem Schoß gesessen – unzählige Male hatte er sie um die Taille gefasst und sie dicht, ganz dicht an sich gezogen, – – und er fragte nach so vielerlei, sprach so viel von diesen – diesen Geheimnissen, von denen sie nichts kannte, – mit wunderlichen Worten und in einem Ton, – – sodass ihr da oben bei ihm oft ganz beklommen zumute geworden war. – –

Sie stampfte mit dem Fuß und brach halbwegs in Tränen aus: Ach, es war abscheulich, dass ihr solche Gedanken kamen! Widerwärtige, unfeine, hässliche Gedanken! – – Wie konnte sie nur diese Dinge hervorholen, die während der großen, warmen Stimmung, in die ihn seine Dichtung versetzte, entstanden waren!

Sie hatte die größte Lust, diesen abscheulichen, ekelhaften Doktor totzutrampeln, – – denn er war an allem schuld, – er hatte ihre Gedanken vergiftet, – das Schönste, was sie zu denken vermochte, besudelt. – – Und sie war überzeugt, dass sie das Hässliche nie wieder würde abschütteln können, – es würde immer wieder auftauchen, – das mit Nils Börge und mit allem, allem andern! – –

Es war eine Sünde und Schande! Denn es war eine Unwahrheit! Nils Börge hatte ihr gegenüber nicht solche Gedanken gehegt. Denn *sie* musste doch wohl jedenfalls zu denen gehören, denen gegenüber sie sich verstellten, – selbst wenn er in seinem innersten Innern so einer war – wie Doktor Prytz!

Hu! Abermals befiel sie dies heimtückische Unbehagen, wenn sie daran dachte, dass sie hier umhergingen und schändliche Gedanken und Dinge heimlich mit sich herumtrugen!

Aber dass Knut und Bergliot mit solchen Menschen verkehren konnten! Sie mussten es ja doch wissen und es kennen! Knut doch auf alle Fälle! Knut war übrigens in der letzten Zeit gar nicht guter Laune gewesen. Vielleicht kam es daher, weil er dies alles fühlte! Aber Bergliot, die Ärmste, die lachte und amüsierte sich, ohne eine Ahnung davon zu haben, – so wie sie selber!

Hu! Es war ihr, als befinde sie sich in einem stinkenden Sumpf. –

Ein Mann kam unten die Straße entlang gegangen. Sie sah auf. Es war Langberg. Er ging langsam, vornübergebeugt, die Hände auf dem Rücken und starrte vor sich hin. Sie dachte einen Augenblick daran, hineinzulaufen, auf ihr Zimmer, um ihm nur jetzt nicht zu begegnen. Sich jedenfalls etwas ordentlicher anzukleiden. Aber sie blieb. Sie wollte ihm im Grunde gerade jetzt gern begegnen. – – –

Aber Langberg ging an der Einfahrt vorüber, den Weg verfolgend, ohne auch nur aufgesehen zu haben.

Da rief sie ihn an.

Er blieb stehen, drehte sich um und sah wie aus einem Traum erwachend auf. Endlich gewahrte er sie; sie kam ihm langsam entgegen. Und er kehrte zu der Einfahrt zurück. Mitten auf dem Hügel trafen sie zusammen.

»Wohin wollen Sie?«

»Ich? – Ich will nirgends hin. Ich gehe nur ganz ziellos spazieren. Aber Sie, Fräulein Finne? Sind Sie schon zu so früher Morgenstunde im Freien?«

»Ja, ich schlendere auch ein wenig umher.«

»Ich dachte, Sie lägen noch in süßem Schlummer, – es war doch gestern Abend recht spät! Sind Sie denn so ein Morgenengel, ›gnädiges Fräulein‹?«

Sie sah ihn hastig an, als er »gnädiges Fräulein« sagte. Es lag etwas Fremdes, Stilles, beinahe Betrübtes in seiner Stimme. Er sah recht elend aus, die Augen lagen ihm hohl im Kopfe, er war blass, – aber er lächelte.

»Kommen Sie nicht mit mir hinauf?«, fragte sie.

»Danke! Ich will jetzt nicht hineinkommen. Mein Weg führte mich ganz zufällig hier vorbei, – – – Ich muss wohl sehen, dass ich weiter komme.«

Sie stand einen Augenblick da und sah vor sich nieder. Dann erhob sie ihre großen, dunklen Augen und sagte:

»Gehen Sie, bitte, noch nicht, Langberg! Bleiben Sie noch einen Augenblick hier und plaudern Sie ein wenig mit mir.«

»Ja, das tu ich sehr gern. Wenn Sie mich darum bitten!«

Sie gingen bergan. Auf dem Hofplatz blieb Karen Ragnhild stehen.

»Sie schlafen noch alle. Ich habe keine Lust, hineinzugehen.«

»Dann können wir ja hier draußen bleiben.«

Sie blieb stehen.

»Hören Sie einmal, Langberg«, sagte sie und schlug die Augen nieder; – »Sie müssen mir nicht böse sein, weil ich gestern Abend so gar nicht freundlich gegen Sie gewesen bin.«

Er errötete und sagte:

»Aber – liebes Fräulein Finne, – wie können Sie nur auf einen solchen Einfall kommen!«

»Warum sagen Sie ›Fräulein Finne‹?«

Er errötete noch tiefer.

»Habe ich das gesagt? Ja – nein – dabei habe ich mir wirklich nichts gedacht!«

»Nein, denn es war nur so eine – eine Verrücktheit von mir. Es hat mir hinterher so leidgetan!«

»Nein, – nein, – ich habe es gar nicht beachtet.«

»Ja, – denn ich mag sie so schrecklich gern, Langberg!«, sagte sie plötzlich und sah ihn mit tränenüberströmenden Augen an, während sie warm, beinahe verschämt lächelte.

»Danke!«, sagte er.

Sie gingen schweigend dem Waldessaum zu. An dem Zaun angelangt, setzte sich Karen Ragnhild auf einen Stein. Langberg nahm vor ihr auf dem Zaun Platz.

»Sie denken jetzt doch nicht mehr an den Unsinn von gestern Abend?«, fragte er endlich.

Karen Ragnhild schüttelte den Kopf.

»Sie scheinen mir heute kein so fröhlicher Morgenvogel zu sein wie sonst, Fräulein Karen Ragnhild!«, sagte er nach einer Weile.

»Nein,« entgegnete sie traurig. »Ich bin gar nicht fröhlich!«

»Ist Ihnen, – ist Ihnen etwas Unangenehmes begegnet?«

Sie schüttelte den Kopf.

»Denn Sie wissen doch, wenn ich Ihnen in irgendeiner Weise dienen kann, so machen Sie mich so glücklich, wie ich nur sein kann –«

Karen Ragnhild kämpfte mit sich.

»Ist dadrinnen etwas Trauriges vorgefallen?«, fragte er und zeigte auf das Haus.

Sie machte ein zweifelndes Gesicht. Langberg wurde sehr ernsthaft und fragte vorsichtig:

»Zwischen Knut – und Frau Bergliot.«

»Nein, nein!«, sagte sie. »So etwas ist es nicht.«

»Also handelt es sich um Lotte Falck?«

»Ja. Gewissermaßen.«

Karen Ragnhild saß eine Weile schweigend da. Dann barg sie den Kopf in den Händen und weinte, leise und schmerzlich. Endlich holte sie das Taschentuch heraus, trocknete die Tränen und sagte in ruhigem, betrübtem Ton:

»Ach, ich habe etwas so Trauriges erfahren, Langberg!«

»Von Lotte?«

»Ja.«

»Die hat doch sonst in der Regel nichts Trauriges zu erzählen!«

»Nein. Aber dies ist traurig. Und ich bin ganz verzweifelt darüber. Es ist etwas geradezu Schreckliches –«

»So?«, sagte Langberg bedenklich. »Und das hat sie *Ihnen* erzählt?«

»Was meinen Sie?«

»Was sie mit Doktor Prytz erlebt hat.«

»Ja. Aber Sie wissen es doch nicht?«

»Ach ja. Ich weiß es.«

»Aber Lotte sagte mir doch, sie hätte es Ihnen nicht erzählt!«

»Das hat sie auch nicht. Aber so etwas merkt man!«

Karen Ragnhild sah ihn gespannt und fragend an:

»Merkt man das?«

»Ach ja! Wenn man alt und erfahren geworden ist.«

»Aber, – glauben Sie denn, dass alle es gemerkt haben würden? Oder es vielleicht gemerkt haben?«

»Ach, – die meisten von uns wohl. Wir Männer wenigstens.«

»Wie können Sie das nur?« Karen Ragnhilds Augen brannten.

Langberg lächelte schwermütig.

»Wahrscheinlich, weil wir traurige Erfahrungen gemacht haben, Fräulein Karen Ragnhild.«

»Wieso Erfahrungen?«

»Wir sind ja selber Männer!«

Sie saß vornübergebeugt da, die Hände vor sich ausgestreckt:

»Ist es denn wirklich wahr – dass – dass alle Männer so sind? So wie der ekelhafte, abscheuliche Doktor?« – –

Langberg stutzte und sah sie an. Dann errötete er; er fühlte, dass sie nach dem andern, – nach Nils Börge fragte.

»Wie können Sie nur so etwas fragen!«, sagte er, und versuchte zu lächeln.

»Ja, – denn Lotte sagte es selber, – – und nun sagen Sie ja auch – –«

»Liebes kleines Mädchen«, sagte er ruhig und vertrau-enerweckend. – »Es würde eine ganz unverschämte Lü-ge sein, wenn ich sagen wollte, dass alle Männer ekel-haft und abscheulich sind. Wenn Lotte Falck das gesagt hat, so müssen Sie es ihrer Aufregung zugutehalten. Ich sage nur, wir Männer können schneller und leichter schlussfolgern, was zwischen Doktor Prytz und Frau Falck vor sich gegangen ist, weil unsere Erfahrung uns leider mit den »ekelhaften und abscheulichen« Seiten des Lebens in nähere Berührung bringt. Mit solchen Sei-ten, wie sie die kleinen Mädchen nicht kennenlernen. Und die kleinen Mädchen sollten sich nur freuen, dass sie nicht nötig haben, darüber nachzudenken!«

»Ja, wenn man nun aber nachdenken muss –!«

»Das muss man durchaus nicht!«

»Ja, wenn man so schrecklich bange wird!«

»Da soll man sich nur an einen guten alten Freund wenden, an einen klugen und verständigen alten Onkel, wie mich und fragen: Ist das, was Lotte Falck in ihrem Kummer und ihrer Verbitterung sagt, wirklich wahr? Und wenn der alte Bursche dann nein sagt, es ist gar nicht wahr, dann soll man gleich wieder fröhlich wer-den, – Morgenvogel!«

Karen Ragnhild musste ein wenig lächeln. Aber sie wurde gleich wieder ernsthaft und versank von Neuem in Grübeleien. Langberg saß ebenfalls schweigend da und sah sie an.

»Ach es ist so bedrückend und schwer, Langberg«, sag-te sie endlich mit gedämpfter Stimme. »Denn ich habe ein Gefühl, als wenn ich überall nur noch Hässliches sehe.«

»Sie haben immer eine so fürchterliche Eile, Fräulein Karen Ragnhild!«

»Aber der abscheuliche, abscheuliche Mann hat ja mit uns allen verkehrt! Und stellen Sie sich nur vor, dass ich ihn geradezu gern gehabt habe!«

»Ja«, sagte Langberg. »Ich finde, das ist nicht das Schlimmste, was Sie tun konnten.«

Karen Ragnhild sah ihn ganz empört an:

»Wenn er sich doch als schrecklicher, abscheulicher Mann entpuppt!«

»Aber ich glaube ganz und gar nicht, dass Doktor Prytz das ist.«

»Nach dem, was vorgefallen ist – –!«

»Ja, wissen Sie, so etwas kann oft recht kompliziert sein, wenn Sie sich einmal mit dem Mann verheiraten, der Sie liebt, Fräulein Karen Ragnhild, – und den Sie lieben, da kann er Ihnen von so etwas erzählen, denn dann werden Sie das selber verstehen können, wenn es auch noch so kompliziert ist. Jetzt will ich Ihnen nur sagen, dass das, was zwischen Frau Falck und Doktor Prytz vorgefallen ist, vielleicht auch in Lotte Falck selber und nicht allein in Doktor Prytz' Abscheulichkeit seine Erklärung finden kann –«

»Sie wollen doch nicht etwa sagen, dass Lotte –«

Langberg lächelte:

»Nein, dass ich das nicht will, wissen Sie selber. Lotte Falck besitzt meine größte Hochachtung und meine warme Zuneigung. Aber es kann ja vorkommen, dass etwas weniger kluge und feine Männer – Männer, die in vielerlei Vorurteilen und Unverstand erzogen sind – sich in Lotte Falck irren können. Und dass sie solche – solche Neigungen verraten, weil sie vielleicht irrtümlich von der Voraussetzung ausgehen, dass sie dieselben Neigungen hat.«

Karen Ragnhild wurde ganz heiß:

»Verraten – –?«, flüsterte sie.

»Ja,« entgegnete Langberg leise. »Verraten, was wohl in unser aller innerstem Innern verborgen ruht. Und was man an und für sich ja nicht abscheulich nennen kann. Nur kommt es wohl nie, oder doch nur äußerst selten vor, dass so etwas ohne eine richtige oder missverstandene – Gegenseitigkeit geschieht.«

Karen Ragnhild hatte das Knie in die Hand gestützt. Nach einem längeren Schweigen erhob sich Langberg.

»Sind Sie jetzt etwas weniger verzweifelt?«

Sie sah mit ihrem wärmsten Lächeln auf, das wie ein Sonnenstrahl über ihr Antlitz huschte:

»Ja, – denken Sie nur! Ich glaube es!«

»Das ist ja herrlich!«

»Haben Sie Dank! Ach, tausend Dank!«

»Keine Ursache! Adieu, Morgenvogel!«

»Aber Sie wollen doch nicht schon gehen?«

»Ach ja! Ich muss weiter –«

»Aber Sie hatten doch gar kein Ziel!«

»Ohne Ziel kann man doch ein Ziel haben, – zuweilen!« lächelte er. Karen Ragnhild sah ihn an:

»Sie sehen gar nicht wohl aus. Sie sind doch nicht krank?«

»Nein, ich bin frisch wie ein Fisch.«

»Aber – Langberg, – Sie sind, glaube ich, auch nicht – so recht glücklich.«

Es ging ein Zucken durch sein Gesicht. Aber er lächelte, zog die Schultern in die Höhe und sagte munter:

»Das kommt nur, weil ich über Nacht nicht geschlafen habe! Guten Morgen! Haben Sie Dank für diese Stunde!«

Sie nahm seine dargebotene Hand:

»Aber – Sie kommen doch wieder? Auf dem Rückwege? Da sind sie alle auf! Und die andern kommen gewiss im Laufe des Vormittags auch herunter.«

»Danke! Ich glaube, besser nicht. Ich bin zu müde.«

»Haben Sie denn gar nicht geschlafen? Das ist ja schrecklich! Wie kommen Sie nur auf solche Torheiten! Denken Sie nur, die ganze Nacht!«

»Ja, das ist unrecht. Alte Onkels sollten gar nicht auf solche Einfälle kommen.«

»Alte Onkels! Sie sollen so etwas nicht sagen!«

»So?«

»Nein, ich finde, es liegt etwas Beleidigendes darin, wenn Sie so etwas sagen!«

»Beleidigendes?«

»Ja! Ich bin gar nicht mehr so schrecklich klein, –dass Sie mein alter Onkel sein könnten!«

»Aber das habe ich doch gar nicht gesagt?«

»Ja. Das sagen Sie ja eben noch.«

Er stand einen Augenblick da und sah vor sich nieder.

»Ach nein,« entgegnete er langsam. »Das meinte ich gar nicht damit! Guten Morgen!«

»Kommen Sie nun wieder?«

»N–ein, danke, ich glaube nicht!«

»Ach, – ich möchte schrecklich gern, dass Sie wieder- kämen.«

»Möchten Sie das, Fräulein Karen Ragnhild? Und wes- halb denn?«

Er sah sie ernsthaft fragend an.

Sie brach plötzlich in Tränen aus und warf sich ihm um den Hals, sie legte den Kopf gegen seine Brust und schmiegte sich an ihn. »Mir ist so eigentümlich bange, Langberg!«, flüsterte sie. – »Vor allen den andern!« fügte sie noch leiser hinzu.

Mit einer Mischung von angeborener Ungewandtheit und überrumpelter Zärtlichkeit schlang er seine langen Arme um ihre Taille und versuchte, etwas zu sagen:

»Aber – ja – ach ja, – liebe, liebe« –

Sie entwand sich seinen Armen und stand wie mit Blut übergossen vor ihm, die Augen zu Boden geschlagen.

»Ich glaube, ich bin ganz verrückt! Sie, – Sie müssen mir nicht böse sein!«

»Nein, kleines Mädchen! Ich werde nicht böse auf Sie sein! Und nun leben Sie wohl. Ich komme also wieder!«

»Danke, aber –«

Er nahm ihre Hand, presste einen Kuss darauf und ging.

Karen Ragnhild sah ihm einen Augenblick nach. Dann glitt ihr Blick in den Morgen hinaus, – über den Wald und die Felder bis in die Ferne auf den blauen Fjord hinaus – – – vielleicht kam es, weil die Sonne höher stand und der Morgen nicht mehr so früh war – aber es war ihr, als habe alles den alten, warmen Glanz wieder gewonnen – – – –

Als Langberg das Hoftor erreichte, ging Thomas Hageman gerade hinein. Langberg lüftete den Hut und stürzte eiligst vorbei. Thomas Hageman hatte keine Zeit, wieder zu grüßen, er fuhr nur mit der Hand an den Rand seines Hutes, murmelte guten Morgen und ging weiter.

Auf dem Hofplatz stand Karen Ragnhild.

»Guten Morgen, Fräulein Finne!«

»Guten Morgen, Herr Hageman!«

Karen Ragnhild war ein wenig zerstreut. Sie erblickte ihn wie durch einen Nebel.

»Knut und Bergliot sind wohl schon aufgestanden!«, sagte sie ziemlich plötzlich.

Thomas Hageman machte einen so sonderbar nervösen Eindruck, dass Karen Ragnhild ihn ansehen musste, – sie erwachte gleichsam. Er sah auch schlecht aus, – als ob er nicht geschlafen habe, sie wandte sich mit einer kurzen Entschuldigung um und ging hinein.

Thomas Hageman ging einige Minuten rastlos vor der Ateliertür auf und nieder. Endlich blieb er stehen und klopfte an.

Es war niemand da drinnen. Ungeduldig, erwartungsvoll blieb er stehen – – Dann ging er hin und pochte an die Tür zu Bergliots Boudoir. Auch das war leer. Daneben lag das Esszimmer.

Dort stand Bergliot im Morgenkleide und ordnete den Kaffeetisch.

»Thomas –?«

»Ich glaubte, deine Schwester hätte mich gemeldet.«

»Karen Ragnhild? Nein! Aber wie nett! Komm herein, wir wollen gerade Kaffee trinken.«

Er kam schnell durch das Zimmer auf sie zu und sagte in gedämpftem Ton, heftig:

»Ich muss mit dir sprechen, Bergliot! Und zwar allein und bald!«

Sie sah mit Verwunderung in sein erregtes Gesicht.

»Du musst versuchen, es so einzurichten –«

»Ja«, sagte sie. »Ja, Thomas. Das will ich.«

»Danke! Er kehrte ihr den Rücken zu und trat an das Fenster, wo er stand, als Knut kam.

»Du bist es!«, sagte Knut, nicht gerade angenehm überrascht! – »Bist du so ein Frühaufsteher?«

»Ja! Guten Tag! Bei dem herrlichen Wetter heute Morgen –«

»Du siehst sonst aus, als wäre dir eine Stunde Schlaf mehr ganz gut bekommen, Thomas!«

»Hm, – es wurde ja spät gestern Abend.«

Bergliot kam mit dem Kaffee. Dann erschien auch Lotte Falck und endlich Karen Ragnhild in einem andern Kleid und sorgfältig frisiert.

Thomas Hageman war während der Mahlzeit forciert lustig, – Lotte neckte ihn mit seinen roten Augen und mit seinem Tanzeifer, der gar nicht zu seiner Würde passe. Knut saß schweigend da. Bergliot ging ab und zu, sie war ziemlich unruhig, während Karen Ragnhild dasaß und strahlte und den Eindruck machte, als sei sie zehn Meilen weit entfernt.

Als sie fertig waren, machte Bergliot den Vorschlag, ein wenig spazieren zu gehen. Knut, der erst die Zeitungen lesen wollte, blieb zu Hause, während die andern gingen.

Lotte Falck und Karen Ragnhild schlenderten Arm in Arm voran. Es ging durch den Wald, den Fußpfad entlang, und bald waren Karen Ragnhild und Lotte den andern aus dem Gesichtskreis entschwunden.

Thomas Hageman ging nervös, langsam und schweigend neben Bergliot her. Endlich blieb er stehen.

»Bergliot! Ich muss mit dir reden! Du, – wenn du dich vielleicht dort auf den Baumstumpf setzen wolltest.«

Sie setzte sich. Er stand vor ihr, gegen einen Baumstamm gelehnt. Eine ganze Weile stand er da und strich sich über das Gesicht. Endlich begann er ruhig:

»Bergliot! Mit mir ist diese Nacht etwas vor sich gegangen. Ich – ich bin ein anderer Mensch geworden. Ein neuer Mensch, oder vielmehr – ich bin zu mir selber gekommen. Ich habe unwürdig und unwahr gelebt, habe mich selber und andere belogen. In der letzten Zeit habe ich es kommen gefühlt, habe gefühlt, wie mir die Abrechnung mit mir selber näher rückte, wie eine Pflicht, die sich auf die Dauer nicht fernhalten lässt. Dies Gefühl hat sich zu einem quälenden Bedürfnis gesteigert, das stärker ist als mein Wille, weil es mit dem Stärksten in meiner Natur im Bunde steht. Ich bin endlich dahin gelangt, ehrlich gegen mich selber zu sein. So weit bin ich gekommen. Und mir ist, als sei ich innerlich ganz zerrissen. Und trotzdem habe ich nie ein solches Glück, einen solchen Frieden empfunden.

Entsinnst du dich noch, Bergliot, dass du einmal zu mir sagtest, du glaubtest, ich wolle dir nicht wohl? Meine empörte und beleidigte Antwort darauf baute mir allmählich einen ganz neuen und sichern Platz bei dir auf! Weißt du wohl, dass du damals recht hattest, Bergliot? Ich wollte dir nicht wohl. Es ist mir fast ein Genuss, mich selbst durch dies Geständnis zu foltern. Ich wollte dein Glück morden, das war meine bewusste Absicht, – und meine gekränkte Indignation war Lüge, – und zum Teil auch Selbstbetrug. Ich wollte das Glück morden, das ich dich genießen sah, weil ich es nicht teilte, weil du es nicht mit mir teiltest. Ich bildete mir selber ein, ich täte es, weil ich dies Glück deiner unwürdig fände. Das war nicht wahr. Nicht deswegen verfolgte ich es. Aber mein Selbstbetrug verwirrte mich in ein Netz von Widerspruch und Halblüge. Ich verachtete dein Glück, – das ist wahr. Aber ich hätte dich damit in Ruhe gelassen, wenn ich es – Knut nicht missgönnt hätte! Und jetzt ist das in mir vorgegangen, dass ich dein Glück verstehe.

Dass ich mich selber verachte und nicht dein Glück. Siehst du, Bergliot, als du heimkehrtest, und ich dich wiedersah, hielt ich mich für so viel klüger als dich. Wenn ich dich glücklich sah, meinte ich, du seiest genügsam und stelltest geringe Ansprüche. Aber du bist mein Zuchtmeister geworden. Du hast mich gelehrt, was ich nie gesehen und gewusst habe. Du hast mich das Leben gelehrt. Du besaßest alle meine Klugheit von ehedem, aber du hattest mehr gelernt als die allein. Das verstand ich erst spät; ich war stehen geblieben, – du warst gewachsen. Du hattest mit der ganzen Feinheit und Schönheit deines Wesens gelernt, was das Leben ist, – die große Nutzanwendung, die ich niemals gekannt habe. Bis jetzt, Bergliot, jetzt, wo ich dich sehe, wo du mich berauschest, mich mit fortreißest, sodass ich dir folgen muss und wahr werde, trotz all des alten Widerstandes, all der alten Angst vor der Wahrheit. Endlich ist es geschehen: Du hast mich ganz geleitet, Bergliot! Und nun habe ich dir nur noch eins zu sagen, Bergliot, – ich liebe dich! Ich kann nicht leben, ohne dich zu besitzen. Du bist für mich das Leben. Alles, was ich gefehlt, gedacht, gewollt habe, – das vereinigt sich in dir. Und ich bitte dich, Bergliot, werde die Meine!«

Er stand aufrecht und leichenblass da. Jetzt hielt er inne, fuhr sich mit dem Taschentuch über die Stirn und fügte in gedämpftem Ton hinzu:

»Du musst mich bis zu Ende hören. Ich bin klar und ruhig, und ich weiß, dass ich mich ganz aussprechen muss. Ich weiß jetzt endlich, dass ich dich liebe. Das ist es, was mit mir vorgegangen ist, Bergliot. Offen und wahrheitsgetreu sage ich es dir. Offen und wahrheitsgetreu soll mein Weg sein. Du bist für mich das stolze Leben. Ich bitte dich, schenke es mir! Es ist dies eine so gewichtige Sache, dass ich dich bitte, mir jetzt keine Antwort zu geben. Ich will später wieder zu dir kommen. Ich will dann gleich fortreisen. Ich kann Urlaub auf ein Jahr bekommen. Im Laufe dieses Jahres lassen sich deine Verhältnisse ordnen und wir können die erforderliche Zeit warten. Es wird ein schlimmes Jahr für dich werden, aufreibend und qualvoll. Ich würde am liebsten dir zur Seite bleiben. Aber ich weiß, ich helfe dir am besten durch meine Abwesenheit, und ich werde mit dir leiden. Wir müssen das Schwere und Qualvolle durchmachen. Für mich wird er heilsam sein, dieser Kampf, das weiß ich. Alle Halbheit, alle Unwahrheit zwischen uns und anderen muss ausgeschlossen sein. Ich – ich sehe dich, Bergliot, in einem so hohen, strahlenden Lichte auf dem Wege vor mir – –

Leb wohl! Dann komme ich – später. Wenn du dir die Sache überlegt, – wenn du an mich gedacht hast, Bergliot!«

Er wandte sich um und ging langsam den Fußpfad hinab. – – – –

Bergliot blieb regungslos sitzen. Sie fühlte, wie ihre Wangen brannten. Und in ihrem Innern brannte ein Gefühl, das ihr neu war; ein ätzendes Übel, das um sich fraß und sich über ihr ganzes Wesen verbreitete, es krank machte, lähmte, – die Scham.

Sie hatte ein Gefühl; als könne sie nicht weiter leben. Sie war nicht imstande, sich von dem Baumstumpf zu erheben, auf dem sie saß. Es war ihr, als müsse sie hier sitzen bleiben und sich innerlich leer zehren lassen, vor Schande vergehen.

Die Gedanken meldeten sich. Einer nach dem andern mit neuem Schmerz, neuem belastenden Urteil – – So tief war ihr Verrat gewesen, dass er Knut auch nicht mit einem Worte erwähnt hatte. Jeden Gedanken bei ihm, dass sie ja Knuts Gattin war, hatte sie verscheucht. Er rechnete ohne Knut.

Eine treulose Gattin. Das war sie. Es gab keine Ausrede für sie. Eine treulose Gattin. Und was war ihr Ärger über Knut, jeder Vorwurf, den sie ihm machen konnte, – gegen dies! Wenn Knut hier verborgen gestanden und alles mit angehört hätte, – müsste sie da nicht vor seinem Zorn in den Boden versinken! Vor seinem Blick, dem sie nie wieder begegnen konnte!

Und Knuts Benehmen gegen sie, seine Kälte, seine Härte – – – war das alles nicht etwas ganz Natürliches! Vielleicht hatte er gefühlt und verstanden, was sie für ein Unrecht beging, – um Thomas Hagemans willen! Vielleicht hatte sein Instinkt es ihm gesagt! Er, der so reinen Sinnes war, scheute gerade vor allem Schmutzigen, Niedrigen, Verräterischen zurück! Oder vielleicht hatte er geradezu gesehen und gehört, was zwischen ihr und Thomas vor sich ging. Und es so beurteilt, wie es von Rechts wegen beurteilt werden musste, – genau so wie Thomas selber! Denn der ging ja von der Auffassung aus, dass sie treulos war. – – –

Es war schon spät am Vormittage, als sie sich langsam und mit physischer Anstrengung auf den Heimweg machte.

Ihre Gedanken waren klar und still. Sie wollte sich Knut zu Füßen werfen und ihn bitten, sie wieder rein, gesund und neu zu machen. Er konnte das. Denn sie liebte ihn.

Als sie ins Atelier kam, saß Knut mit Norgreen und Bornemann da.

»Nun? Wo sind die andern?« fragte Knut.

»Lotte und Karen Ragnhild sind bergan gegangen.«

»Und Thomas?«

»Der ist – glaube ich – nach Hause gegangen.«

»Das ist doch des Kuckucks! Habt ihr euch etwa erzürnt?«

Bergliot lächelte krampfhaft.

»Nein!«, sagte sie, schritt durch das Atelier und in ihr eigenes Zimmer. Hier setzte sie sich auf das Sofa und stützte den Kopf in beide Hände. Sie hörte, dass noch mehrere ins Atelier kamen, und dass nach ihr gefragt wurde. Und sie ging in ihr Schlafzimmer hinauf.

Knuts Stimme hatte sie wie ein Messer in die Seele gestochen: »Habt ihr euch etwa erzürnt?« Er hatte es höhnisch gesagt. Mit kaltem Hohn.

Aber wenn er dies ahnte, wenn er dies die ganze Zeit hindurch gedacht und sein Benehmen gegen sie danach gerichtet hatte, – da konnte er ja nichts als Kälte und Hohn für sie empfinden! Und Gleichgültigkeit bis zu dem Grade, dass sie sich nun schon viele Monate bitterlich vernachlässigt gefühlt hatte! Und dies Gefühl war es, was sie jetzt in dies Verhältnis zu Thomas getrieben hatte! Wenn ein Mann einen solchen Verdacht hegte, –

würde er dann nicht in Raserei ausbrechen! Konnte er dann den Dingen ihren ruhigen Lauf lassen, – ohne dagegen einzuschreiten! War das Stolz? War – war das die Liebe eines Mannes?

Wusste er alles – und ließ er alles geschehen, weil er sie nicht liebte?

Bei diesem Gedanken sprang sie auf und schritt rastlos im Zimmer auf und nieder.

Sie musste Klarheit hierüber haben. Vor allen Dingen, ob er begriffen hatte, was zwischen ihr und Thomas vor sich gegangen war. Dann wollte sie weiter sehen. Schließlich war sie in dies Ganze doch nur unbewusst hineingeraten, weil Knut sie nicht liebte. Das hatte eine eisige Kälte auf ihr Leben gelegt, – und sie bedurfte der Wärme, – hatte sie unwillkürlich gesucht, wo sie ihr entgegentrat. Bei Thomas!

»Ich kann nicht leben, ohne dich zu besitzen.« Sie rief sich seine Worte ins Gedächtnis zurück. Zum ersten Mal war sie dazu imstande. Sie hörte seine Stimme, warm und tief, zitternd von Leidenschaft, die er stolz und kräftig ihr gegenüber beherrschte. »Ich liebe dich, Bergliot! Du bist für mich das Leben!«

Sie stand mitten im Zimmer und flüsterte seine Worte vor sich hin. Sie wurde warm dabei. Das Blut strömte ihr hastiger zum Herzen – – sie hatte ein Gefühl, als versinke sie in eine berauschende Umarmung, – eine unwiderstehliche Sehnsucht bemächtigte sich ihrer – – – dann sank sie plötzlich überwältigt zu Boden und brach in Tränen aus.

Nach einer Weile stand sie ruhig auf und trat an ihre Toilette, um sich zurechtzumachen; sie musste ja zu den andern hinunter. Als sie aber ihrem eigenen Blick im Spiegel begegnete, wurde sie dunkelrot. – – –

Liebte sie denn Thomas Hageman? Ihr wurde immer heißer bei dem Gedanken. Sie erschrak nur, als die Frage so klar an sie herantrat. Nein! Etwas dergleichen empfand sie nicht für ihn. Und doch, – seine Worte, seine Stimme, seine ganze Erscheinung, wie er gegen den Baum gelehnt dastand, – – er übte eine große Anziehungskraft auf sie aus, – – – und dann war da noch etwas anderes, eine verzehrende Sehnsucht, eine Woge, die ihr ganzes Wesen durchflutete. – – –

Und diese Sehnsucht war auf Knut gerichtet, das wusste sie; Knut aber wies sie zurück, und dann –! Trotz und Stolz schwollen in ihr, ein Gefühl von persönlicher Freiheit und dem Recht, für sich selber zu wählen – – und mit erhobenem Haupt ging sie hinab.

Im Atelier war eine große Gesellschaft versammelt. Amalie Eriksen und Frau Norgreen waren aus der Stadt gekommen, Lotte Falck und Karen Ragnhild waren oben gewesen und hatten »die Bande« geweckt und sie mit heruntergebracht.

Knut saß mitten im Kreise und war ganz ungewöhnlich lustig. Bergliot setzte sich ein wenig abseits mit Frau Norgreen. Sie hörte geistesabwesend der Schilderung von dem Bankett gestern Abend zu. Durch alles hindurch und über alles hinweg hörte sie Knuts Stimme und sein lautes Lachen. Es war, als rufe er an allen andern vorbei, – ihr zu.

Langberg kam. Er fragte nach Thomas Hageman.

»Ich begegnete ihm heute Morgen ja in größter Eile.«

Knut lachte:

»Ja, ich auch! Ich begegnete dem Herrn auch in größter Eile. Er verschwand wieder. Wie Tau vor der Sonne.«

Die Mehrzahl der Gäste blieb zu Tische. Knut hatte sie eingeladen. Nach dem Kaffee arrangierte er einen Spaziergang in den Wald. Da war eine kleine Lichtung, hoch oben im Laubwalde, die er entdeckt hatte, ganz wundervoll im Schmuck des herbstlich bunten Laubwerkes. Bergliot blieb allein zu Hause.

»Kommst du nicht mit, Bergliot?«, fragte Karen Ragnhild, sie waren einen Augenblick oben im Schlafzimmer allein.

»Ach nein! Ich bin ein wenig angegriffen.«

»Ach, komm nur! Es ist ja nicht weit.«

Karen Ragnhild blieb ganz bestürzt stehen. Bergliot kämpfte mit den Tränen, und in ihren Zügen lag eine Qual, eine tiefe Verzweiflung.

»Aber Bergliot?«

Bergliot wandte sich nur mit einer abwehrenden Handbewegung ab und ging hinaus.

Als alle fort waren, ging sie in das Atelier und wanderte dort rastlos auf und nieder. Sie ging dort noch so, als die andern wieder kamen.

Zu Abend kamen noch mehr Gäste. Knut war in strahlender Laune, wie er es seit langer Zeit nicht gewesen. Amalie Eriksen spielte ihre Brahms'schen Kompositionen, Lotte Falck und Nils Börge sangen; und schließlich räumte man aus, um zu tanzen.

Knut spielte seinen Walzer.

»Tanzest du denn nicht, Bergliot?«, rief er vom Klavier her; er sah, dass sie Svend Spangereid einen Korb gab.

Sie schüttelte nur den Kopf.

»Vielleicht hast du gestern Abend des Guten zu viel getan? Oder vielleicht ist hier heute Abend niemand, mit dem du tanzen magst?«

Eine flammende Zornesröte ergoss sich über ihr Gesicht. Sie sah ihm, ohne zu antworten, in die Augen.

Er lachte laut auf und spielte weiter. –

Knut geleitete die Gäste bis an das Hoftor. Karen Ragnhild und Lotte Falck suchten todmüde ihr Zimmer auf.

Drinnen im Atelier saß Bergliot in einem Sofa zusammengesunken. Knut kehrte trällernd zurück. Er begann die Tische und Stühle wieder an ihren Platz zu stellen, wobei er unablässig seine Melodie trällerte.

Plötzlich blieb er vor ihr stehen. Sie saß da und weinte.

»Bergliot, bist du krank?«

Sie antwortete nicht. Sie weinte leise, die Hände vor dem Gesicht.

»Wir müssen wohl zum Arzt schicken!«, sagte er höhnisch.

Da erhob sie den Kopf und sah ihn mit ihren verweinten Augen an.

»Ich bin unglücklich, Knut!«, sagte sie.

»So? Du bist unglücklich! Ja, da weiß ich wirklich nicht, zu wem wir schicken sollen. Das musst du selber bestimmen.«

»Ich wollte zu dir schicken, Knut!«

Er lachte höhnisch.

»Also das wolltest du? Wirklich? Nach mir wolltest du schicken? Das ist ja etwas ganz Neues!«

»Ach, Knut – –!«

»Aber leider bin ich wohl kein Glücksdoktor für dich, Bergliot. Das ist lange her. Ich habe meine alten Kunststücke schon lange vergessen. Ach, nein! Du musst dir einen besseren suchen, mit neueren Künsten. Meine reichen nicht aus! Ich verstehe mich so ganz und gar nicht auf dergleichen, Bergliot! Auf diese feineren Herzenskrankheiten. Ich habe ja nie einen so feinen Verkehr gehabt, – so mit Versen und Wehmut. Ich bin nur ein ganz einfacher Mensch. Bin es immer gewesen. – Ach, es war gewiss sehr verkehrt, dass Thomas sich heute Morgen so plötzlich empfahl, wenn er da ist, pflegst du ja nicht herzenskrank zu sein.«

»Knut!«, rief sie und stellte sich aufrecht vor ihn hin, – kein Wort weiter!«

»Aber liebste –«

»Knut! Knut! Du musst mir helfen!«

Er trat einen Schritt zurück. Er maß sie mit den Augen. Er war kreidebleich.

»Dir helfen? Wobei?«

»Ich bin verzweifelt, unglücklich, voller Angst! Ich fühle den Boden nicht mehr unter den Füßen, – alles dreht sich vor meinen Blicken. Ich bin im Zweifel an mir selber, an dir, an allem, allem! Ach, Knut, Knut! Ich bin in der größten Seelennot.«

»Nach deinem Zusammensein mit Thomas heute Morgen?«

Sie senkte den Kopf.

»Ja, Knut!«, flüsterte sie.

Er wurde noch einen Schatten bleicher.

»Gut, dass du es nur gesagt hast, Bergliot. Und nun magst du wissen, dass diese Seelennot mich nicht interessiert. Sie geht mich nichts an. Das musst du mit dir und – mit ihm abmachen. Wenn du in dieser Sache auf meine Hilfe rechnest, so befindest du dich im Irrtum. Ich kann dir nicht helfen.«

Er ging einen Schritt vor und sagte gedämpft, eiskalt:

»Und wenn ich es auch könnte, so würde ich es doch nicht tun!«

Er ging ruhig die Treppe hinauf und schloss die Tür oben hinter sich.

Bergliot stand eine Weile regungslos da. Dann fing sie an, im Zimmer auf und nieder zu gehen. Und so fuhr sie fort, Stunde um Stunde zu gehen. Als sie sich endlich gegen Morgen aufraffte und nach oben ging, war sie so müde, wie sie sich noch nie im Leben gefühlt hatte.

XI.

Am nächsten Vormittag überraschten Lotte Falck und Karen Ragnhild Bergliot mit einer Einladung auf Schokolade im Atelier. Sie kamen beide äußerst geschäftig in weißen Schürzen, hatten die Schokolade selber gekocht, Kuchen dazu gebacken und nun drinnen bei Knut gedeckt.

Knut hatte sein Bild signiert, und nun stand es dort groß und prächtig mitten im Atelier. Der festliche Tisch war davor gedeckt.

Lotte Falck hielt eine Rede auf Knut und das Bild – mit erhobener Tasse, und Knut antwortete gravitätisch. Er war angeregt und heiter, und Lotte Falck klatschte einmal über das andere vor Freude in die Hände:

»Ach Gott, wie gemütlich ist es hier doch bei euch!«

Karen Ragnhild schwatzte und lachte – ohne den forschenden Blick von Bergliot zu verwenden, die bleich und wie versteinert dasaß.

Während der Unterhaltung wurde ein Billett für Bergliot gebracht. Sie errötete und öffnete es.

»Nun? Was gibt's?«

»Ach, Thomas Hageman meldet sich nur zu heute Nachmittag um fünf Uhr an,« entgegnete Bergliot ruhig.

»Wie komisch!«, sagte Karen Ragnhild. »Sich so förmlich anzumelden!« Sie sah Knut lachend an. Knut verfärbte sich, und Karen Ragnhild lachte nicht mehr.

»Das tut er wohl, um uns sicher zu Hause zu treffen«, meinte Bergliot. »Es ist ja ein langer Weg, – wenn man ihn vergebens macht.«

Aber die Stimmung war gestört. Bergliot saß nervös-unruhig da. Knuts Heiterkeit machte einen krampfhaften Eindruck. – – –

Als der Kaffee nach Tische getrunken war, ging Lotte Falck nach oben. Sie habe etwas zu nähen, was sich nicht für die eleganteren Gemächer des Hauses eigne.

Über Karen Ragnhild war eine sonderbare Unruhe gekommen. Sie war nicht imstande, Bergliot anzusehen, – die leichenblass und schweigend mit brennenden, qualerfüllten Augen auf dem Sofa saß. Endlich setzte sie den Hut auf.

»Wo willst du hin?«

»Zu Nils Börge. Ich versprach ihm, zu kommen.«

»So früh? Willst du nicht noch eine Weile hier bleiben? Dann könnten wir beide noch ein wenig zusammen plaudern.«

Es lag etwas Flehendes in Bergliots Stimme. Karen Ragnhild konnte aber nicht bleiben. Sie ängstigte sich vor etwas, – was es war, wusste sie nicht! Sie konnte jetzt nicht mit Bergliot sprechen, – vielleicht wollte die ihr Herz ausschütten. – –

»Nein, du, ich muss gehen. Er erwartet mich.«

Und damit ging sie.

Bergliot begleitete sie ins Atelier hinaus. Dort stand Knut und ordnete den Pastellkasten. Bergliot setzte sich in eine Ecke.

Endlich war Knut fertig, er trat an den Riegel und nahm den Sommerrock herunter und setzte den Hut auf:

Bergliot sprang auf; aber sie besann sich und sagte einigermaßen ruhig:

»Du willst doch nicht gehen?«

»Ja. Natürlich will ich gehen.«

»Jetzt?«

»Ich will in die Stadt hinunter. Überrascht dich das?«

»Wir erwarten ja Thomas.«

»Wir?«

»Ja, ich sagte dir doch, – –«

»Dass er sich bei dir zu um fünf Uhr angemeldet habe, – ja! Ich erwarte ihn nicht.«

»Aber lieber Knut, das würde ja ganz wunderlich aussehen, – so demonstrativ – –«

Er wandte sich nach ihr um und sagte:

»Es würde viel demonstrativer aussehen, wenn ich bliebe. Und ich bin nicht für Demonstrationen. Adieu!«

»Aber Knut!«, rief sie ihm ängstlich nach.

Er wandte sich nochmals um und sah sie kühl fragend an.

Da ergoss sich eine tiefe Röte über ihr Antlitz.

»Ja, geh' nur; geh' nur, Knut! Geh' du nur!« rief sie.

Er zuckte die Achseln und schritt durch die weit geöffnete Tür.

Sie blieb stehen und presste die Hände gegen den Kopf. Das war ihre einzige Rettung gewesen: nicht mit Thomas allein zu bleiben. Sie dachte einen Augenblick daran, selber fort zugehen. – – – Aber nein! Nein, und abermals nein. Dies musste ein Ende haben. Sie wollte ihn sehen und er verdiente etwas Besseres von ihr als eine feige Flucht! Ja, sie wollte ihn sehen! Und – – wie, – – das musste der Augenblick entscheiden. Sie wollte es davon abhängen lassen. – – Jetzt hatte sie sich in Gedanken frei gemacht, – sie war frei in ihrer Wahl. Mit Knut hatte sie nichts mehr zu schaffen. Er war gegangen! Ihm schuldete sie nichts mehr. Jetzt wollte sie die Probe machen, wollte sich Thomas frei und offen gegenüberstellen und ihr Herz sprechen lassen, wie es fühlte. – – Ach, sie sehnte sich danach, sehnte sich, ihr Herz entscheiden zu lassen, – – einen Mann in Liebe entbrannt zu ihren Füßen zu sehen – – In Liebe! Sie fühlte sich so reich, so überströmend reich an Liebe! Ja, sie hatte unendlich viel zu geben, – es war nur in ihr zurückgestaut, sodass sie es vergessen, sich kalt und gefühllos geglaubt hatte – – aber sie war warm und reich, und sie brannte danach, sich hinzugeben – – – sie war heimwehkrank nach Liebkosungen, nachdem vollen, reichen Regen, der ihr verdorrtes Gemüt erquicken konnte. –

Sie brach plötzlich zusammen.

»Ach nein! Ach nein!« schluchzte sie laut wie ein Kind. Es verhielt sich ja alles so, nur dass es nie und nimmer Thomas Hageman gelten konnte, – – nie einem andern als Knut! Ihm gehörten alle ihre Erinnerungen, ihm verdankte sie die Fähigkeit zu lieben, für ihn entbrannte sie in Sehnsucht. Kein anderer als Knut konnte Leben in ihr erwecken – – in keines anderen Armen fand sie die Seligkeit!

Und Knut war kalt und verschlossen von ihr gegangen. Sein Herz war tot. Vielleicht hatte sie sein Herz nie ganz besessen, wenn er jetzt gleichgültig und höhnisch fortgehen konnte, wo er doch wusste, was –«

Entsetzt sprang sie auf und sah nach der kleinen Uhr auf dem Flügel:

Halb fünf!

Gott, mein Gott, jetzt kam er! Sie sollte ihm entgegen-
gehen, – dies Schreckliche noch einmal wieder erleben, –
ach, sie fühlte die Schande noch ebenso brennend, sie
war auch nicht um eines Haares Breite davon entfernt.
Die Schande! Die Schande! Und sie sollte ihr wieder von
Angesicht zu Angesicht gegenüberstehen, – allein! Ganz
allein! Gott im Himmel, wie war sie doch allein!

Sie stand still: Es war ihr, als höre sie ein Geräusch
oben von der Galerie her – – Da fiel ihr ein, dass Lotte ja
da war! Sie wollte Lotte herunterholen, sie anflehen,
nicht von ihr zu gehen, – bei ihr zu bleiben!

Sie stürzte die Treppe hinauf.

Oben angelangt stieß sie einen wilden Schrei aus. Vor
der Tür, gegen das Geländer gelehnt, lag Knut auf den
Knien.

Er erhob sich langsam. Es herrschte Halbdunkel dort
oben; aber die Blässe seines Antlitzes leuchtete durch die
Dämmerung hindurch.

Ein paar Sekunden standen sie einander gegenüber.
Dann ging Knut an ihr vorüber die Treppe hinab. Sie
folgte ihm langsam; an einer der untersten Stufen blieb
sie stehen. Sie hielt sich krampfhaft am Geländer fest,
während sie ihn anstarrte.

Knut war in die Mitte des Zimmers getreten. Dort
stand er halb von ihr abgewandt. Sein ganzer riesenhaf-
ter Körper bebte. Er wandte sich ihr zu und wollte sprechen, vermochte es aber nicht. Er bohrte die beiden ge-
ballten Fäuste gegen die Augen und fing an zu gehen,
blieb aber schon nach wenigen Schritten stehen. Die

Brust wogte, und über das leichenblasse Gesicht ergoss sich eine tiefe Röte wie eine Flut. Die Adern in seiner Stirn schwollen an. Er rang gewaltsam mit sich, – versuchte nochmals sich ihr zuzuwenden und zu reden, aber seine Kraft war erschöpft.

Mit einem heisern Schrei brach er in Tränen aus. Er stand noch immer mitten im Zimmer, das Gesicht mit beiden Händen verdeckt; sein Körper erbebte unter krampfhaftem Schluchzen, während die Tränen unaufhaltsam flossen, – wunderliche Laute wie das Gebrüll eines verwundeten Tieres, unartikuliert und schrecklich, drangen an Bergliots Ohr.

Bergliot stieg die letzten Stufen hinab und näherte sich ihm, angstvoll starrend – – –

Aber mit einer Riesenanstrengung gewann er die Herrschaft über seine Tränen. Er sah ihr mit großen, weitgeöffneten Augen ins Gesicht und sagte – beinahe kindlich:

»Ich sterbe daran, Bergliot!«

»Knut! Ach, Knut!«

Sie breitete die Anne weit aus.

XII.

Thomas Hageman schlenderte langsam den Weg entlang, er schwenkte den Stock hin und her, und alle seine Sinne waren den Reizen des strahlenden Herbsttages weit geöffnet. Tiefes Blau in der Luft, sattes Rot und Braun im Laubwalde, Schärfe und Klarheit in allen Linien und in allen Farben – – –

Es begegnete ihm niemand, denn es war Montag und noch früh am Nachmittage. Viel zu früh war es noch. Aber es war ihm unmöglich gewesen, zu Hause zu bleiben. Er musste hinaus und den Weg zu ihr einschlagen, – zu Bergliot; selbst wenn er ganz langsam gehen musste, um nicht zu früh zu kommen.

Er dachte an die unzähligen Male, die er diesen Weg zurückgelegt hatte, zu Bergliot hinaus. Und er trat leichter auf, atmete freier, sah klarer um sich, fühlte sich jünger, stärker denn je zuvor, weil er hier heute zum ersten Mal in voller Wahrhaftigkeit ging, sich selber klar bewusst, weshalb er hier ging.

Dann dachte er an seine gestrige Wanderung hierher. Da hatte er den andern, kürzeren Weg, den Alleroldsvej entlang, eingeschlagen. Und er erinnerte sich nicht der Herbststimmung, der Farben, der Luft von dieser Wanderung. Die Erinnerung, die ihm davon geblieben war, machte ihn erschauern, frieren, – er wollte nicht mehr daran denken.

Als er zu dem alten Wege unter dem Abhang angelangt war, sah er nach der Uhr. Es war erst vier. Und er ging noch langsamer. Da kam ihm ein Gedanke, – vielleicht war sie ihm entgegen gegangen! Und zwar auf dem andern Wege – –! Er fing beinahe an, zu laufen!

Aber nein! Das sah Bergliot so gar nicht ähnlich. Er hemmte seine Schritte. Nein! Sie saß allein im Atelier und erwartete ihn. Ruhig und klar. Und sie würde ihn ohne Ausruf, ohne unkleidsame Aufregung empfangen. Entschlossen und stark, die ganze Seele gewaffnet und gepanzert, um allen Leiden und Kämpfen entgegenzugehen und darüber hinweg zu dem – Glück zu gelangen!

Und dann wollte er ihr seine große, flammende Idee mitteilen! Wollte sie von den schweren Gedanken des Leidens und der Unschönheit befreien, ihre Stirn glätten, ihre tiefen Augen in der Glut erstrahlen machen, die ihn schließlich berauscht hatte und es ihm klar gemacht – – – ;

Dass sie ganz ruhig in drei Tagen mit ihm abreisen musste, – sie sollte sich zu ihm in den Eilzug setzen und Tag und Nacht reisen, ohne anzuhalten oder sich umzusehen, bis sie in Troilly, dem kleinen Dorf in Süd-Frankreich, angelangt waren, wo sie unter Rosen erwachen würde!

Er fühlte, wie ihn die Kraft durchschwoll, die souveräne Manneskraft. Er wusste sich so stark in diesem Stolz, dieser Klarheit, dass er im Geiste sah, wie er sie in seinen Sattel hob und mit ihr über Länder und Meere und breite Flüsse dahinritt. Er sah sie den Kopf senken und ihren Willen unter die Macht des Lebens beugen, die ihr willensstark und befreiend entgegentrat!

Ja, er fühlte sich grenzenlos! Berauscht von seinem eigenen Leben, das endlich erwacht war, ihn endlich mit starken Armen ergriffen und ihn jung und frei gemacht hatte.

Aber er ging ja viel zu schnell! Es war jetzt erst halb fünf. Ruhig, ruhig! Und doch war es ja unmöglich, einen solchen Jubel mit Ruhe zu tragen. Er stand still und sog die Luft in tiefen Atemzügen ein.

Er lächelte über sich selber. Noch gestern so ängstlich besorgt, sich in Entschlüssen zu berauschen, die das Mögliche überstiegen! So ängstlich besorgt, durch einen zu gewaltsamen Mut Zweifel in sich wach zu rufen! Diese drei Jahre – die Scheidung – der Urlaub!

»Der – Ur–laub!«, sagte er laut vor sich hin und lachte. Eigentlich musste Bergliot ihn ja auslachen mit seiner spießbürgerlichen Fürsorglichkeit!

Aber nein! Bergliot lachte nicht. Gerade das würde sie an ihm schätzen. Ja, – in Troilly, im Rosengarten bei Mère Gondrand, da konnten sie lachen!

Er sah sich im Walde um, – sah über die braunen Felder und auf die blaue See hinaus. Und er hielt Einkehr bei sich in einem tiefen, wunderbaren Gefühl des Glückes und der Dankbarkeit. Dies sollte er erleben, dies war ihm beschieden, – ihm, der so viele, viele Jahre daran gearbeitet hatte, es von sich auszuschließen, den freien, stolzen Rausch des Gebens aus seinem Sehnen auszuschließen! Aber er war ruhig bis in sein tiefstes Innere, denn er wusste, dass er in seiner Sehnsucht immer gelebt hatte, und dass sein ganzes Streben darin bestanden hatte, – nicht, es auszuschließen, sondern es hoch und stolz zu halten, bis es jetzt als das Höchste, Stolzeste an ihn herantrat: Bergliot!

Bergliot, so wie sie jetzt war. Nicht wie in alten Zeiten, als er sie auch geliebt hatte, – sie inniger geliebt hatte, als es ihm selber klar gewesen war. Jetzt wusste er, wie sehr er sie immer geliebt hatte! Aber welche Herrlichkeit hatte sie sich und ihm nicht gerade dadurch eingebracht, dass er sie in jenen Zeiten ausgeschlossen hatte!

Er ging weiter. Als er das Dach von Knut Arnebergs Haus erblickte, sah er wieder nach der Uhr. Es war gerade fünf, und er eilte vorwärts.

Es war leer und still. Schon aus der Ferne sah er die Ateliertür offen stehen.

Da drinnen saß sie! Er musste sich Gewalt antun, um ruhig zu gehen.

Vor der Tür blieb er stehen. Es herrschte Totenstille da drinnen. Vielleicht saß sie in ihrem Boudoir!

Er trat einen Schritt vor, stand in der Türöffnung und sah hinein.

Unter dem großen Bilde von Bergliot saß Knut. Vor ihm auf dem Fußboden lag Bergliot auf den Knien. Er beugte sich über sie, seine Stirn ruhte an ihrer Schulter. Und sie hatte sich an ihn geschmiegt und die Arme um seinen Nacken geschlungen.

Totenstille.

Thomas Hageman entfernte sich wieder.

XIII.

Bergliot saß auf Knuts Schoß, ihr Kopf ruhte an seiner Brust, von seiner großen Hand beschattet, als vorsichtig an den Pfosten der Ateliertür gepocht wurde, Sie hörten es beide nicht. Es pochte von Neuem und nochmals, lauter.

Da fuhren sie in die Höhe, auseinander.

Doktor Fritz stand in der Tür und sah ganz unglücklich aus. Er kam indes herein, ohne dass ihn jemand gebeten hatte näher zu treten.

»Verzeihung, gnädige Frau! Verzeihung, Herr Arneberg! Ich bin aufdringlich. Aber ich, – ich kann nicht anders. Guten Tag, gnädige Frau! Guten Tag, Herr Arneberg!«

Sie reichten ihm beide die Hand. Er redete weiter, ehe sie zu Worte kommen konnten:

»Ich komme, um Sie zu fragen, ob Frau Falck zu Hause ist? Sie wohnt doch hier?«

»Ja«, sagte Knut. »Frau Falck ist auf einige Tage unser Gast.«

»Ist sie zu Hause?«

»Ja«, sagte Bergliot.

»Ich weiß, Herr Arneberg, dass Sie neulich abends meine Einladung auf Frau Falcks Wunsch ablehnten. Weil sie mich ungern treffen wollte. Ja, ich bin mir ziemlich klar darüber, dass Frau Falck hier hinausgezogen ist, um mir besser aus dem Wege gehen zu können. Und nun bitte ich Sie und Ihre Frau, lassen Sie mich Frau Falck hier bei Ihnen sprechen. Es mag Ihnen sonderbar erscheinen, und ich kann Ihnen keine andere Erklärung geben, als dass es ganz notwendig für mich ist, mit Frau Falck zu sprechen. Ich habe getan, was ich konnte, – und auch was ich nicht konnte, – um dies zu erreichen. In wenigen Tagen gehe ich von hier fort. Vorher aber habe ich Frau Falck etwas zu sagen, was sie anhören muss, – um ihrer selbst willen. Ich kann Sie nur auf mein Wort als Gentleman versichern, dass ich um Frau Falcks willen hier in Ihr Haus einbreche. Um meiner selbst willen hätte ich es nicht getan. Darf ich Frau Falck dort aufsuchen, wo sie ist?«

»Wo ist Lotte denn?«, fragte Knut.

»Sie sitzt in ihrem Zimmer«, sagte Bergliot.

»Wollen Sie mir sagen, wo ich ihr Zimmer finde? Und wollen Sie mich allein hinaufgehen lassen? Die Sachen liegen nämlich so, dass ich nicht wage, mich melden zu lassen. – – Ich bitte Sie hierum, – Herr Arneberg – als – verzweifelter Mann, – der kein Mittel scheut –«

»Ja, lieber Herr Doktor –«, sagte Knut zögernd.

Bergliot aber trat einen Schritt vor und sagte:

»Sie gehen die Treppe hinauf, durch die Tür da oben, durch das erste Zimmer und auf den Gang dahinter. Die Tür, die geradezu liegt, führt in Lotte Falcks Zimmer.

Doktor Prytz ergriff Bergliots Hand, hielt sie einen Augenblick in der seinen, bemühte sich etwas zu sagen, ließ es aber bei einem dankbaren Blick bewenden. Dann ging er die Treppe hinauf. Er fand sich oben zurecht und klopfte an Lotte Falcks Tür.

»Herein!« klang ihm eine Stimme hell und munter entgegen. Und als er eintrat, sah sie lächelnd von ihrer Arbeit auf.

Im nächsten Augenblick aber stand sie aufrecht da, so weiß wie die Leinwand, an der sie nähte. »Guten Tag, Frau Falck!«

»Wie können Sie, – wie wagen Sie es nur!«

»Ich muss mit Ihnen reden.«

»Sie haben mir nichts zu sagen, – ich will nichts hören.«

Sie ging schnell auf die Tür am entgegengesetzten Ende des Zimmers zu.

Doktor Prytz trat einen Schritt vor.

»Frau Falck!«, rief er.

Sie stand still und wandte sich um.

»Das müssen Sie nicht tun, sagte er flehend und ruhig. – Sie müssen doch einsehen, dass, wenn ich auf alle mögliche und unmögliche Weise gekämpft habe, um Ihnen zu begegnen, – und nun schließlich hier, in diesem fremden Hause stehe, da sehen Sie, gnädige Frau, da werden Sie doch wohl begreifen, dass Sie nicht zur Tür hinausgehen dürfen! In zwei bis drei Tagen verlasse ich die Stadt; und dies soll das letzte Mal sein, dass ich Sie mit meiner Person belästige. Aber dies eine Mal müssen Sie mich anhören!«

Sie stand mitten im Zimmer und wurde abwechselnd rot und blass. Doktor Prytz stand mit stehender Gebärde an der Tür.

»Wollen Sie sich nicht dort auf jenen Stuhl setzen, gnädige Frau! Daraus will ich ersehen, dass Sie mich anhören wollen!«

Sie setzte sich mechanisch. Er trocknete den Schweiß von der Stirn.

»Haben Sie Dank, gnädige Frau«, sagte er. »Ich komme, um Ihnen zu sagen, dass ich mich unsagbar über mein Benehmen gegen Sie schäme. Von dem Augenblick an, als Sie mich verließen, hat in meinem Innern ein Feuer der Scham gebrannt. Das habe ich mir ehrlich und redlich selber geschaffen, folglich auch verdient. Es ist nicht meine Absicht, Hilfe dagegen zu suchen. Ich bitte Sie nicht um Verzeihung, denn Sie können mir nicht verzeihen. Aber ich bitte Sie um Erlaubnis, Ihnen sagen zu dürfen, dass mich dies zu einem besseren Menschen gemacht hat, dass Sie, Frau Falck, das Wesen sind, dem ich in meinem Leben am meisten verdanke. In erster Linie durch all das Schöne, das Sie mich im Verkehr mit Ihnen erleben ließen, – vor – ja, vor diesem Unglückstage. Mir ist nie im Leben etwas Ähnliches zu teil geworden. Und ich glaube, es hat mich förmlich berauscht. Denn ich war ja ein dummer, jämmerlicher Kerl! Ich begreife nur nicht, dass ich mich so lange habe zusammennehmen können, – denn ich liebte Sie ja, Frau Falck! Ich liebte sie ehrlich und aufrichtig. Ich weiß nicht, ob Sie sich der Geschichte von dem Spiegel des Teufels entsinnen? Mir war ein Splitter von dem Teufelswerk in das Auge geflogen. Und hätten Sie mich damals tot geschlagen, ich hätte mich nicht beherrschen können! Aber das hat seinen Grund in der schrecklichen Gemeinheit, die uns Männern in die Natur gelegt ist. Von Klein auf an. Und ein Mensch wie ich, der geht sorglos und selbstzufrieden umher und glaubt wunder, welch Prachtkerl er ist! Auf andere Gedanken bin ich gar nicht gekommen! Und dann traf ich Sie, – und verliebte mich so tödlich in Sie und fand Sie so strahlend und so eigenartig – – ja, ich bedurfte eines schärferen Fegefeuers! Und das ward mir zu teil. Die brennende Scham, meine ich. Denn etwas Ähnliches von Scham gibt es gar nicht wieder. Aber jetzt spricht noch etwas anderes aus mir zu Ihnen. Sonst wäre ich gar nicht gekommen. Ich hätte Ihnen ja auch schreiben können. Aber mich zwang ein gewisses Etwas,

Ihnen vor die Augen zu treten. In mir lebt ein anderer Mann, feiner, edler, und den können Sie getrost anhören. Und den musste ich Ihnen zeigen. Eigentlich hauptsächlich um Ihrer selbst willen. Damit Sie wissen sollten, dass der Mann, dem Sie so lange vertrauten, dem Sie schon Ihre Nähe zu teil werden ließen, wirklich noch eine bessere Seite hat, nicht ausschließlich die übertünchte Rohheit war. Ich dachte, es müsste Ihnen lieb sein, das zu wissen. Und ich konnte Sie nicht davon überzeugen, ohne Sie persönlich zu sprechen. Vielleicht glauben Sie mir trotzdem nicht. Das würde unsagbar traurig für mich sein, aber ich muss mich natürlich darin finden. Ich habe beschlossen, die Stadt zu verlassen. Ich habe eine Praxis auf dem Lande übernommen, an der Westküste. Vielleicht ist Ihnen das ein Beweis, der für mich spricht. Sie wissen ja, wie gut ich hier vorwärts kam. Ich hatte die besten Aussichten auf eine Universitätskarriere. Aber es nützt nicht, dass ich mit all dem Neuen, was ich gelernt habe, in dieser alten Umgebung weiter lebe. Ich werde jetzt förmlich krank, wenn ich all die Gemeinheit rings umher höre und sehe. Eine großartig angelegte Natur wäre vielleicht gerade hier geblieben und hätte es als Mission betrachtet. Aber dazu bin ich nicht geschaffen. Ich muss fortgehen und Mission an mir selber üben. Man kann daran oft genug zu tun haben. – –

Ja, gnädige Frau, nun gestatten Sie mir vielleicht, Ihnen zu danken, dass Sie mich gelehrt haben, dergleichen Dinge als einigermaßen anständiger Mensch anzusehen!« – – – –

XIV.

Karen Ragnhild schritt langsam bergan durch den Wald. Es war eine förmliche Befreiung, hinauszukommen!

Heute noch wollte sie an den Vater schreiben und ihm sagen, dass das Verhältnis zwischen Knut und Bergliot ein unglückliches sei. Dass sie bisher nur blind und zu unerfahren gewesen war, um das zu sehen. Sie wollte ganz genau alles beschreiben, was sie selber beobachtet hatte von Anfang an bis auf den heutigen Tag – ohne alle eigene Färbung. Vielleicht verstand der Vater dann selber, worüber sie nicht mehr nachzugrübeln vermochte: Was zwischen den beiden nicht so war, wie es sollte.

Alles das, was sie als Sicherheit und Ruhe bewundert hatte, war ja nur Kälte. Ja, man konnte sich kaum vorstellen, dass zwei Menschen kühler und ferner voneinander leben konnten als Knut und Bergliot! Und das quälte sie beide. Nicht nur Bergliot, wie sie anfangs geglaubt hatte, sondern auch Knut.

Und dann war da ein Gedanke, den sie nicht denken wollte, ja vor dem sie am liebsten bis ans Ende der Welt gelaufen wäre. – – – Thomas Hageman! Aber er kam immer wieder, und jedes Mal mit einer neuen Erinnerung, mit einem neuen Glück!

Aber Bergliot mit so etwas in Verbindung zu setzen, Bergliot, – Vaters Bergliot, ihre eigene schöne, wunderbare Bergliot! Sie hatte ein Gefühl, als müsse sie Gott bitten, dies abzuwenden! Etwas Böses, Finsteres streckte die langen, starken Finger nach ihr aus, – sie mochte nicht hinsehen – – – und doch konnte sie die Augen nicht dagegen verschließen. Dies war eine Erkenntnis, zu der man unumgänglich kommen musste, wenn man die Kinderschuhe ausgezogen hatte!

Ob sie der Sache die Stirn bieten, ihr mutig begegnen sollte? Vielleicht konnte sie etwas Gutes damit ausrichten! Zum Beispiel geradeswegs zu Bergliot gehen und ihr sagen, sie solle doch lieb und gut sein und an Vater denken – und an Knut und an sich selber – – –! Sie war gewiss im Innersten ihrer Seele feige, dass sie vor den Pflichten, die ihr oblagen, Reißaus nahm!

Aber nein, nein! Hierzu war sie nicht imstande. Es war am richtigsten, alles an Vater zu schreiben und ihm die Entscheidung zu überlassen.

Der arme, arme Vater! Wie er trauern würde!

»Hallo! Schön Jungfräulein! Länger mochte ich wirklich nicht warten!« Nils Börge kam ihr auf dem Waldpfad entgegen. Er trug ein Manuskript in der einen Hand, und unter dem andern Arm guckte ein goldkapseliger Flaschenkork hervor.

»Sie hatten nur versprochen, um drei Uhr zu kommen, – und jetzt ist die Uhr über halb vier! Und dann sehen Sie so betrübt aus! – Sehen Sie die nur an!« Er hielt die Flasche in die Höhe und lachte, dass es durch den Wald schallte. »Und hier, – und hier!« Aus jeder Tasche zog er ein Champagnerglas. – »Hier komme ich als Priester des Tempels, zum Opfer gerüstet! – Kommen Sie jetzt, schön Jungfräulein, – ich weiß auch, wo der Tempel liegt! Warten Sie nur, dann wollen wir die Laune schon aufkratzen! Sie können mir glauben, es ist famos! Ich machte die Schlussfanfare in einem Ritt, – in einem Rausch, in einem Sturm – hui! Sehen Sie, es war wie ein Messerstich, als ich schließen musste.« – – –

Er führte sie abseits vom Pfade ein ganzes Ende in den dichten Wald hinein und zu einer kleinen Lichtung mit Heidehügeln zwischen Tannen und gelblichen Birken.

Hier setzte er sich bequem hin, einen Baumstamm als Rücklehne benutzend, die Flasche und die Gläser auf dem Hügel neben sich und Karen Ragnhild sich gerade gegenüber. Vorsichtig öffnete er das dicke Manuskript.

»Sehen Sie, da haben wir es! Alles, von der ersten Seite an. Ich nahm auch das alte mit her zum Fest; es wäre ja ein Unrecht, wenn es zu Hause im Schubfach liegen sollte, während wir andern feierten. Hier, Jungfräulein, – hier ist es. Jetzt sollen Sie hören!«

Er fing an, mit gedämpfter Stimme zu lesen; mit immer mehr Nachdruck, schließlich ganz eindringlich, – stets aber mit gedämpfter Stimme.

Karen Ragnhild bemühte sich, alle störenden Gedanken gewaltsam zurückzudrängen. Und allmählich war sie ganz mit fortgerissen, – strahlend saß sie da und lauschte.

Als er endlich fertig war, saßen sie beide eine Weile ganz still da. Dann legte er das Manuskript hin und machte sich langsam daran, die Flasche zu öffnen.

Als der Kork knallte, klang es in der Stille des Waldes wie ein Kanonenschuss. Er füllte beide Gläser und reichte ihr das eine.

»Nun?«, fragte er mit erhobenem Glas.

»Es ist wunderschön!«, flüsterte sie. Ihre Augen schimmerten feucht.

»Prost, schön Jungfräulein!«

Sie stießen miteinander an.

Sie tranken und blieben schweigend sitzen. Es war, als wollte keins von Beiden den Klang des Gelesenen verscheuchen, der noch über ihnen lag, – in den Tannenkronen über ihnen sauste.

Endlich nahm er das Manuskript auf und ordnete es.

»Ja«, sagte er leise. »Da hätten wir es also! Das Werk. Unser Buch, Jungfräulein, Ihres und das meine!«

»Ach ja! Das meine auch! Ich liebe es!«

»Und Ihr Geist schwebt darüber, Jungfräulein. Auf unser Buch! Er kam zu ihr hinüber, lagerte sich zu Füßen ihres Hügels und reichte das Glas in die Höhe!«

»Danke«, sagte sie und stieß mit ihm an.

»Ich habe zu danken, Jungfräulein! Habe für das Gold zu danken, das Sie in meine Arbeit hineingesponnen haben. Sie haben Gold über meine Seele gestreut, Glanz über meine Gedanken gelegt, – Glut über meine Fantasie! Und hier in unserm stillen Tempel, wo niemand außer uns und unserm Heiligtum lebt, – – – hierher habe ich mich im Innersten meiner Seele so tief und heiß gesehnt, – – – nach dem festlichen Tempeldienst. – – –

Er rückte an sie heran. Er hatte den Arm um ihre Taille gelegt. Er zog sie an sich und sah sie mit brennenden Augen an.

Sie begegnete seinem Blick in errötender Verwirrung, halb ihn abwehrend, halb beschämt über sich selber, – entschuldigend, – mit einem Lächeln, das zugleich ängstlich war.

Er betrachtete sie eine Weile, ihr Lächeln und ihr Erröten, fühlte in seinen Armen noch ihr unbestimmtes Sträuben. Dann zog er sie mit aller Gewalt an sich, drückte sie auf seinen Schoß nieder und küsste sie zwei-, drei-, viermal leidenschaftlich heiß und mit einer Pause zwischen jedem Mal, mit ihr ringend. – – –

Im nächsten Augenblick war Karen Ragnhild in wildem Lauf auf dem Waldpfad bergab. Sie dachte nicht, begriff nichts, fühlte nur, dass sie brannte, brannte, – und jagte hinunter, um sich in Bergliots Arme zu stürzen, um sich zu verbergen, zu verbergen – – – –

Und so erreichte sie das Haus. Der Hut hing ihr im Nacken, das Haar darunter war halb aufgelöst.

In der Ateliertür blieb sie wie angewurzelt stehen. Dort auf dem Boden lag Knut auf den Knien vor Bergliot, seinen großen Kopf in ihrem Schoß. Sie hielt ihn umschlungen, und ihre Wange ruhte an seinem Nacken. Sie sprachen nicht; sie hörten sie nicht.

Karen Ragnhild drehte sich um. Einer plötzlichen Eingebung folgend, lief sie um das Haus herum, durch die Haustür, die Treppe hinauf, zu Lotte hinein.

Als sie die Tür öffnete, ertönte ein leiser Schrei. Zwei Menschen fuhren auseinander. Und Lotte Falck und Doktor Prytz standen sich verwirrt und selig lächelnd gegenüber.

Karen Ragnhild fuhr zurück und stürzte ohne ein Wort zu sagen hinaus. Sie taumelte die Treppe hinab, hörte Lotte da oben rufen, ging aber ruhig weiter.

Erst auf dem Hofplatz machte sie Halt. Mechanisch begann sie, ihr Haar zu ordnen und den Hut wieder aufzusetzen. Und ehe sie sich selber klar darüber war, befand sie sich auf dem Wege zur Stadt, in fieberhafter Eile, beinahe laufend.

Sie wollte Langberg aufsuchen. Einen Menschen! Einen Menschen! Sie musste jemanden haben, mit dem sie sprechen konnte, dem sie alles erzählen, bei dem sie sich ausweinen konnte – –! Die Tränen rannen ihr unablässig von den Wangen herab, und sie rannte, rannte.

In halb verwirrter Verzweiflung sah sie die beiden Scenen vor sich – im Atelier und oben im Schlafzimmer. Und es durchzuckte sie mit tiefer Wehmut der Gedanke, wie glücklich doch die andern waren, – wie falsch sie sie beurteilt, wie hässliche Gedanken sie sich über sie gemacht hatte, – und nun war sie selber die Elendste, Erbärmlichste von ihnen allen – –! Sie dachte wieder an das Vorgefallene und wurde glühend heiß. Sie musste an Langbergs Worte denken, dass so etwas niemals ohne eine gewisse Gegenseitigkeit vorkommen konnte. Und sie hatte selber, wenn sie mit Nils Börge zusammensaß, sehr, sehr oft etwas Ähnliches empfunden, – so ein bedrückendes, schaukelndes Gefühl – – Pfui! Pfui!

Sie war aus dem Walde herausgetreten und ging jetzt zwischen den Feldern dahin. Die Dämmerung senkte sich herab. Auf dem ganzen Wege war kein Mensch zu erblicken, kein Laut zu vernehmen. Sie hörte nur ihre eigenen, hastigen Schritte, ihren eigenen Atem, während sie unaufhaltsam weiterlief.

Sie hatte ein Gefühl, als könne sie nicht anhalten, bis sie ihn gefunden, bis sie das Entsetzliche von sich abgewälzt hatte. – – – –

Plötzlich stand sie wie erstarrt still. Das Blut stieg ihr in die Wangen. Sie starrte vor sich nieder.

Sie konnte nicht zu Langberg gehen!

Und ihm dies erzählen, – dies! Es war vollständig unmöglich! Eine Gluthitze jagte durch ihre Adern. Sie wusste selber nicht, weshalb. Aber es erschien ihr plötzlich so unmöglich, zu Langberg zu gehen – wie zum Mond hinaufzustiegen.

Eine Stimme flüsterte in ihr, in ihrem tiefsten, geheimsten Innern: Du liebst Langberg!

Und dann das, was geschehen war!

Sie setzte sich auf einen Stein am Wegesrande und schluchzte laut, müde, überwältigt. Und dort saß sie, während die Dunkelheit sich über die Felder herabsenkte, und schließlich nur noch der Weg, an dem sie saß, grauweiß schimmerte.

Es war völlig finster, als sie langsam und ruhig nach Hause ging.

Sie wollte nach Hause zum Vater. Nach Hause auf die Landdrostei. Dahin gehörte sie, von dort hätte sie niemals wegreisen sollen. Da hatte sie angefangen, das Gute in sich zu pflegen. Hier – ach Gott, ach Gott! Hier gehörte sie nirgends hin als allein auf die Landstraße. Befleckt und unrein –?

XV.

»Wie wunderlich das Leben des Menschen sich doch zergliedert, – in Perioden!«, sagte Bergliot. »Ist es nicht, als sei man in eine ganz andere Welt versetzt, wenn man darüber nachdenkt, wie wir diesen Sommer und diesen Herbst – bis vor ein paar Monaten – gegen jetzt gelebt haben!«

»Das ist so aus Rücksicht auf uns arme Geschichtsschreiber eingerichtet, gnädige Frau!« Langberg lächelte und griff nach dem Cigarrenkasten, den sie ihm reichte. – wir würden ja vor Unruhe aufgerieben werden, an Ermüdung zugrunde gehen, wenn nicht das Leben selber, dem wir ja nachjagen, uns Ruheplätze baute, – Rettungsinseln, auf die man sich flüchten und in Ruhe dem Straßengewimmel zusehen, sich orientieren und verschnaufen kann, ehe man weiter läuft, in ein neues Kapitel hinein, in eine neue Periode, – einen neuen Band!

»Es muss schrecklich interessant sein, Geschichte zu studieren! Denken Sie, das ist ganz im geheimen mein Ideal gewesen.«

»Ja, es ist interessant!«, sagte Langberg und blies den Rauch an die Decke. »Fast so interessant, wie es selbst erleben!«

»Ach, das ist doch oft sehr trivial!«

»Niemals, gnädige Frau! Das ist nur ein Mangel in der Auffassung. Sie, die leben, – wirklich leben, teilen das Schicksal mit allen, die das wirklich haben, was andere vielleicht entbehren: der Sinn für das, was Sie besitzen, stumpft allmählich ab, – das Bewusstsein wird mit jedem Tage schwächer. Die Macht der Gewohnheit!«

»Sie reden so, als wenn Sie selber nicht ›lebten‹,« lachte sie. Sie lehnte sich hintenüber und stellte einen kleinen Metalltisch mit Aschbechern und Rauchutensilien vor Langberg auf das Eisbärfell hin. Er antwortete nicht, – und sie drang nicht weiter in ihn. Es lag in dieser Zeit eine eigene Melancholie über Langberg. Sie glaubte jetzt – obwohl Knut es nicht wahr haben wollte, – dass dieselbe sich von dem Tage her schrieb, als Lotte Falck mit Doktor Prytz an die Westküste reiste, – als dessen ehelich Weib!

»Nein, gnädige Frau. Es ist niemals trivial zu leben! Was der einen Periode vielleicht gefehlt hat, bringt uns die nächste wieder ein. Ich bin zum Beispiel überzeugt, dass Sie Ihr voriges Kapitel nicht entbehren!«

Sie lächelte warm zu ihm hinüber:

»Nein, das tue ich wirklich nicht, Langberg.«

»Es kommt nur darauf an, darüber hinwegzukommen, sich mitten im Getümmel auf die Rettungsinsel zu flüchten, von wo aus man zurück und vorwärts sehen, und an beiden Teilen Freude haben kann.«

»Ja«, sagte sie sinnend. Der Schein aus dem großen Ofen, in den das rotglühende Feuer durch das Fenster aus Marienglas fiel, lag warm auf ihrem Gesicht.

237

»Schlimmer steht es ja mit denen, die nicht hinübergelangen«, fuhr er fort.

»Ja. Da haben Sie recht.«

Sie blieben eine Weile schweigend sitzen. Beide dachten an dasselbe, – Langberg ein wenig ärgerlich, dass er ohne es zu beabsichtigen, den Gedanken wachgerufen hatte. Thomas Hageman! An einem Oktobertag war seine alte Tante Jeannette zu Knut und Bergliot gekommen mit einem Brief von dem Arzt eines kleinen deutschen Kurortes, der meldete, Assessor Hageman sei ein paar Tage nach seiner Ankunft plötzlich verschieden. Er sei sofort beerdigt und seine Nachlassenschaft an die Adresse gesandt, die man bei ihm gefunden hatte. Da der Brief ganz kurz war und keine weiteren Aufschlüsse gab, veranlasste man einen entfernten Verwandten, hinzureisen und genauere Untersuchungen anzustellen. Er kehrte bald darauf mit dem wortkargen Bescheid zurück, Thomas Hageman sei am Schlag gestorben. Man habe ihn tot im Bett gefunden, pedantisch wie er sein Leben lang gewesen, hatte er eine vollständige schriftliche Übersicht über alle seine Angelegenheiten hinterlassen.

Bergliot stand auf und kehrte mit einer Weinkaraffe zurück.

»Ich habe ganz vergessen, dass Sie Bedürfnis nach einem Glas Portwein haben werden –«

»Bedürfnis gerade nicht –«

»Nun, wenn man in einem solchen Wetter aufs Land kommt!«

»Ja, es wird jedenfalls brillant schmecken! Danke bestens! Der arme Knut, der sich noch draußen herumtreibt!«

»Ja, und können Sie sich etwas Dümmeres vorstellen! Ich vergaß die Besorgung heute Morgen in der Stadt! Eine Kleinigkeit, wissen Sie, zur Taufe morgen, – für Bibbi Hedels Kleine!«

»Daran habe ich gedacht! Ich habe einen reizenden kleinen Gegenstand gefunden, – freilich, so ganz klein ist er nicht! Ein Papiermesser aus Schildpatt mit einem wunderhübsch gearbeiteten goldenen Griff.« – – –

»Ein Papiermesser?«

»Ja!«

Bergliot lachte laut.

»Aber das arme Kind kann doch noch nicht lesen! Und dann ist es noch obendrein ein Mädchen!«

»Ja. Aber soll denn ein Mädchen nicht auch einmal im Leben lesen! Was wollen Sie schenken?«

»Enen Löffel oder dergleichen, natürlich.«

»Isst das Kind etwa schon mit einem Löffel?«

»Nein, – aber das ist doch etwas Natürliches. Das Stadium kommt doch früher! Aber ich weiß es gar nicht, – ich ließ Knut freie Wahl. Gott weiß, worauf der verfällt. Er ist ja auch ein Mann! Möglich, dass er mit einem Tintenfass angestiegen kommt!«

»Oder mit einem Regenschirm. In diesem Wetter liegt der Gedanke nahe.«

»Ja, unmöglich ist nichts! Auf Ihr Wohl, Langberg. Sie sind eine treue Seele, Sie kommen immer, – bei jedem Wetter.«

»Ja, ja, ich bin reizend!«

»Ja. Ich denke oft darüber nach, Langberg, Sie sind der Einzige von allen unsern Freunden vom Sommer her, der uns zeigt, dass er nicht nur um der kleinen Karen Ragnhild willen herkam. Die andern waren ja wie weggeweht von dem Tage an, als sie abreiste.«

»Hm, –« lachte Langberg – »das ist wohl nur ein zufälliges Zusammentreffen gewesen. Erstens hat sich »die Bande« aufgelöst, und dann war da noch so mancherlei anderes.«

»Ja. Aber ein wenig habe ich mich doch darüber gewundert.«

Bergliot saß eine Weile nachdenklich da. Dann sagte sie endlich ernsthaft:

Nicht dass ich glaubte, Sie hätten sie nicht auch gern gehabt? Nicht wahr?«

»Wen?«

»Karen Ragnhild.«

»Ja, ja – natürlich!«

»Sehen Sie, ich möchte eigentlich gern einmal mit Ihnen über sie sprechen. Die arme Kleine! Es sieht gar nicht so erfreulich mit ihr aus. Und ich habe mir schon lange vorgenommen, einmal mit Ihnen zu reden. Ich weiß, dass Sie gut gegen sie waren und dass sie Sie sehr gern hatte. Sie nehmen es mir nicht übel, – so eine kleine Familienvertraulichkeit – –?«

»Nein, gnädige Frau, – ganz im Gegenteil – –«

»Ja, wissen Sie, da möchte ich Ihnen gern etwas zeigen!«

Sie ging in ihr Boudoir und kehrte mit einem Brief zurück.

»Dies ist der letzte Brief von meinem Vater. Sie wissen, sie reiste so plötzlich, und niemand konnte es begreifen, niemand konnte etwas aus ihr herausbekommen. Ich, – ja ich und Knut auch waren ganz überrumpelt, – es war gerade eine etwas eigentümliche Zeit für uns, – ja, und dann reiste sie, ohne dass wir eine Ahnung davon hatten. Ich habe im Grunde schreckliche Gewissensbisse ihretwegen. Sie hat irgendetwas mit sich herumgetragen. Und niemand hier hat sich ihrer angenommen; so stehe ich jetzt ganz ratlos da und weiß nichts. Ja, – jetzt können Sie ja den Brief selber lesen, – von da an, bitte, Sie kam also zu Vater zurück und hat auch ihm gar nichts darüber gesagt,«

Langberg nahm den Brief wie ein Heiligtum aus Bergliots Hand. Er putzte die Brille und las: »– – – Ich habe mich den ganzen Herbst mit dem Gedanken getragen, zu Euch zu reisen und mir Bescheid über unsere kleine Karen Ragnhild zu holen. Aber teils habe ich übermäßig viel Arbeit gehabt, – die Herbstthinge und was damit zusammenhängt – und teils hat Deinem alten Vater der Mut zu dieser Reise gefehlt. Die Umgebungen, in denen Ihr lebt und in denen also unser kleines Mädchen die Monate mit Euch verlebte, sind mir gewiss zu fremd und neu, ich mit meinen altmodischen Begriffen bin zu alt dafür. Ich habe gefürchtet, eine Enttäuschung zu erleben und kein Resultat zu erzielen. Vielleicht könnten auch Missverständnisse daraus entstehen, die man am liebsten vermeiden sollte, deswegen bleibe ich, wo ich bin. Auch hegte ich große Bedenken, Karen Ragnhild allein zurückzulassen. Wie ich Dir schon gesagt habe, ist sie freilich scheinbar guter Laune, munter und zufrieden. Aber ich habe doch bemerkt, dass sie in einsamen Stunden geneigt ist, sich in grübelnde Melancholie zu versenken, was ja sehr unnatürlich für ein Mädchen in ihrem Alter ist. Dem möchte ich nicht gern Nahrung geben, indem ich sie längere Zeit allein lasse. Mit gemischten Gefühlen beobachte ich ihre außerordentliche Unternehmungslust. Sie hat alle ihre Tage besetzt; sie unterrichtet die Bangschen Kinder und beteiligt sich an einer Menge von Wohltätigkeitsbestrebungen im Kirchspiel, – ja, sie ist sozusagen die Seele von den meisten dieser Arbeiten, was ja doch bei ihrer Jugend und ihrem heiteren Sinn nicht ganz natürlich ist! Außerdem hat sie mit großem Eifer ihre »Studien« von früher wieder aufgenommen, teils auf eigene Hand, teils in Gemeinschaft mit einigen Freundinnen wie auch mit mir. Ich sage, mit gemischten Gefühlen. Denn natürlich freue ich mich darüber, dass sie in Anspruch genommen und beschäftigt ist. Gleichzeitig aber berührt es mich peinlich, zu sehen, wie das arme Kind sich in Wirklichkeit alle diese Beschäftigung aus einem forcierten Bedürfnis sucht – teils, wie es mir scheint, als Selbstzüchtigung, teils zur Ablenkung von schmerzlichen Gedanken. Du kennst vielleicht ihre starke und leidenschaftliche Natur und wirst wissen, dass sie in ihrer herrlichen, aber leider jugendlich unbalancierten Ehrlichkeit sich ihren Vorstellungen mit einer Blindheit hingibt, die zu Übertreibungen führt. Und was mich am meisten ängstigt, ist, dass sie sich mir in dem einen Punkt gänzlich verschließt, in dem ihr Seelenzustand jetzt seine Lösung hat, – nämlich darin, was vor ihrer plötzlichen Abreise von Euch mit ihr vorgegangen ist.

Ja, mein liebes Kind, Dein Vater ist gar sehr bekümmert. Ich verkehre hier mit der kleinen Karen Ragnhild wie mit einem kranken Tier, das mir seinen Schmerz und sein Leiden nicht mitteilen kann. Ich habe Dir schon früher Andeutungen gemacht, Bergliot, ob Du mir vielleicht eine Aufklärung darüber geben kannst, was mit dem Kinde vorgegangen ist. Ich weiß ja, dass da so vielerlei sein kann, und ich schwebe zwischen den äußersten Möglichkeiten. Ist ein wirkliches Ereignis trauriger Art vorgefallen? Oder hat das Kind nur in dem eigenen Gefühlsleben Kummer erlitten? Sie schrieb damals sehr viel an mich über einen gewissen Nils Börge, für den sie sich interessierte. Ich bin, wie du weißt, kein Lumpensammler, und es ist mir zuwider, dergleichen Sachen nachzuforschen. Kannst Du mir aber irgendeine Anleitung geben, wie ich den Weg zu dem Geheimnis des kleinen Mädchens finden kann, so musst Du sie mir ohne Bedenken verschaffen. Du weißt, dass Dein Vater sie nicht missbrauchen wird. Ich habe mir alles verschafft, was besagter Nils Börge an Dichtungen veröffentlicht hat, und halte ihn für ein bedeutendes Talent, – wenn auch eine gewisse robuste Sinnlichkeit nur nicht recht zusagt – – –«

Langberg war bis dahin mit dem Brief gekommen, wo ihm Bergliot die Grenze bezeichnet hatte, und reichte ihn ihr zurück. Bergliot sah ihn fragend an. Sie saß mit einem wunderlichen Gesicht da, alle ihre Züge kämpften und zuckten.

Plötzlich stand er auf und schlenderte durch das Zimmer, den Rücken ihr zugewandt. Er putzte die Nase gewaltsam und fuhr sich mit dem Taschentuch über das Gesicht. Dann kehrte er ruhig zurück und setzte sich auf seinen Platz ihr gegenüber.

Bergliot beugte sich vor und legte ihre Hand auf die Seine:

»Danke, Langberg! Sie sind unser guter, guter Freund!« sagte sie mit wehmütigem Lächeln.

»Aber können Sie mir etwas sagen, – etwas, das als Anleitung dienen könnte?«, fragte sie nach einer Weile.

»Ja, Sie wissen es ja auch, dass Fräulein Karen Ragnhild sich sehr für Nils Börge interessierte. Ich glaube, namentlich nach dem Zusammenleben mit ihm im Sommer im Gebirge. Und an jenem Tage war sie ja gerade ausgegangen, um ihm zu begegnen. Da liegt die Annahme sehr nahe, dass sie – auf irgendeine Weise erfahren hat, dass ihre Gefühle für ihn – nicht erwidert würden – und da, – dass sie – wie ihr Vater sagt, mit ihrer leidenschaftlichen Natur, und so jung, wie sie ist –«

»Ja, vielleicht verhält es sich so«, sagte Bergliot sinnend. »Und doch habe ich eigentlich nicht den Eindruck gehabt, dass ihre Gefühle für ihn so tiefgehender Art seien – namentlich nicht in der letzten Zeit. – – – Ja, Knut und ich haben uns jetzt entschlossen, in acht Tagen zu Vater zu reisen und das Weihnachtsfest bei ihm zu verleben – –«

»Also das wollen Sie? Das ist ja aber ganz vorzüglich, gnädige Frau!«

»Ja, ich hoffe, dass sie sich mir anvertrauen wird. Hauptsächlich deswegen reisen wir, – um des entzückenden kleinen Mädchens willen.«

»Puh –! Guten Abend!« Die Tür öffnete sich und Knut trat ein, über und über mit schwerem, feuchtem Schnee bedeckt, der auf seinen: Bart wie auf einem Tannenbusch lag.«

»Nein, Langberg! Das ist so verteufelt gemütlich. Ein famoser Vorwand zu einem guten Grog, – aber Gott bewahre, Bergliot! Du bekommst ja das ganze Schneegestöber auf den Leib. Weg mit dir! – Ja, du, wir bekommen herrliches Reisewetter, wenn es so beibleibt!«

»Nun, und was hast du denn gekauft, du armer Mann?«

»Ach, etwas Brillantes, sage ich dir, etwas ganz Brillantes! Warte nur! So – ah! Hier ist es aber warm und gemütlich! Ja, du musst dich auch verheiraten, Langberg.«

»Aber das Taufgeschenk – –?«

»Ja, weißt du, – ich gehe also zu Tostrup. Und da frage ich denn, was die andern gekauft haben. Norgreens sind da gewesen und haben Messer, Gabel und Löffel gekauft. Dyrings einen – einen Eierbecher, glaube ich, – und Bornemann einen Serviettenring. Und dann endlich Langberg hier – ein Papiermesser, – sie zeigten nur ein ebensolches. Und das war ganz wunderschön. Und da kaufte ich – gerissen, wie ich bin, – den ganzen Rest der Garnitur – sieh nur, Gold und Schildpatt, Alte – Federhalter, Bleistift, Radiermesser und Löscher! Das nenne ich genial! – – – –

Als Langberg gegen Mitternacht nach Hause kam, lag da ein Brief für ihn. Er stand eine Weile da und sah die flotte Handschrift an, drehte und wendete den Umschlag, sah nach dem Poststempel – und erbrach plötzlich in fieberhafter Eile den Brief:

»Lieber Herr Langberg!

Ich bin so feige. Ich habe es während dieser ganzen Zeit nicht über mich gewinnen können, Ihren reizenden Brief zu beantworten und Sie um Entschuldigung zu bitten, weil ich abgereist bin, ohne Ihnen Lebewohl zu sagen. Ja, was müssen Sie eigentlich von mir denken! Aber ich kann Ihnen nicht ein paar nichtssagende Worte schreiben, denn das würde unwahr sein. Ich muss Ihnen die Wahrheit voll und klar sagen. Und dazu bin ich zu feige gewesen. Aber jetzt bin ich besser und stärker geworden. Und selbst wenn Sie nicht so über alle Maßen prächtig gewesen wären und mir den reizenden Brief nicht geschrieben und mich nicht gefragt hätten, so würde ich Ihnen jetzt trotzdem die Wahrheit geschrieben haben, denn ich muss ganz wahr sein. Das lehre ich mich jetzt selber, vielleicht kann ich in vielen Jahren dahin gelangen und ein besserer Mensch werden. Denn meine Wahrheit ist so beschaffen, dass ich von Ihnen und von allen den Lieben fortreisen musste, weil ich ein schlechtes Mädchen gewesen war. Unrein und besudelt und entehrt war ich, und da konnte ich nicht länger unter Ihnen allen leben, unter lauter reinen, feinen Menschen. Das wäre eine ewige Lüge von mir gewesen nach dem Entsetzlichen, was mir begegnet ist. Ich gehöre nicht zu Ihnen. Ich muss mich hier mit meiner Schande verbergen und arbeiten, unausgesetzt arbeiten, wenn ich jemals meine Selbstachtung wiedergewinnen soll. Vielleicht ist das unmöglich.

Ich kann Ihnen nie genug danken, Herr Langberg, so lieb und fein und gut, wie Sie gegen mich gewesen sind. Ich habe es nie auch nur eine Sekunde verdient.

Ihre Ihnen herzlich ergebene
Karen Ragnhild Finne.

P. S. Ich möchte Sie schrecklich gern um einen Gefallen bitten, obwohl ich sehr wohl weiß, dass ich kein Recht habe, jemand um etwas zu bitten. Wollen Sie nur bitte schreiben, ob Sie glauben, dass ein Mensch durch angestrengte Arbeit *seine Natur verbessern kann?*
D. O.

XVI.

Als Langberg um zehn Uhr abends zum fünften Mal im Laufe des Tages an Nils Börges Tür den Bescheid erhielt, dass dieser nicht zu Hause sei, ließ er sich in sein Zimmer führen, um auf ihn zu warten. Das Mädchen zündete die Lampe an, und er schlenderte eine geschlagene Stunde in dem Zimmer auf und nieder.

Endlich kam Nils Börge.

»Guten Abend! Sie hier, Langberg!«

»Guten Abend! – Danke, ich will mich nicht setzen. Ich habe Ihnen sehr viel zu sagen.«

Er wartete, bis sich Nils Börge seines Überrockes entledigt hatte.

»Nun?«, fragte Nils Börge endlich munter und wandte sich nach ihm um.

»Ich komme, um Ihnen, Herr Nils Börge, zu sagen, dass Sie ein niederträchtiger Schurke sind, den ich, wenn Sie nicht so ein Rindsvieh wären, wie Sie es sind, mit diesen meinen Fäusten durchprügeln würde, verstehen Sie – bis keine Stelle an Ihrem Körper mehr heil wäre –«

Nils Börge trat einen Schritt näher. Seine schwere, schwarze Gestalt wurde noch schwerer, noch schwärzer, er richtete sich auf und runzelte die Brauen.

»Ich hab' doch, hol' mich der Teufel – »Ja, gibt es einen Teufel und gibt es eine Höllenqual, dann ist Ihnen beides sicher. Denn Sie sind ein Verbrecher vor Gott und den Menschen.«

»Was nehmen Sie sich heraus, mir hier zu sagen –«

»Was haben Sie sich herausgenommen, mit Fräulein Karen Ragnhild Finne anzufangen!«, schrie Langberg. Schiefschulterig und lang, die Brille in der Hand, mit funkelnden Augen stand er da.

Nils Börge errötete, aber ruhig und mit höhnischer Stimme erwiderte er:

»Was geht das denn Sie an, Herr Stipendiat?«

»Was das mich angeht! Es geht mich genau so viel an, wie es jeden ehrlichen Menschen angeht, Ihnen zu sagen, welch ein Lump, welch ein brutaler Verbrecher Sie sind. Sie haben es gewagt, Ihre freche Hand an ein feines, und entzückendes junges Mädchen zu legen, an eine wunderbare Schöpfung Gottes, die Sie in Ihrer grenzenlosen Rohheit an sich gelockt haben. Sie – Herr Dichter Nils Börge, Sie haben die Ehre, ohne alle Ahnung zu sein, welchen Eindruck das reine, unschuldige kleine Wesen auf alle machte, die nicht wie Sie ohne jede Ritterlichkeit, ohne das leiseste Verständnis für Liebreiz und Heiligkeit waren. Sie haben nicht geahnt, dass Sie in tiefer Beschämung von ihr hätten gehen sollen, schamrot, dass Sie jemals daran hatten denken können, ihr ein Leid zuzufügen.«

»Sie reden wie ein Buch, Herr Stipendiat. Aber ich sehe mich trotzdem genötigt, Sie aus meinem Hause zu werfen. Was zum Teufel gibt Ihnen das Recht, mit Ihrem wahnsinnigen Blödsinn bei mir einzubrechen?«

»Recht! Wohl habe ich ein Recht, Herr Nils Börge. Ich habe das große und warme Recht – dass ich diese junge Dame liebe. Hören Sie es, ich liebe sie, so gewiss, wie ich sie bewundere und hoch und heilig halte. Und ich habe zugleich auch das Recht, dass sie mir einen Brief geschrieben hat, in dem sie mir erzählt, dass Sie ihr ein Leid zugefügt haben!«

»Ich soll ihr ein Leid zugefügt haben! Davon weiß ich nichts!«

»Nein«, rief Langberg in höchster Verzweiflung. »Sie wissen nichts davon! Aber ich weiß es, denn ich kenne Sie, – ich kenne euch, wie ihr seid, ihr elenden Halunken, die ihr hier in eurer widerwärtigen Rohheit einhergeht und eure eigene schmutzige Seele in reine und feine Frauen legt. Sie kennen so ein junges Mädchen blitzwenig, wenn Sie glauben, dass sie sich Ihnen aus demselben Triebe und demselben Verlangen hingibt, wie Sie in ihrer schmutzigen Seele und Fantasie leben! Sie machen sie zum Gegenstand eines gemeinen, verbrecherischen Überfalls. Das tun Sie! Sie locken sie mit allerlei gemeiner List, von der sie in ihrer Unschuld keine Ahnung hat, an sich heran. Und wenn Sie dann die Luft um sie her hinreichend schwül gemacht haben, da können Sie sie überrumpeln, – denn dann ist sie wehrlos, weiblich und menschlich wehrlos, – und da glauben Sie in Ihrer tierischen Brutalität, dass sie – sich Ihnen hingibt! Ja, dass sie erreicht hat, was sie ebenso heftig ersehnt hat wie Sie, – dass Sie ihr wohlgetan haben! Ja, Sie sind ein Lumpenkerl von Dichter, das ist die Sache, ein Lumpenkerl, der nicht das Recht hat, seine Feder und seine plumpe Fantasie auf Frauen anzuwenden, weil diese keine Ahnung davon haben! Ich weiß nämlich, dass Sie ihr ein Leid angetan haben. Ich habe einen Brief von dem unglücklichen kleinen Mädchen erhalten, sie schreit zu mir in ihrer Not und ihrem Leid. In Not und Leid haben Sie sie gebracht, Sie haben ihre reine Seele befleckt und Finsternis über ihr Leben verbreitet. Das ist die Wahrheit von dem Mädchen, das Sie verführt haben – –«

Nils Börge stand leichenblass da. Jetzt trat er einen schritt vor und packte Langberg beim Arm.

»Halten Sie inne, Mensch!«, sagte er in starkem, ernstem Ton. – »Sie irren!«

»Bei dem lebendigen Gott –«

»Halten Sie inne, sage ich! Sie erzählen mir, dass Sie Fräulein Finne lieben?«

»Ja. Und –«

»Und Sie glauben, dass ich sie verführt habe?«

»Glaube – –!«

»Ich habe es, das will ich nicht leugnen, einmal viel-leicht gewollt. Ich kann Ihnen die erfreuliche Mitteilung machen, dass es niemals geschehen ist. Hat sie Sie etwas Ähnliches verstehen lassen, so ist das ihre aufgeschreck-te Fantasie. Am letzten Tage, als Fräulein Finne hier war, habe ich sie gegen ihren Willen geküsst. Sie erschrak so sehr darüber, dass sie in wilder Flucht vor mir enteilte. Das ist das ganze. Hätte ich geahnt, dass diese kleine komische – und allerdings ziemlich peinliche Scene ei-nen so überwältigenden Eindruck gemacht hatte –«

Langberg stand wie versteinert da.

»Ist – ist es wahr, was Sie sagen?«

»Freilich ist es wahr!«, erwiderte Nils Börge mit einem Anflug von Lächeln. – »Sie haben mir ja allerdings die fürchterlichsten Namen gegeben. Vielleicht habe ich al-lerlei davon verdient. Aber ich habe Ihnen nichts vorge-logen.«

Langberg setzte die Brille auf und starrte ihn an. Plötz-lich stampfte er auf den Fußboden und rief:

»Aber wie konnten Sie nur darauf verfallen, so etwas zu tun!«

Da lächelte Nils Börge.

»Weiter geht meine Pflicht, Rechenschaft abzulegen, nicht.«

»Hm, – nein, – nun ja, es ist auch schließlich einerlei. Adieu, Herr Börge. Es war ja ein großes Glück, dass ich Sie getroffen habe!«

»Adieu, Herr Stipendiat! Nils Börge streckte die Hand aus. Langberg besann sich einen Augenblick. Dann drückte er hastig die dargebotene Hand und ging.

Auf der Straße trieb er sich in dem dichten lautlosen Schneefall eine Weile ziellos umher.

Er sah nach der Uhr. Es war zwölf. Dann wandte er sich um und schlug die Richtung nach Hedels' Hause ein. Da war ja Kindtaufe, und das hatte er ganz vergessen! Und das Papiermesser lag zu Hause auf seinem Tisch! –

Nach einer kleinen Weile befand er sich auf dem Wege zur Stadt hinaus, bergan zu Knut Arnebergs Haus. – – –

Als Knut und Bergliot die Straße hinangefahren kamen, ging eine schwarze Gestalt in dem Schnee stampfend vor der Ateliertür auf und nieder.

»Mein Gott, wer ist denn das?«, flüsterte Bergliot ängstlich.

»Wer ist da?«, rief Knut.

»Diebe und Räuber in deinem Haus, Knut Arneberg!«

»Aber Langberg!«

Sie waren beide mit einem Sprung aus dem Schlitten heraus, und bald saßen sie drinnen in dem warmen Atelier um die Lampe. Bergliot wärmte schnell Wasser aus dem Spiritusapparat, Whisky und Zucker wurden herbeigeschafft – und Langberg mischte sich einen großen, dampfenden Grog.

»Du kannst dir durch solchem Unverstand den Tod holen, Mensch!«

»Ja, sehen Sie, gnädige Frau, ich rechnete mir aus, dass Sie vor dem Zubettgehen noch eine Viertelstunde bei einander sitzen würden – und da – –«

»Jetzt müssen Sie keine weiteren Entschuldigungen machen, Langberg, sonst werde ich böse auf Sie! Dies ist ja das Gemütlichste, was man sich denken kann! Und ich bin nicht im geringsten müde! Sehen Sie nur!«

In ihrer prachtvollen Dinertoilette tanzte Bergliot ihm einige Menuettschritte vor.

»Ja, trinke nur so viel Heißes, wie du kannst!«

Ein wenig unruhig und nervös saß Langberg da; bald ungeheuer ernst, bald mit einem verschmitzten Lächeln. Knut und Bergliot drangen mit keinerlei Fragen in ihn, erzählten nur alles Mögliche von der Kindtaufe. – – –

»Ja, und dann ist die Sache ja die«, sagte Langberg endlich, nachdem er sich kräftig geräuspert hatte, – »dass ich natürlich einen ganz besondern Grund zu meinem Auftreten auf diesem Schauplatz zu so später Stunde habe.«

»Nun? Du wolltest gewiss einen steifen Grog haben!«

»Ja. Ach ja! Aber ich hatte doch noch einen Nebenzweck – außer dem Grog, den ich ja allerdings etwas näher hätte haben können als hier oben im Walde. – – – Ja, siehst du, Knut – und Sie, Frau Bergliot – – ich wollte mich in aller Demut und mit einer aufrichtigen Entschuldigung wegen meiner aufdringlichen Dreistigkeit, bei Ihnen erkundigen, ob wohl die Möglichkeit vorhanden ist, dass ich mich Ihnen anschließen darf, wenn Sie an die Westküste reisen!«

»Das ist ja brillant! Herrlich!«, sagte Bergliot und klatschte in die Hände.

»Was zum Teufel – – willst du auch an die Westküste?«

»J – ja, – ja, sehen Sie, gnädige Frau und du, Knut – ich wollte mich Ihnen eigentlich nicht nur anschließen, – ich wollte gern mit Ihnen reisen, – zu Ihrem Vater, Frau Bergliot!«

»Nach Hause, nach der Landdrostei, ja! Das habe ich natürlich auch so aufgefasst. Vater wird entzückt sein! Und nun gar Karen Ragnhild!«

»Ja«, sagte Langberg ernsthaft, – »ich habe immer gewusst, dass es eine ungewöhnlich große Freude für mich sein würde, einmal die Bekanntschaft Ihres Herrn Vaters zu machen. Aber ich hätte doch wohl nicht gewagt – auf *diese* Weise darum zu bitten,«

Er sah Bergliot mit einem warmen, ernsthaften Blick an und fügte hinzu:

»Nein. Aber ich glaube, ich habe Ihrer Schwester etwas zu sagen – –«

XVII.

Der Fjord lag schimmernd blau zwischen den schneeweißen Ufern. Die Konturen der Berge hoben sich wellenförmig ineinanderfließend, hie und da von einer steilen Zinne unterbrochen, klar und kalt von dem Winterhimmel ab. Die niedrigstehende Sonne glühte in den Fensterscheiben und entzündete einen goldigen Märchenglanz in den Gärten und Gehölzen, wo der Schnee dicht und schwer über den Zweigen und Kronen herabhing, sodass sie sich fast zu den hohen Schneewehen auf den Feldern herabbeugten.

Der Dampfer glitt in den Fjord hinein. Das Geräusch der hastigen, kleinen Maschine klang in der Stille wie ein Herzklopfen in das Bild hinein.

Knut stand mit Bergliot vorn am Bug des Schiffes. Sie hatte ihren Arm in den seinen geschoben und schmiegte sich fest an ihn. Die Tränen hingen schimmernd in ihren langen Wimpern, während sie hinausblickte, zu der niedrigen Landzunge hinüber, auf der die Kirche lag und wo das Dach der Landdrostei jetzt hinter dem winterlich weißen Garten auftauchte.

Knut hielt ihre Hand in der seinen unter dem Mantel; er stand sinnend da und sprach gedämpft auf sie ein.

»Hier ist es herrlich! Wie in einer großen, weißen Kirche. Wenn ich an alles denke, was wir erlebt haben, Bergliot, und an alle Orte; wo wir gewesen sind, – in Italien und den Ländern da draußen, an das Haus daheim und die Hauptstadt mit allen Menschen – obwohl ich hier ja nicht zu Hause bin wie du, so habe ich doch ein Gefühl, als kehrte ich heim. Heim in das Innerste, in die Kindheit, zu dem, was stille in uns bleibt, wie sehr man auch herumgetrieben werden mag, still und tief wie die Erinnerung an das Auge der Mutter. Es ist herrlich, hierherzukommen, Bergliot. Mit allem, was uns beiden gemeinsam eigen ist, – uns beiden, seit wir von hier wegreisten. Meine kleine Bergliot! Du hast mir so viele reiche Gaben geschenkt. Auch dies ist eine Gabe von dir

an mich. Mein größter Schatz auf Erden! Ich liebe dich –
– –«

Langberg ging in seinem schweren Pelz auf der kleinen Kommandobrücke auf und nieder; in schnellen, kurzen Wendungen stampfte er da herum; er hüstelte und räusperte sich und sandte von Zeit zu Zeit einen hastigen, fast scheuen Blick nach der Landzunge hinüber, wo, wie ihn: der Steuermann soeben gesagt hatte, die Landdrostei lag. Er konnte nicht umhin, sich ein klein wenig über die beiden da unten zu ärgern, – die ihn hier allein gehen ließen! Er hatte das Bedürfnis nach Gesellschaft – oder vielmehr, er mochte nicht allein sein – – –

Schon aus weiter Ferne sah er den Drost und Karen Ragnhild auf der Brücke. Er stand da und sah sie an, solange er glaubte, dass sie ihn nicht sähen. Sie wussten ja nicht, dass er mit kam, da fiel es ihnen nicht ein, nach der Kommandobrücke hinaufzusehen. – –

Er sah, wie sie Knut und Bergliot zuwinkten.

Er zog sich hinter die Brüstung zurück; jetzt waren sie ganz nahe, und er betrachtete Karen Ragnhild.

Sie war merkwürdig groß geworden. Und ganz blass stand sie da mit ihrem Lächeln, – ihrem wärmsten Lächeln! Und doch lag etwas Fremdes, Ernsthaftes in ihren Zügen, etwas Müdes! Vielleicht war es das dunkle, eng anschließende Kostüm mit der Pelzjacke, das sie so groß und so erwachsen machte – – –

Sie stießen gegen die Landungsbrücke, und Langberg war nahe daran, die Kajütentreppe hinabzustürzen, als Bergliot hinter ihm herkam und ihn rief.

In hilfloser Verzweiflung wandte er sich um. Bergliot war aber schon weiter gelaufen. Er sah sie jetzt in den Armen des Drosten auf der Brücke. Knut stand daneben. Auch Karen Ragnhild hielt die Schwester umschlungen.

An ihn dachte niemand! Und doch musste er sich ja nähern! Er machte sich eifrig mit dem Koffer zu schaffen – –

»Aber Langberg! Wo bleibst du nur eigentlich!« rief Knut mit seiner alles übertäubenden Stentorstimme.

Und dann stand er da und ließ sich die Hand herzlich von dem Drosten schütteln.

»Es ist mir eine große Freude, Herr Stipendiat, – sein Sie herzlich willkommen! Ja, dem Namen nach kenne ich Sie! Durch Bergliot und durch das Kind hier –« Der Drost gab Langbergs Hand frei und wandte sich an Karen Ragnhild.

Sie stand da, weiß wie der Schnee. Jetzt ergriff sie Langbergs Hand und lächelte, leichenblass.

In aller Eile wurde das Gepäck besorgt, und man wanderte hinauf. Bergliot lief in ausgelassener Freude umher, hing bald an Knuts, bald an des Drosten Arm, oder sie presste Karen Ragnhild an sich. Alle lachten und riefen und umarmten sich und trockneten sich die Augen – – Langberg hielt sich ein wenig zurück.

Plötzlich, eine kleine Strecke vor dem Hause rief Bergliot Knut ausgelassen zu:

»Wer kommt zuerst an, Knut!« Sie schlug ihn auf den Arm und eilte voraus. Knut war sein schwerer Pelz hinderlich. – – –

Der Drost wandte sich lachend nach Langberg um und setzte den Weg zwischen ihm und Karen Ragnhild langsam fort.

»Ja, – ich hoffe, der Herr Drost nehmen es mir nicht übel – dass ich – hm –«

»Nein, im Gegenteil! Und für Karen Ragnhild ist es ja eine große Freude – das weiß ich ja, – nicht wahr, Karen Ragnhild?«

Er sah sie von Neuem an. Jetzt war sie dunkelrot. Dann sah er Langberg von der Seite an. Der ging und schwitzte, seine Lippen zuckten, und er bemühte sich, verbindlich zu lächeln.

Der Drost zwinkerte ein wenig mit den Augen. Dann blieb er plötzlich stehen und klopfte sich auf die Brusttasche:

»Da habe ich wahrhaftig vergessen, meinen Brief zu expedieren, – verzeihen Sie, Herr Stipendiat – es ist eine dringende Sache, – ich bin gleich wieder da!« Und damit eilte er den Weg wieder hinab.

Sie standen vor dem Gartentor. Karen Ragnhild wollte gleich weiter gehen. Er aber blieb stehen.

»Sagen Sie mir, Fräulein Karen Ragnhild, – sind Sie mir böse, weil ich gekommen bin?«

Sie sah hastig mit großen Augen zu ihm auf, vermochte nicht zu antworten, schüttelte nur den Kopf.

»Ich, – ich will Ihnen nur schnell sagen, warum ich bat, mitreisen zu dürfen. Ich erhielt Ihren Brief. Haben Sie Dank, Fräulein Karen Ragnhild, – es ist der glücklichste Brief, den ich je im Leben bekommen habe.«

Sie sah abermals zu ihm auf und errötete.

»Und dann bin ich zu ihm gegangen. Und habe das Ganze erfahren. Ja, Fräulein Karen Ragnhild, – ich weiß alles.« – –

Jetzt wandte sie sich ab, den Kopf gesenkt, die Hände vor dem Gesicht. Er legte seine Hand leicht auf ihren Arm und sagte gedämpft, mit bebender Stimme:

»Ich weiß alles. Noch besser, denn je zuvor, weiß ich jetzt, – dass Sie das entzückendste Geschöpf – von allen Menschen sind, die mir vorgekommen, – das feinste und stolzeste Menschenkind! Und ich musste hierher, um Ihnen das zu sagen, – um Sie wieder zu sehen, – das Schönste, was ich sehen kann – das sind Sie für mich – – «

Sie sank im Schnee auf die Knie, zusammengekauert in heftigem Schluchzen.

Langberg stand da und schluckte und rang mit den Tränen. Endlich gewann er die Herrschaft über sich:

»Sie haben mir früher gesagt, Sie glaubten, was ich sagte. Und da glauben Sie mir jetzt wohl auch. Und ich wollte so gern, dass Sie dies jetzt hören sollten, wo Knut und Ihre Schwester herkamen – – damit Sie wieder froh und glücklich sein könnten, wie Sie es immer sein sollen. Und nun – ja, nun könnte ich ja nur gleich wieder gehen –«

Plötzlich schlang sie die beiden Arme um seine Knie und presste den Kopf an ihn, während sie schluchzte.

»Aber wo bleibt Ihr nur?«, rief Bergliot vom Hause her.

Karen Ragnhild erhob sich und rang ein Taschentuch in den Händen. Dann fasste sie ihn am Rockärmel und ging schnell mit ihm zusammen dem Hause zu.

Knut und Bergliot standen schon ohne Hut und Mantel auf der Diele, als sie kamen. Sie hielt ihn noch immer am Ärmel.

»Wo ist – Vater?«, fragte Bergliot. – –

Aber Karen Ragnhild und Langberg eilten an ihr vorüber, die Treppe hinauf – –

»Als sei ihnen der Teufel auf den Fersen«, meinte Knut.

Bald darauf kam der Drost und fand Knut und Bergliot unten im Zimmer.

»Aber – wo sind denn Karen Ragnhild und der Stipendiat geblieben?«

»Die, – ja, die stürzten die Treppe hinan, – da war wohl etwas mit Karen Ragnhild nicht ganz in Ordnung, die Ärmste, – sie – sie weinte – – –«

»Du weißt, Langberg war ihr väterlicher Freund«, erklärte Knut, »und – –«

Der Drost ging mehrmals sinnend durch das Zimmer. Dann wandte er sich kurz um und ging hinaus. Sie hörten ihn die Treppe hinaufsteigen. Oben klappte eine Tür – –

Kaum eine Minute später war er wieder unten. Er stand wie aus den Wolken gefallen mitten im Zimmer.

»War – war *der* es?«, sagte er und sah bald Bergliot, bald Knut an.